春

川崎展宏全句集

ふらんす堂

1991年１月29日撮影／提供・読売新聞

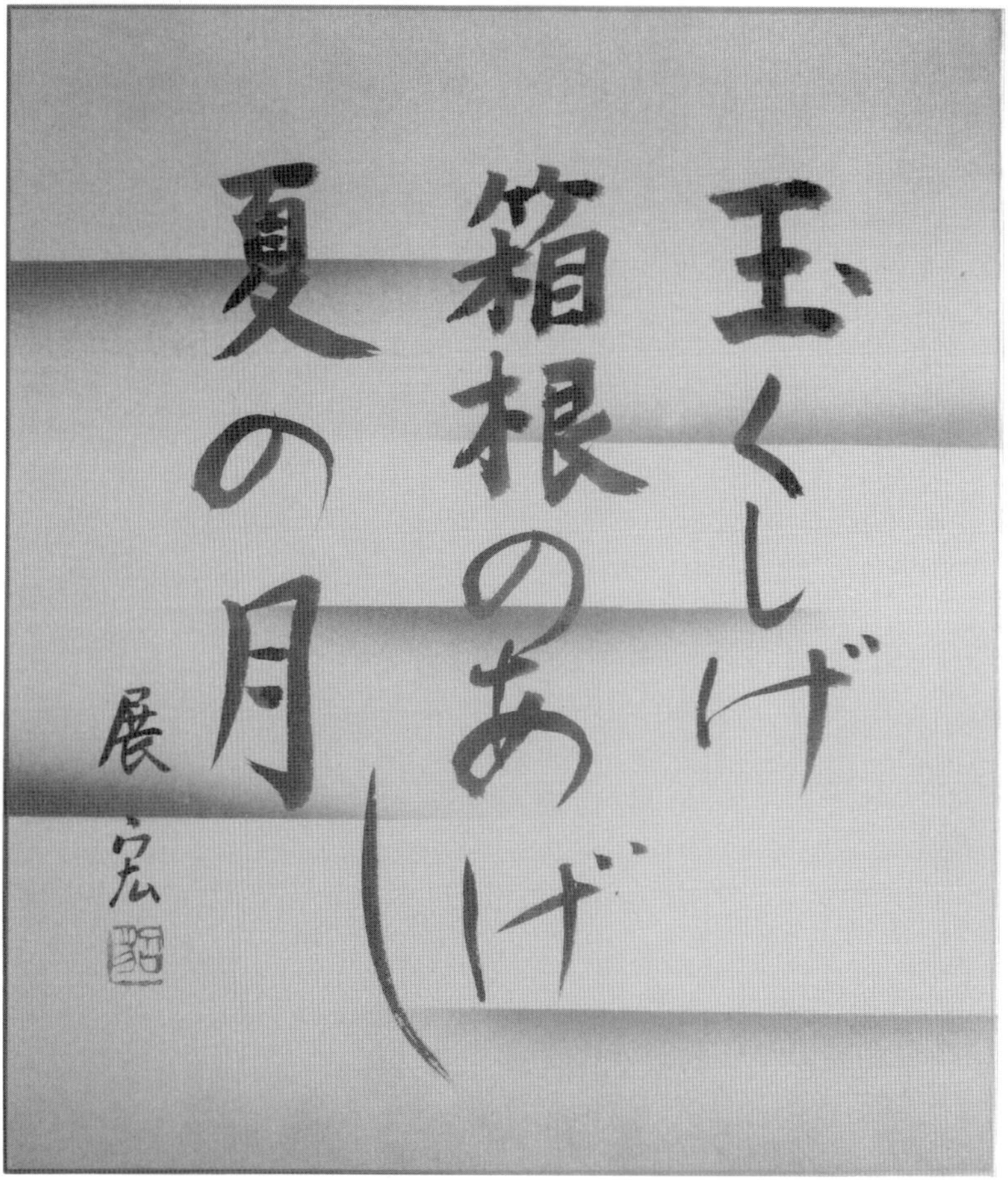
玉くしげ
箱根のあげし
夏の月
展宏

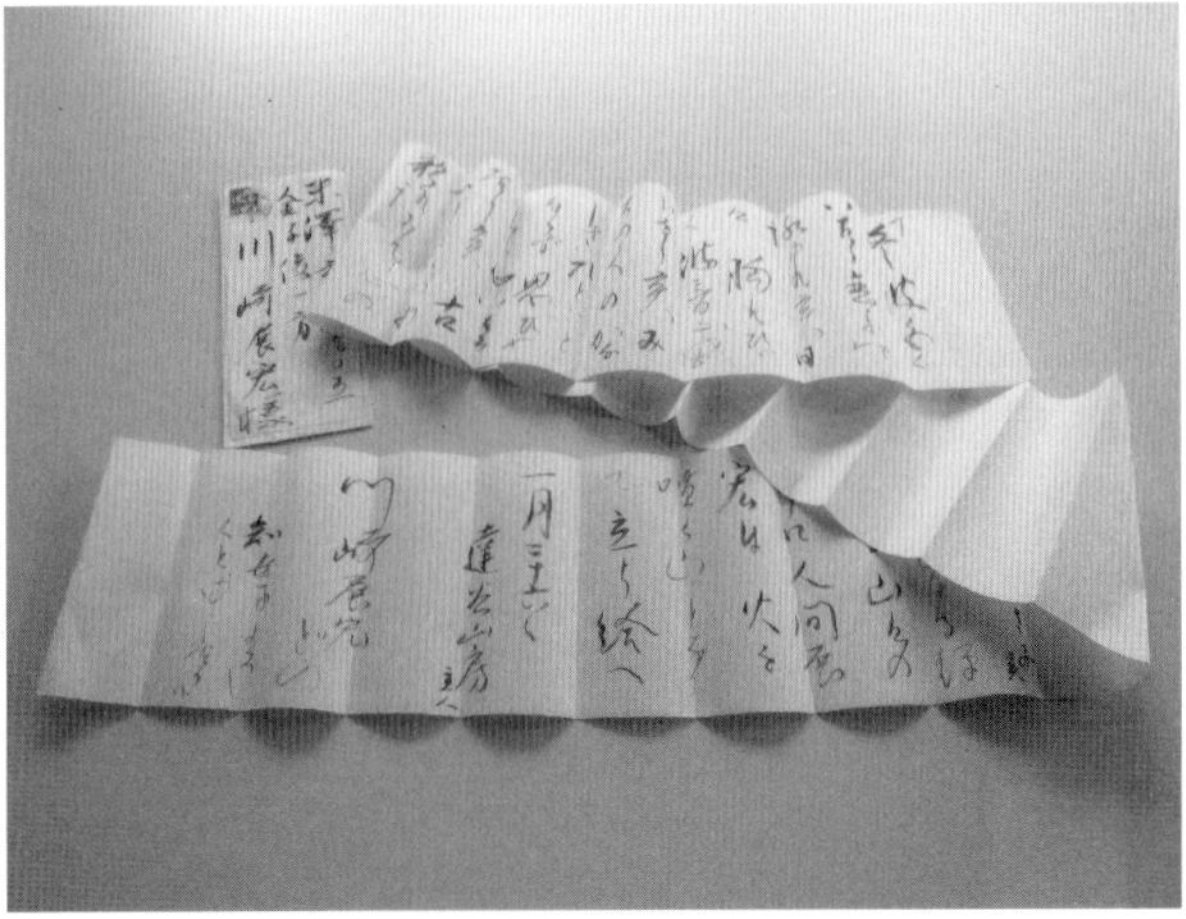

楸邨の展宏宛の書簡（昭和37年１月26日）
米沢へ赴任し初めての冬を過ごす展宏への手紙。このとき楸邨は57歳。「寒雷集」（昭和37年２月号）に「冬潮の巻く波白しいたく恋ふ　展宏」がある。

「冬波白く
いたく恋ふ」と
詠まれ候日
々　胸にひゞ
く波音を感
じおり候　み
ちのくのかな
しさひとごと
ならず　思ひや
りて心いたみ
居り候　古
人多くかの折
歌詠みて心の
傾斜を支へ候
ことを見ればこ
れも一つの伝
統ならむ
　今日山菜
の数々もて
彩なしたる漬
物賜はり　旅
ごころ切に崩
して禁めきれず
背の創肩の
しびれを今更
嘆いて
　妻の髪に
降りきて雪の
眠りけり
　枯庭や踏
みて匂はす忘
れ葱
など口ずさみ候
雪置ける静
かなる山々の
中に人間展
宏は　火を
噴く山となり
て立ち給へ

一月二十六、
達谷山房主人
川崎展宏
　どの
知世子よろし
くと申し居り
候

春

川崎展宏全句集　目次

第一句集　葛の葉（一九五五年－一九七二年）

序にかへて

春塵　13

雪　17

桃畑　30

海　39

跋　52

あとがき　53

第二句集　義仲（一九七三年－一九七八年）

秋　57

冬　67

春　75

夏　86

巴寺　97

あとがき　100

第三句集　観　音（一九七九年－一九八二年）

Ⅰ　105
Ⅱ　114
Ⅲ　124
Ⅳ　133
あとがき　143

第四句集　夏（一九八三年－一九九〇年）

夏　Ⅰ　Ⅱ　147
秋　Ⅰ　Ⅱ　Ⅲ　157
冬　Ⅰ　Ⅱ　169
春　Ⅰ　Ⅱ　Ⅲ　176
あとがき　190

第五句集　秋（一九九〇年－一九九七年）
春　Ⅰ　Ⅱ　Ⅲ　193
夏　Ⅰ　Ⅱ　Ⅲ　203
秋　Ⅰ　Ⅱ　Ⅲ　Ⅳ　213
冬　Ⅰ　Ⅱ　Ⅲ　227
あとがき　235

第六句集　冬（一九九七年－二〇〇三年）
冬　Ⅰ　Ⅱ　Ⅲ　239
春　Ⅰ　Ⅱ　Ⅲ　249
夏　Ⅰ　Ⅱ　Ⅲ　259
秋　Ⅰ　Ⅱ　Ⅲ　267
あとがき　277

『冬』以後（二〇〇三年－二〇一〇年）

一　俳誌「貂」　281
二　俳句総合誌・俳誌・新聞　308
解　説　長谷川櫂　369

句集解題　須原和男　379
年　譜　川崎美喜子　391
あとがき　409
初句索引　411
季語別索引　433

春

川崎展宏全句集

凡　例

○本書は川崎展宏の既刊句集『葛の葉』『義仲』『観音』『夏』『秋』『冬』の六冊に、『冬』以後発表された作品を「『冬』以後」として収録した全句集である。
○既刊句集の作品は、原則として初版によるが、第五句集『秋』までは、『季語別川崎展宏句集』（ふらんす堂）によって改められたものを収めた。なお、『義仲』の配列については『現代俳句集成第十七巻』（河出書房新社）に従った。
○「『冬』以後」の作品は、次のようにそれぞれ年月順に配列した。
一　俳誌「貂」に発表された作品
二　「貂」以外の俳句総合誌、新聞、俳誌に発表された作品
一と二において、作品に重複あるいは異同のある場合、一の作品の下に初出のページを付記した。異同については、一を定稿として＊を付し、二の初出には↓と定稿のページを付記した。

漢字表記、仮名遣い（ルビを含む）は、発表時のものに従った。

初句索引、季語別索引には定稿を用いた。季語別索引において重複する作品は、一のページのみを付した。
○本書に収録した作品は二、三五六句である。

第一句集　葛の葉

昭和48年１月１日発行
杉　叢書
発行者　森　澄雄
発行所　杉発行所
題　字　石沢煌峰
印刷者　植村喜一
印刷所　第一印刷
定　価　1000円

葛の葉

序にかへて

をみなへしといへばこころやさしくなる

——野辺山の句より——

春塵　昭和三十年―昭和三十六年

春塵の昼をともして洋画集
暑し暑し昼餉の瓜と醤油差し
書を積んで汗して眠る夢は何
母の白いパラソル降りるドックの街
きらきらと時計をぬけて秋の風
学問の窓並ぶぎんなん臭き道
きまじめに家具屋の友の霜焼ぐせ

海へ出て麦の芽の畦消えてをり

大風邪の床腕組めば男らし

石段の陽炎をふむ卵売り

帰郷の荷桃畑へ出て汗拭ふ

躑躅より地に着いて蜘蛛走り出す

桐の花群何して父はおはすらむ

紫陽花の瑠璃に面伏せ匂ひなし

白玉を掬へば果つる夏休み

夕焼けて指切りの指のみ残り

秋の陽の鱗片を煮る静かな海

桟を渡る蓑虫に燈が冷たくなる

曇ガラス八ツ手の花の触れてをり

丼もシャツも机の今年かな

三月降る雪の白さに笑ひ出す

崖の端のひなげし浅間（あさま）山さやうなら

野辺山　十四句

蛇いちご山羊の降りくる繫がれて

向日葵や木片(こっぱ)の屋根はそり返り

車百合畑の穴に子が眠る

蝶類のゆらゆら湧けり馬糞より

安いよ安いよ西瓜に朝の鐘鳴らし

松虫草帽子の男飯食ひに

桔梗も馬の尻毛も靡く野ぞ

吹き飛んで野菊にかかる夏帽子

姉妹夕餉のじゃが芋煮ゆるとき

盆花を摘む子等の声やまびこも

近づけば黙る花野の岩いしころ

万屋（よろづや）に秋は来にけり棒束子（だはし）

黍の風にはかに殖（ふ）えしつばくらめ

シグナルのがらがら降りる峡の秋

雪　昭和三十六年―昭和四十三年

雪解け道さがり眼の子の菓子袋

脚太くいそぐや出羽の花ふぶき

松の花瀬戸物市を開かんと

かきつばた耳に指あて見てをりぬ

遠き朝焼けあやめは知らず咲いてをり

森の昼小瀧に濡れて馬通る

夏野の道風のかたちの娘達

蟬を追ふ雀の眼（まなこ）まるく見ゆ

巨きな人西日の森の奥に住む

犬蓼にちりちりと陽が谷底まで

拳の如き雲の横切る峡の秋

爆笑す君も九月の藁帽子

天の川水車は水をあげてこぼす

森 澄雄氏

芭蕉葉の破れて煙草ふかしをり

町中や冷たさ見ゆる薄の穂

暗闇に覚めて昼見し紅葉山

青桐は莢振り鈴の雪降りくる

風邪に寝て頬のあかるき雛祭り

並び跳ぶ傘のぼた雪落さんと

雪虫や日を重ねつつ筆不精

雪雫出羽の子の眉うつくしき

自転車つづく朝の小手毬道へでて

雷過ぎてポストの口はあたたかし

少年来る道の陽炎わが膝まで

花ふぶき峡の仔牛がさびしがる

早乙女も影となる田の薄茜

柳絮飛び飛ぶ満月の人の中

青池秀二氏

黄蜀葵（とろろあふひ）昼寝の主まだ覚めず

西瓜食うて声変りをり中学生

阿武隈川のうぜんかづら夜の眼に

朝顔を仰ぐ手もとを少女抜け

懐中電燈げらげら笑ふ藪がらし

秋風や地図を鉛筆ころげでて

帰る道は言葉すくなし薄原

月明りこだまこだまの紅葉山

夜の眼のしばたたくゆゑ小雪くる

人影は見えずどんどと雪おろす

雪雲の尾のめぐる空卒業す

声あげてこでまりの壺の置きどころ

うけ口の苹果（りんご）の蒼マラソン過ぎ

桜桃の花の静けき朝餉かな

足長蜂の脚の行き交ひパンの刻

葛の葉

稿の辺に朝の影あり薔薇沈む
エゾハルゼミと教へてくれし事務の人
ひとところ野薔薇散り敷く谷の道
落葉松より蝶の片羽根舞ひ降り来
魚屋のまへ夕焼を見しこころ
月見草轍の水のしんと冷え
夢に溢れし萩を流しの窓近く
露世界つるみし犬に脱帽す

ねこじやらし人の足もと暮れかかる

束ねたる紫苑の空の遠くなりぬ

青桐の紅さす莢や陽もまばら

匙その他漬けしままなり木の実降る

きしきしとひるがへる鳩雪くる前

ゆく年の一夜明らむ水の音

流し眼は隣りの皿の栗金団(きんとん)

雪の窓紅花染めは影ふくむ

葛の葉

春の旅へそれこれ雀らも起きて
山吹を捨てんと散らす梯子段
残雪に足跡はみな子供のもの
松蟬の朗々と父焼かれゐて
杏の実ありあり見えて月のぼる
夕映えは水に流れて凌霄花
さざなみの夕べの雲に父の艦
青桐も土用終へたり宵闇に

天の川戸一つ残す八百屋の燈

猫の眼に紅葉は見えずうづくまり

起抜（おきぬけ）にこがらし父の夢なりし

横切らんと思ふ刈田が風花す

月の面をひた走る雪あとしらず

青桐の莢を頼みの雪ごもり

売れもせず赤い鼻緒の滑り下駄

庖丁で氷柱をおとす二階より

葛の葉

車窓に反る手の美しや雪の山

鬼さん鬼さん辻の残雪陽の色に

卒業生　札幌で挙式

オメデタウレイコヘサクラホクジヤウス

誕生近し野薔薇もつとも明け易く

長女誕生

肱まくら蛾の歩みよる見つつをり

夕かけて藍のときめく星迎へ

月見草腕の子の目にある涙

凌霄花娘らは水越えてゆき

赤ん坊の片目大きく秋の蚊帳

青桐の幹や秋日の照り返し

火の見の燈萩のうねりの合間より

鬼面（おもの）川は白布高湯から流れる川

父と見し紅葉の極み鬼面川

頂ならぶ越の雪山きのこ取り

父の箸母の箸芋の煮ころがし

青桐の莢さわぐなり雪来ると

子が泣きやみ雪国の雪降りはじむ

謡曲「雪」

降る雪の迷ひを晴らし給へとや

子の寝顔河豚の如また月のごと

雄ごころの萎えては雪に雪つぶて

地獄にも雪降るものか父の頭に

榛の木のもののいひたげに雪ン中

口笛のぼうとかすれし春の雪

帰郷　三句

初凪に豚の金ン玉遊びをり

そら豆の花海へ向き海の声

雪国へ眼を開けしまま姫だるま

北海道　四句

鶴歩む秋日に羽(はね)を二つ搏ち

原野にてみたままつりの生花展

網走の色うすくとも桜貝

オホーツクの藻に櫂は触れ月丸し

桃畑　昭和四十三年―昭和四十五年

青葉どきの夕飯(ゆふはん)家族顔浮いて

紫雲英田の沖の白波一つ見ゆ

葛の葉

手花火の煙もくもく面白や

蟬取る子貝殻骨に秋は来ぬ

ままごとの木槿の花や散らかれる

秋蝶の黄を追ふホームの端の人も

秋晴れも午後となりたる玻璃の色

まつすぐに菊に注ぎし水の跡

枝々や目になじみたる冬欅

逝く年の顔残りたるおでんの燈

句集『旗薄』の清水清山氏を悼む

旗薄人屯して動かざる

青空へ吹きたたきたる餅のかび

小正月稿のなき手をふり歩く

蒲公英や日傘ころげて仰向けに

浅蜊の斑みな褐色に食ひ了る

山梨県境川村

春泥の乾きて鶏のくぐみ声

雪解やぷりぷりとして桃の幹

菜の花を大きくくるみ膝の上

塩山駅より

夕映えや残雪斧のかたちして

卒業生に

連翹の枝さしかはす別れかな

桃畑へ帽子を忘れきて遠し

枇杷のある店頭親子言葉交す

かなかなや子規全集を積み崩し

炎天のひと日終へたり皿に桃

櫂を焼く夏の終りの雨ばらつき

葉書一枚颱風を来し細字がき

風鈴はひとり遊べり夜道へ出て

夏了る欅の枝に月透きて

星月夜山一つ越え電話線

植木鉢とズックが野分の水溜めて

英国展

エリザベス一世の夜着秋のほこり

十五夜に父の後姿に似た人を見かけて

包みもつ父はななめや満月を

菊食うて燈を明るしと思ひをり

月さすや洋梨の荷の開けられて

葛の葉

栗煮ゆる間を蝶類の図鑑かな

笹鳴を聞くや面を白うして

夏目漱石「私の個人主義」の言葉をそのままに
世界に共通な正直といふ徳義漱石忌

犬の眼に冬至の赤い日が二つ

年つまる頬刺の鯵南より

注連飾り南の海の静かな眼

凧の尾を引ずつて行く肉屋の子

道端の犬起き上る梅の花

風荒し春星ひとつ井の底に

桃の花のもとに小さき置時計

鍋おとす音大きくて桜どき

エンゼル・フィッシュ床屋で眠る常識家

爪染めてすぐに飽きたる鳳仙花

歳時記は秋を入れたり旅かばん

　　高松へ
船足も軽くデッキに桃の籠

　高松の句会
蠅たたき海のにほひの集会所

遊覧船金魚の水の大ゆれに

渦潮や燈にまみれたる納涼船

観音寺

涼しさは端の欠けたる僧の下駄

「僧朝顔幾死かへる法の松　芭蕉」を思い出して

生き死にを清水のふちに蟹赤し

山崎宗鑑の一夜庵

一夜庵厠に渦巻線香の灰

氷店の上品なおばあさん　松山なまりが懐しい

お婆さんお元気でまた氷宇治

大洲　二句

浴衣にて鍵をしめをり古物商

鵜舟待つ橋の袂に時計店

夜昼峠

天の川息をしづかに峠越え
はまひるがほ空が帽子におりて来て

佐田岬へ

燈台へ横目で過ぎる西瓜市
岬の旅ラムネの玉に陽が散って

三崎港

借りて振る海の娘の麦藁帽

磬女峠

陽にさらす娘の顔や葛の花

帰路の道中子亀を捉え海に放つということがあった

天の川放ちし亀も眠るらん

海　昭和四十五年―昭和四十七年

浜の子も乙女さびたる秋の風

秋の波の一線眼の端より崩る

山羊の首見えて大犬蓼の花

薬買ひに行く道端の唐がらし

大隅半島鹿屋　五句

蓼の花南溟へ飛び去りし人

コスモスの一つくるくる慰霊塔

慰霊塔バナナ頬張る小学生

秋の陽に涙脆さは右眼より

秋の波打ってひろがる何もなし

朝顔のみな空色に日向灘

無言

虚子に問ふ十一月二十五日のこと如何に

海鼠食ひし男まぎれぬ街の燈に

破魔矢の鈴暗闇にまた海の音

結婚挨拶状への返事

寒椿鍋つやつやに磨いてゐるか

夕焼けぬ櫟は雪をつけしまま

スケートを小脇に少女一人急ぐ

割箸のうれしきさらしくぢらかな

白息のゆるゆる読むや虚子句集

実朝忌波の上なる女下駄

紅梅や風の止みたる井戸の縁

結婚挨拶状への返事

ふつくらと由美子と申す雛（ひひな）の夜

明け易くむらさきなせる戸の隙間

風邪心地抜けゆく壺の辛夷かな

男の子と辛夷見に行く夕餉前

花杏たひらに広き夜の雲

昼の風呂新芽の苞の散らばり来

林檎の花色の黒きはまじめ妻

かくまでも桜紅濃き発電所

八重桜学校裏は風ばかり

卯の花や日暮れておろす鳥の籠

父の忌を忘れて過ぎし窓若葉

葛の葉

よく冴えて若葉の頃のひとかは眼
かきつばた欠伸して眼の濁りたる
はなぶさもにせあかしやと申すなり
えごの花見るとき散らず散り敷ける
えごの花二つ落ちゆく遠目にも
えごの花忘られしごと乳母車
夕明り消えてしばらく合歓の花
檻の雉子頬赤く梅雨明けにけり

ひるがほの咲くにそひゆく郵便車

麬(はつたい)に匙置かれをり人気なし

向日葵の村馬蹄形の道の下に

牽牛織女文字間違へてそよぎをり

朝顔や役者の家はまだ覚めず

この駅や虹ものがたり木のベンチ

京福電鉄三国港駅――三国は虚子の『虹』の舞台――

永平寺廻廊の虻くしやみで飛ぶ

避雷針流れてやまぬ秋の海

松之山

湯の街は端より暮るる鳳仙花

秋山渓谷の露天風呂

湯に立つや青嶺に礼をする如く

前生（さきしやう）といふ言葉ふと虻の顔

にはたづみ蟬の落ちたる光悦寺

大文字手摺に雨の名残ある

青空の煙草の花に濁り来し

藤村多加夫夫人を悼む

花冷えの髪整へておはせしを

葬儀へ

こまごまと朝蜩に旅仕度

秋の波替へし眼鏡に溢れしむ

手をかざす蜻蛉（あきつ）といふはよき言葉

かまつかやガラス戸のうち留守らしき

秋の湾人の疎らな食器売場

松おちば洋梨を置く廊下にも

山柿の渋残る口からす鳴き

北国

鍋洗ふ日を重ねてや雪の空

靴大きな船員師走の坂のぼる

ゆく年の雲山脈と同じ色に

海見えてきんとん残る節料理（せちれうり）

伊賀　十一句

ひよどりの飛びつく伊賀の冬木立

炭竈の奥より声す芹なづな

春着の子抱いて道端伊賀の人

石垣を飛降りる子や手毬持ち

種生（たなお）　吉田兼好終焉の地という

いぬふぐり兼好さんの森は其処

おかき干して炭焼の名は源之丞

冬欅瓦よき屋根谷向う

座敷まで正月の陽差兵の写真

薄氷帰りは解くる伊賀の坂

薫楽荘の隠居部屋　穂先は供出とか

穂先なき槍の四五本伊賀の冷え

檀の実鍵屋の辻を通り来て

魚呉れと海馬（あしか）のくしゃみ尊けれ

ゴルファーらへアピンのごと枯芝に

なかば日に半は陰や城の梅

早雲禅寺梅に咳する人ありて

向島百花園

月待つと薺花咲くほどの集ひ

春の鳶観音堂より煙出づ

佛生会鎌倉のそら人歩く

春の夜や皿洗はれて重ねられ

木瓜の枝突込んである空(から)の壺

山崎為人先生を悼む

糊固きワイシャツの人春惜む

クレヨン一本曾我兄弟の泉の中

時計二つ動く新婚の木の芽和

粽の盆胸の高さに六年生

藤の花顔へ落ちくる鞍馬道

何の木にかかりて高き藤の花

たかむらや垣の椿の残り花

京の雨午前に止みぬ金魚鉢

じやが芋の花のわき通る大股に

店頭の鮎を見てをり終戦日

葛の葉の日当るを人わけ登る

明日（みやうにち）は満月といふ越後湯沢

跋

俳句は遊びだと思っている。余技という意味ではない。いってみれば、その他一切は余技である。遊びだから息苦しい作品はいけない。難しいことだ。巧拙は才能のいたすところ、もはやどうにもならぬものと観念するようになった。

あとがき

はじめて加藤楸邨先生をお尋ねしたのは、たしか昭和二十八年の末であった。以後、今日に至る作品がこの一冊である。その思いについては、すでに跋文で述べた。櫻井博道・八木荘一両氏の厳しい促しがなければ、第一句集の上梓は、まだ先へ延びた筈である。句集を編むにあたっては、独力事をすすめるのを建前とした。句を選びながら楸邨先生・森主宰をはじめ、長い間、よくもつき合って下さったもの、と改めて思った。

題字は石沢煌峰氏のお手を煩わした。氏は自分にとって縁の深い米沢の書家である。

なお、出版に関して、第一印刷の植村社長、担当の石川氏のお骨折りに対し、感謝の意を表したい。

第二句集

義仲

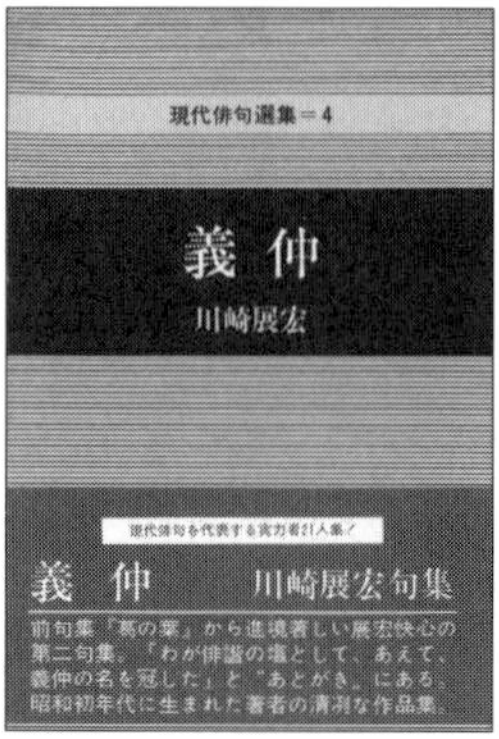

昭和53年12月５日発行
現代俳句選集４
発行人　川島壽美子
発行所　牧羊社
装　幀　直木久蓉
印　刷　三協美術印刷
製　本　松栄堂製本所
定　価　2000円

Ⅰ　秋

一枚に日は照りつけて秋簾
みづうみへこころ傾く葛の花
あらあらと紺ながれたる捨団扇
栓抜が畳のうへに秋の家
刈干に結び込まれし女郎花
風の出て鶉うりますと拙き字

義　仲

ちよつちよつと貌なめに来る秋の蠅
鶏頭を毛ものの如く引ずり来
姥ひとり色なき風の中に栖む
戸締りの一度戸を開け秋の闇
落鮎に裂く割箸の白さかな
草に入る片割月の重たげに
花野にてすれ違ひたる郵便夫
身をよぢる如くに束ねられ紫苑

杣人と共に十六夜静かかな

膝揃へたる前山の薄紅葉

鮮しき椎茸に歯を養ひぬ

素謡にたふれかさなるもみぢ山

山姥のさびしと見する通草かな

錦繍の秋鰐口は嘆くなり

飛騨の奥話に落ちのつく夜長

戸口まで紅葉してをる鼠捕

義　仲

Ⅱ

秋の陽の差込む油絵の鰈

新涼の胸くつろげてありにけり

初萩と吹かるる沓脱石を降り

ほつておく二百十日の百日紅

はたと遇ふ秋風の眼の緬甸（ビルマ）僧

満月やうちひらけたる眉の間（あひ）

十五夜を絵本のやうに泣きに泣く

義　仲

秋の蚊の膝にまつはる急ぎ物

秋鰺によごれてをみなごの箸も

喜々として後の彼岸の輪投げかな

納戸色秋風母の羽織より

片づけぬまゝの皿鉢秋の雨

蚯蚓鳴くバット大振り受験生

十三夜赤い着物を出せといふ

冬瓜一つかぼちゃ二つに馴染まざる

白猫の通りぬけする庭紅葉

秋しぐれ上着を銀に濡らしける

Ⅲ

あふらるる一粒萩の咲きはじめ

鳳仙花部屋にこもるやあにいもと

秋蟬の鳴きやみしま丶海の照り

盆過ぎて何をたよりの竹煮草

おどろいて草を飛びゆく秋団扇

義　仲

間引菜を両手に受ける出入口
家ごとに漁師が居りぬ天の川
節黒き指のすばやく裂膾
夜這星陰々として神の楠
七草のため背高泡立草を攘つ
お月見の芒をかつぐ八重歯にて
十六夜のよせてはかへす浜一里
手繰るごと来て過ぎ行けり秋の犬

傘提げて後の彼岸の海のいろ

風呂敷に名を知らぬ華秋彼岸

白浜や藻屑の中に新松子

蛇穴に入る前山のうすけむり

五六本翁さびたる葉鶏頭

いつのまに海はやつれて青蜜柑

鶺鴒の一滴跡を汚しけり

うしろ手に一寸（ちょっと）紫式部の実

Ⅳ

いなりずし湖に秋たちにけり
烏頭（とりかぶと）すなはち帽のかざりとす
板の間に置くとんぶりの摘物（つまみもの）
山姥の里に来てをる吾亦紅
火点して落鮎なれど熱き間に
葛の葉を掻きわけてすぐ日本海
秋の陽に煮えたぎる沖直江津の

義　仲

巫（かんなぎ）の額てらてら秋の風
白萩へ一夜泊りの障子かな
翔ぶ如く月の大和に佇める
砂壇にうらがへりたる秋の蟬
歌舞伎座の裏の細道たうがらし
十五夜と声のきこゆるお茶の水
『一角獣』の詩人、西垣 脩氏を悼む
秋風をしきりにおくる一角獣

I　冬

鎌倉は日蔭日向の藪柑子

このごろは石蕗（つはぶき）のはな日がつもる

目もとより時雨の晴るる庵主さま

炭の塵きらきら上がる炭を挽く

ねずみもちの実を見る胡散（うさん）臭さうに

空をゆく鏡のごとき冬至の日

義仲

小松原海を見に出る年の暮

鴨の蜜柑畑を縦横に

波たてて水仙園に船寄り来

追羽根や日の尾を引いて落ちきたる

せりなづな御形といひて声の止む

谷川に冬日にはかや黄粉餅

凍蝶の傾くを指す棒の先

寒凪や御手洗（みたらし）の水たひらかに

臘梅をポケットに入れバスが揺れ

人影のかたまつてくる寒牡丹

厚氷割つたる歓喜童子かな

お茶の水駅にすぼめる雪の傘

探梅や眉の濃き子を伴ひて

義　仲

Ⅱ

新聞を読む立冬の目玉焼

職人の二人しぐるゝ畳針

濃紅葉も昨日となりし一葉忌

艦名にありし初霜道いそぐ

八塩折の酒をよごせし木の葉髪

月蝕に戸を開けたての落葉かな

霰降る隣の戸口顔が出て

口紅のほどよき十二月八日朝

をみなごのひとりあそびし柚子湯かな

とどまればとどまる白き冬至の日

義　仲

大根一本他は片付けし流し台

行平(ゆきひら)鍋を抱へて帰る年の暮

水仙の花立てて出る花屋より

ガラス戸に磨かれし跡冬の月

たてかけて年は暮れ行く竹帚木

あら玉の年立つて足袋大きかり

慈姑(くわゐ)食ふことの少なくなりしかな

七草の箸を落して泣きにけり

松過ぎの一日二日水の如

一本は甕撥ね落ちし冬薔薇

成人の日にあかがりの手を見ざる

藪入に生れ落ちけり遠眼鏡

寒菊を大きな人の影覆ふ

冬晴れの微塵となりし母の愚痴

冬すみれ腸よわくなりしかな

何となく飲みに連立ち春隣

Ⅲ

身を隠す時雨の浅間隠山（あさまかくしやま）

狛犬や碓氷の神のしぐれける

炉開きの盃一つ横ころげ

柊の花水桶は乾きゐて

乾反（ひぞり）葉の洗ひあげたる湯舟にも

襟巻や毛皮ぞろぞろ念仏寺

朴の葉はあらかた落ちし物干竿

湾に入る黒潮の波干大根

艪の折れを焚火に置いて五人ほど

燈を点けて冬至の海の貨客船

淡路島

国生みのはじめの島の雑煮餅

寒凪を音立てて石船の群れ

濁つたる水に漬かりし大鮃

牡蠣船を赤い襷のちらちらす

朝熊（あさま）山金剛證寺凍てにけり

小松菜を植ゑて北東（うしとら）防ぐ寺

佛足石に賽銭を置く冷えまさり

おゝ寒むと杓子売る店とざしける

探梅や伏見の巫子の行き戻り

春　I

桑畑に春雪降りる揺れながら

白梅に電話のベルのやがて止む

義　仲

靴先の土にめり込む蕗の薹

薄氷についと落ちたる煙草の火

金縷梅（まんさく）や帽を目深に中学生

春泥に二つ落ちくる鳶の笛

紅梅のあげたる玉の日なりけり

疵のまま白木蓮となりぬべし

涅槃像上へ上へとやがて雲

クレヨンの沈んでをりし芹の水

義仲

吸殻をまはして春の嵐かな

桃咲くや蕾が枝をひきだして

桜鯛水流したる俎に

花人を憂しと墨烏賊うづくまる

枝ひろき染井吉野や散りはじむ

百千鳥なかに男(を)の子の声すなり

子雀のへの字の口や飛去れり

大佛へ人足繁き花大根

清明の軒に貌出す雀どち

草餅の包みに掛けて赤い紐

居眠りもよしと法然上人忌

箸置に箸八十八夜にて

抜け道に鈴落ちてゐて竹の秋

II

西洋皿に二月の海の針魚(さより)かな

今朝よりや鶯餅とはり出して

鶯のこゑの飛び交ふ小家かな

廊下より四十九日の夜の辛夷

コートのひと其処此処踞み犬ふぐり

直(ぢき)送の縄鮮しき干鰈

初蝶のはや突当曲りけり

青麦の突込んである鉛筆立

啓蟄や万年筆の贈物

露地露地を出る足三月十日朝

涅槃像色刷りなれば児が覗く

鎌倉をこぼれ出でたる落椿

鎌倉にかたむく春の日差かな

百千鳥とおもふ瞼を閉ぢしまま

向島　長命寺

大学生子規うれしく食ひし桜餅

虚子忌

平明や「花」でをはりし虚子俳話

寮生の出て覗きけり春の水

むつつりと上野の桜見てかへる

春風におぼつかなしや膝がしら

戦艦大和（忌日・四月七日）
「大和」よりヨモツヒラサカスミレサク

Ⅲ

猫の足あと犬の足あと春の土

あめつちが撓む猫柳を撓め

明けてくる静岡の空落ちつばき

椿寺女真直入りにけり

そそくさと輪を画いて消え蠅生る

義仲

涅槃像鳥獣わらふ如く哭く

鍋釜やころがりまはる春の雷

彼岸鐘嗽(うがひ)のこゑを大きくす

もろどりの春の岬となりにける

桃の花土間に漁師のゴム長靴

一尾づつ眼張(めばる)の付きし夕べかな

瀬戸内

桃咲いて五右衛門風呂の湯気濛々

花売らんかいとエリカの垣の外

菜の花に松傘軽う飛び来る

桜鯛螺鈿の鱗こぼしけり

常磐木を金縛りして藤の房

祝婚

満開に身を固うして桜守

祝婚

清明につづく穀雨のよき日かな

Ⅳ

義仲

如月の水にひとひら金閣寺

御所に降り嵯峨野にやみし春霰

くろぐろと東寺はありぬ春の雨

葛城の神おはします夜の梅

三月の雪欄干を濡らしけり

室生寺の春の石段やはらかき

走り出の山の桜のここと咲く

桃の咲くそらみつ大和に入りにけり

遠（をち）近（こち）や妻争ひの山笑ふ

日に焦げて天平勝宝のひばり消ゆ

擬宝珠の如き春日みづうみに

布引の瀧へ桜を渡り入る

山の端の逃げて春月ただよへる

磚(せん)榻(たふ)に一枝を置けり木瓜の花

乗り捨てしふらここの揺れ古墳群

高(たか)遠(とほ)の桜をおもふ眉のうへ

幔幕を擦る指熱し鳥曇り

津軽

押し合うて海を桜のこゑわたる

義　仲

Ⅰ　夏

東海道みちのはづれに桐の花

京都駅下車迷はずに鱧（はも）の皮

若楓京に在ること二日かな

真言密根本道場明け易し

屈まずに使ふ靴べら額の花

耳成（みみなし）も滴る山となりにけり

義仲

塵はやき菖蒲の水の落し口

著莪のはな犬を叱りに尼の出て

今年竹おのおのの揺れもどしをり

烏帽子は高く馬は小さくかきつばた

二人してしづかに泉にごしけり

ハンケチを捩ぢて憩へり高山寺

百合の束担いで谷を落ち行けり

蟻地獄寂滅為楽の鐘の下

頭かくす三井寺（みゐでら）歩行虫（ごみむし）コウヤとも

一枝はすぐ立ち風のさるすべり

鮎の腸（わた）口をちひさく開けて食ふ

石山に夏了へて鳴く油蟬

Ⅱ

風の渦筍売りの去りてより

青葉冷え鎌倉小町通りにて

かきつばた剣山を水のぼりくる

義仲

松落葉父の命日過ぎにけり

菖蒲湯の熱きに後頭まで漬る

蚕豆の莢の暗きをいかんせん

はればれと蚕豆を茹で上げにける

牡丹に招かれて行く靴を履く

青桐の花しゃんしゃんと鳴る如し

そこらぢゅう乳母車にもえごの花

あをあをと妬心打つべき今年竹

蟻と蟻と蟻争へり掻きまぜる

雀斑(かすも)よし枇杷の包みに陽を除けて

影印本伊勢物語桜坊

男享年五十六業平忌

木豇豆(きささげ)の青にはじまる夏休み

昼寝よりあぎとふ魚の如く覚む

机あり蠅虎(はへとりぐも)の軌跡あり

二つ要る眼鏡を蟹の如く置く

義　仲

干竿の影濃き松葉牡丹かな
籠の中とびきり高き夏大根
衣紋竹片側さがる宿酔
梅を干す女の顔ぞおそろしき
八畳の間にちちははのなき裸
急ぎ来て茅の輪をくぐる指の反り
会釈して夏の限りの水を撒く
駒下駄を突つかけて出る夜の秋

猫好きの人　二句

饐えやすき猫の御飯におろおろす

猫が好き金魚が好きで陰の祭

モネ

部屋に入る睡蓮の絵に入るごとく

Ⅲ

一人旅のハンケチを出す桐の花

其処此処に篠（すず）の子と名を冠り出づ

うぐひすの巣のぬけがらを枕元

切口を揃へて蕗の煮付かな

義仲

どうと落つ泰山木のはなを手に

懸鉤子（きいちご）を牛の見てゐる前で食ふ

大樽の漬りたる水菱の花

日暮来る檻の升目に青葉木菟

真黒な夜雲散りゆく額の花

金泥の仁王の乳首あをあらし

青梅をぶつつけ合ふや唇嚙んで

青梅の散らばつてをる上り口

昼酒に笊ごと置いて桜坊

信州の気の鬱として青ぐるみ

青ぐるみ枝先漬る濁り川

朝曇り礫と発(た)ちて雀ども

夕立の空傾けて妙義山

大男と祭りが晴れて別れけり

炎天になりゆく空や蜘蛛の糸

蓮池におくれて着きし女たち

凌霄花阿武隈川へ懸りたる

Ⅳ

麦飯や潮(うしほ)の縞の濃く薄く

眼の前にひるがへる瑠璃夏燕

大南風(おほみなみ)黒羊羹を吹きわたる

腕組みの男へばさと卯波かな

石垣の下の十薬月明り

波かぶるまま六月の燈浮標(とうふへう)

義　仲

卯のはなが散らばる海女の通り道

はびこれるきんぎんなすび海女の留守

雲の峰置いては捧げコップ酒

満月を南瓜の花が揚げにけり

青嵐上潮の波吹き飛ばす

海界(うなさか)をはなれて速き夏の月

斑猫の寺海近き砂地かな

海鞘(ほや)つくる男の苦み走つたる

ふなむしの走り散つたるまま止まる

土用波戸板一枚上げにけり

夕焼より頭上の夜に眼を移す

大皿のむかしの藍に冷し物

巴寺

夕焼の火の飛んで来る周防灘

戦船（いくさぶね）の如き鱸を庖丁す

白粉花平家都を落ち果てぬ

義仲

秋の波つぎつぎに楯雎鳥羽（めんどりば）

秋夕焼やがて樫鳥縅かな

吹き抜ける栗散辺土秋の風

明月の鞍馬にちかく守（も）る少女（をとめ）

誰いふとなく巴寺秋高し

椎茸を供へて与一地蔵尊

義経堂（ぎけいだう）木の根に溜まる秋の雨

虫ごゑの千万の燈（ともし）みちのくに

零余子散るいざ鎌倉の切通し

香煙にけぶる近江路秋彼岸

義　仲

あとがき

この句集には『葛の葉』以後、昭和四十八年より現在に至る句を収めた。二年程前、版元から句集名を求められ『義仲』とした。いつか、その名の句集を持ちたいと思っていたからである。いまは、義仲の名の気負いから遠いが、わが俳諧の塩として、その名を残した。句集の中に、直接、義仲を詠んだ作はない。

牧羊社の荻野節子氏には、とくにお世話になった。

昭和五十三年十月

川崎展宏

第三句集

観音

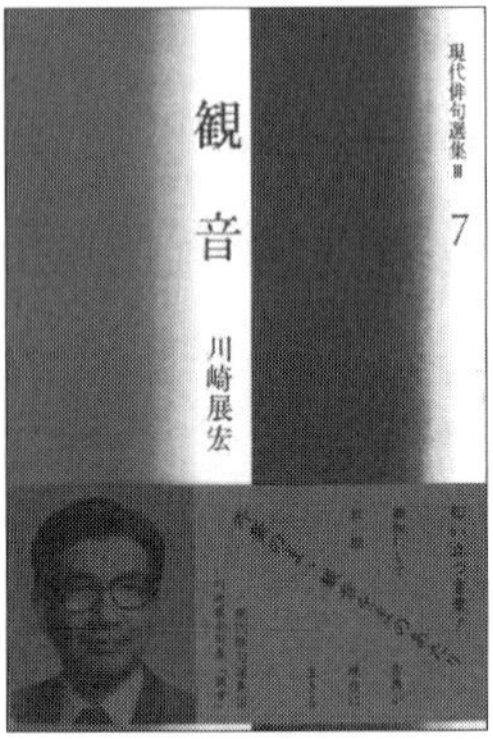

昭和57年11月25日発行
現代俳句選集Ⅲ・7
発行人　川島壽美子
発行所　牧羊社
装　幀　山崎　登
印　刷　三和印刷株式会社
製　本　松栄堂製本所
定　価　2100円

天くだる一筋の瀧十方空

――昭和五十七年八月　那智――

観　音

I

出かゝりし油のやうな薄の穂

白むくげ燦爛として午前九時

壺の口いつぱいに挿し濃龍胆(こりんだう)

刈萱の風より雨を待つふぜい

かほがあるやうな花野のうへの空

観音

秋の蚊の身をそばだてゝ刺しにけり

山田寺本尊佛頭

桔梗(きちかう)のはなびらの線佛頭に

興福寺蔵

蓑虫に亀石までの道を聞く

道々のかまつかに風渡岸寺（だうがんじ）

秋の蛾の張りつく万霊供養塔

舌打で音をあはせて鉦叩

洗濯屋良夜へ蒸気あげにける

なにがなしひつそりと食ふ秋鰹

秋鯖の脂に諸手濡れにけり

額（ひたひ）に皺よせて南蛮（なんばん）煙管（ぎせる）かな

観音

十月に入るしづけさの向山

秩父嶺の藍より出でし秋の川

朴の実の赤きにあはす双眼鏡

地球儀が覗く体育の日の二階

万象の影卓上の柚（ゆ）の影に

よく見れば蠅のついたる烏瓜

紅葉鮒伊吹の山が削られて

柿の実と風にふかれて関ヶ原

柿店に釣竿も置く日が差して

瀧つ瀬は滾(たぎ)りて白き紅葉川

郁子の実や一人の姉を狂はせて

紅葉かつ散るをきらきら昇る蝶

大伯母の通草(あけび)を提げて入り来たる

椎茸を売る店ばかり日が沈む

背高き雁来紅を簾越し

面打の家の中まで葉鶏頭

白足袋のひたひたと来る破芭蕉

橘の実が添えられて

非時香果（ときじくのかくのこのみ）が小包に

碁のことを橘中のたのしみというから

橘中の碁打休んでゐるらしき

茶の花の黄をつけて来し犬の貌

枯萩を括りし紐のほろけたる

石柱の山乃神佇ち山眠る

美しき入日を日々に十二月

海沿ひに破魔矢の鈴の行くことよ

蜜柑山より真白な雲お正月

探梅や穴師の犬に吠えられて

風花す末社の神はさびしかろ

明鴉すぐに鶯谷々に

紅梅の干菓子に男瞬く

忘れてもえゝぞないゝえ鳴雪忌　二月二十日

このあたり魚山といへり春炬燵　三千院

腰曲りたる婆速し犬ふぐり　寂光院へ

朧夜の東西南北鬼瓦　　東福寺

伎芸天に春のコートを脱ぎ見(まみ)ゆ　　秋篠寺

隅寺の築地がいたむ春の雨　　海竜王寺

不退寺　四句

蛙鳴く在原寺へ一本道

大女業平様へいちご籠

不退寺の春日滴る紅庇

これぞこの在原寺の春の月

大和神社　二句

大和坐(やまとにいます)大国魂(おほくにみたま)霞立つ

観　音

赤き幣（ぬさ）のいはれはしらず春日影

大和神社（おおやまとじんじゃ）境内の末社、方二メートル。戦艦大和以下海上特攻作戦の戦死者三千七百二十一柱を祭る。　三句

戦艦の骨箱にして蕨萌ゆ

三千七百二十一柱かげろへり

いくさぶねやまとのみたま鳥雲に

山吹のあたりにすぐに潦（にはたづみ）

若衆（わかいしゅ）が上げる鉄下駄雪柳

小田原・大雄山

囀りの岬や波は高くとも

藍のかげふくみそめたる夕桜

観音

夕風のぞつと冷えたる八重桜

菖蒲田を剪られたる花はなれ来る

十(じふ)三(さん)束(ぞく)三(みつ)伏(ぶせ)の花菖蒲哉

鶴の本白(もとじろ)、鴻の羽割合せて作(は)いだる矢の、十三束三伏ありけるに　平家物語・遠矢の巻

万緑に美男の僧を点じたる

片蔭へ子を入れ若き母が入る

睡蓮の水白日を浮かべつつ

羽の筋つまんで放す揚羽蝶

炎天を百(ひやく)骸(がい)九(きう)竅(けう)運ぶなり

わくら葉を燃やす火のいろありにけり

水切りの水輪かさなる夜の秋

糠味噌をよごす紫なすを抜く

松本雨生氏『素袍』上梓。すはうを折り込み

涼しさは晴間見えたる有為（うゐ）の山

Ⅱ

新涼に雲丹（うに）の丹を塗る朝御飯

秋の日に炒（い）られて膝の旅鞄

高野へと心急かるゝ白木槿

観音

ガラス器に無花果を盛る濡れしまゝ

はなびらを風にたゝまれ酔芙蓉

雑貨屋を慌てゝ出でし秋の蝶

手押喞筒（ポンプ）花野の水のつめたさよ

馬の影みるみる伸びる曼珠沙華

錆びて来る武蔵は欅もみぢより

板敷に冬瓜と時をすごしけり

初紅葉といひて面（おもて）をあげにける

祖に会へば佛に会へばと紅葉山

鶏頭の下鶏頭を抜きし穴

木豇豆(きささげ)の蔭で眼鏡の人体操

飛行機雲大円を描き煤払ひ

狛犬に木(ぼく)三本づつの雪囲ひ

山形・宮内

信号青冬至の人の群うごく

水仙の荷が飛ぶ赤い航空燈

霰敷く千満珠寺をたもとほる

観音

波の音ときどき高き敷松葉

数へ日の一つを置いて来し小島

初島

葉牡丹で年を迎へし勅願寺

信士信女去年の紫式部の実

落柿舎の外の日向や人を待つ

松過ぎの浮世絵展が賑ひぬ

初雪に蝙蝠傘の行くことよ

寒木瓜の影や濡れたる土の上

大雪の蓋を開ければ煮ころがし

防人の多摩の横山冬霞

笹鳴や万年筆が見つからぬ

本尊は大日如来春立てり

とりわきて愛染明王冴え返る

友達の影やはらかく犬ふぐり

犬ふぐりの浄土より足はみ出せり

葉牡丹が捨てられてゐる春の川

観音

梅咲いてケースの中のお人形

城下町眼鏡に梅を映す人

燈の映るものに胡葱（あさつき）膾（なます）かな

山独活に少ししびれし口の端

白酒を飲めぬと頭（つむり）ふりにける

初蝶の綴りし三十三観音

山笑ふ二上山は笑はざる

あけぼのや鉄床（かなどこ）なせる春の雲

三椏の花や手鼻をかむ男
おたがひに肱張つて食ふ菜飯かな
木苺の花に朝日が瀧のごと
揚雲雀二本松少年隊ありき
笛吹いてすぐにやめけりチューリップ
多摩の水通ひし枝垂桜かな
花筏ながき日暮をいかんせん
一人酒おぼろの月となりにける

観　音

乳飲児の握りしめたる桃の枝

振つてみるアフガンの鈴鳥曇

春暑く隣で鍋の落ちし音

掌を合せ垂る、いくつも棕櫚の花

豆飯の豆より飯のうつくしき

掘りたての筍の先風呂敷より

をみなごの話しづかや枇杷の種

夏至の日のさても暮れたり膝頭

法然の頭（つむり）と西瓜合掌す

雨粒来（く）鯰を押へたる石に
鹿島神宮　関八州の鯰を押えているという石がある。

笑はせて笑はせられて竹煮草
佐藤和夫氏

管足の出し入れ海胆（うに）が歩くなり

玉珧（たひらぎ）を置いていくぞと又（また）従兄弟（いとこ）

咲き残るポンポンダリヤ海の端（はた）

白波にかぶさる波や夜の秋

日（につ）光（くわう）黄（き）菅（すげ）後姿の夏を見き

三井寺　四句

新羅三郎義光と鳴く蟬あり

蟬(せん)声(せい)と声明(しやうみやう)三井の怒(おこ)り節

三井の怒り節＝烈しい三井寺の声明のこと

一切経蜩の声立ちにけり

初秋や源家ゆかりの園城寺

朝蜩ふつとみな熄む一つ鳴く

湖の波禽獣虫魚秋に入る

悼　中川糸遊先生

先生を青葉の雨が濡らします

中川糸遊＝俳人・歯科医。米沢でお世話になった。

悼　青池秀二氏

上手とはいへぬ厚物咲遺す

青池秀二＝俳人・「寒雷」の先輩。とくに親しくしてもらった。

Ⅲ

砂肝の熱きを噛んで九月かな

秋日差ことに黒胴置ける廊

尼寺や置いては使ふ秋団扇

身のうちの鳴るや鈴鹿の秋の風

紫宸殿南廂の下蟷螂老ゆ

レオナルド・ダ・ヴィンチ号より秋の蝶

レオナルド・ダ・ヴィンチ号＝イタリーの純白の客船

曼珠沙華の蕊全円をなせり皆

観　音

曼珠沙華ありなし雲のあらはれて

ありなし雲＝有無雲。あるかないかの雲

十三夜掛軸の字の読めぬまゝ

松山城このもかのもに櫨紅葉

鶏が鳴く吾妻に欅もみぢあり

鶏が鳴く＝枕詞

濃紅葉の憑いたる眼（まなこ）もてあます

紅葉を塗りつぶしたる夜の窓

茶柱や京の紅葉を見ずじまひ

ひよんの実を机に英文学者留守

秋深き猫がゐるわといふ声も

黒鯛を黙つてつくる秋の暮

人間は管(くだ)より成れる日(ひ)短(みじか)

柚子湯です出て来る客に這入る客

所望

あつかんにはあらねどもや、熱き燗

石蕗の葉のつやつやとして年の内

水仙の荷がいま着きし小(こ)商(あきなひ)

まとひつく潮(うしほ)を初日はなれけり

椨（たぶのき）にあらたまの年昇り来る

みづいろの雪の夕べや松の内

浄瑠璃寺　三句

国宝の氷の寺となりにけり

爪先の凍れる九品浄土かな

九体佛金（こん）色（じき）壺焼芋もきん

外套のまゝ観音をまのあたり

石垣に影のゆきかひ春隣り

日脚伸ぶ蠟石の絵を見てゐる子

二上山より降りてくる春の雪

ふはふはと春の雪降る大ぼとけ

紅梅の乾きかけたる幹に雨

一休が自分で植えつけた鬚、今はなくて

啓蟄や等身像の鬚の穴

三月の雪こそか、れ竹帚

春雪に蚊のとまりたる雄ならん

春の寺漬物石が置いてある

百千鳥月まだ色をうしなはず

観音

かたくりは耳のうしろを見せる花

鳥雲に踏みはづしたる梯子段

ひとしきりそらにみづおと白木蓮

花冷ゆる東洋城の邸跡　宇和島

春の潮球（まり）を引き去り球を置き

桃の花戸を開けたての口答へ

きまぐれな問いに

花は桃僧は法然と答へける

去来像指で拭へば春の塵

お多福の鼻の穴から春日差

嵯峨面

爪立ちてなぶって通草の花を過ぐ

大揺れのしづまる風の夕桜

八重桜ルース・リーフの罫の上

擬宝珠（ぎぼうし）の花雨垂れの穴大小

ある寺で、前の住職が毎朝棒を提げて竹の子を見張っていた、と聞いて

筍大事筍大事の僧遷化（せんげ）

白牡丹雨粒のあとありやなし

ぼうたんに腰をうづめて老夫婦

観　音

梅雨の月傘をさす人ささぬ人
雨つけしま、剪らせたる額の花
鬱々と翳昇りゆく瀧の水
青葉潮舳先を高く進めつ、
蘇鉄咲く開国の海見はるかし
青嵐龍の襖と虎の襖
青年は膝を崩さず水羊羹
むつとした顔を金魚の水の上

影たまる類人猿の檻薄暑

蜜豆は豪華に豆の数少な

わすれては夢かとぞ思ふ真桑瓜

わすれては夢かとぞ思ふおもひきや
雪ふみわけて君を見むとは　伊勢物語

あとずさりしつゝわたしは鯰です

山椒魚去年と同じ位置ならん

やごの貌一切を見て見てをらぬ

誘蛾燈の色に染まりて飛ぶ蛾かな

萱草の花や金気の浮きし水

水打つて桑戸八月十五日
桑戸＝あばら屋

長茄子のどこまで伸びて行くことか

風鈴の舌をおさへてはづしけり

長崎やちろりの影も秋に入る
ちろり＝酒注ぎ

Ⅳ

夏の果レールに空のいろを置き

手をあげて遠のくものや稲光

みほとけの一粒萩を織りはじめ
秋篠寺

観音

夢殿におりてゐる秋かへりみる

佃煮の残りいろいろ秋の風

鰯雲つつかけて出る女下駄

木犀の香の消えてゐるいつもの道

秋茄子に入れし庖丁しめらざる

雄の瀧の秋の空より懸りけり

紅葉より紅葉へ女瀧見え隠れ

鶏頭に鶏頭ごつと触れゐたる

観　音

天命を総身で知る欅もみぢ

銀杏散る幹の瘤にも葉を重ね

残菊を括りあげたるよい天気

浮かみでて雲もあそぶや小六月

霜白き武蔵の国衙（こくが）跡を踏む

裸木となり正格を持し欅

火のそばに熊手を置いて落葉焚き

咳こぼすかがやきわたる海の面（めん）

橙(だいだい)を持って漁師の背中の子

老漁夫のうなじの毛穴昼焚火

旅立ちの大根辛き朝御飯

消ゆるまで時雨に赤き一位笠

煩悩とも忘恩とも除夜の鐘

谷(やつ)々にゐる犬や猫春隣り

豆撒きの昔電燈暗かりき

蕗の薹粗目(ざらめ)の雪をもたげたる

観音

下萌や雀が食べる猫の飯

ガラス戸を距てて春の潮かな

ガラス戸を開いて春の潮かな

天球を春へ廻せる虚子ならん

大佛を春月のぼる立話

真直に椿の花を踏まず来る

はなみづき空にはやはり顔がある

春空（しゅんくう）の顔をとこともをんなとも

自転車に魚積んで来る辛夷かな

ケースに一盛りの鎧の札。楠正行の腹巻という

花の塵ならで形見の札(さね)小札(こざね)

吉野・如意輪寺

二股の根方に差す日夕桜

夕桜酔(ゑひ)伏す猩々ゆりおこす

誘はるゝ勿来の関の花を見に

魚島を間近にしたる海のいろ

魚島と宿の女の言葉にも

地球儀を廻し廻せば蠅生まる

観音

忘れぬやう一人静にやる水を

年齢の牡丹へかたむくにやあらん

牡丹（ぼうたん）のにほひよしといひ悪（あ）しといふ

陽の道を柄に花かごの牡丹園

枇杷の実の青々として半僧坊　建長寺

五月晴といふには淡きものゝ影

紫陽花のいろなき水をしたゝらす

昼寝覚め枯山水をのぼる猫

涼しすぎぬ薩摩硝子（ガラス）の涼しさよ

火の山を煙が降りる松葉牡丹

幼子の隠れ遊びや蛇苺

夕立晴煎餅が残つてゐただらう

向きかへて蠅虎の鬱と跳ぶ

高麗神社　四句

この穴や地下女将軍より蟬出づる

蟬の貌この威や天下大将軍

地下女将軍へ一切の蟬落つる

赤黒黄高麗の厄除団扇かな

万里の長城　二句

長城に唸りぶつかる熊ん蜂

アカシアの花利利さんをかへりみる

利利さん＝通訳の張利利さん

北京　三句

天壇の丸い片蔭童子出づ

万緑や正午鳴り出す時計台

一人買ひ次々に買ひ麦藁帽

杭州　六句

江南の万緑釦（ボタン）一つ外す

万緑いま西湖を玉（ぎよく）と抱き眠る

西湖まづ覚め万緑を目覚めしむ

青嵐岳王廟を吹きまくる

岳王廟＝岳飛の廟。西湖畔にある。

自転車の少女把手より胡瓜立て

火車加速泰山木の花に沿ひ

火車＝汽車

上海　四句

万緑になりゆく朝の太極拳

須臾（しゅゆ）にして逆光のジャンク黒揚羽

汗の眼にあらゆる蓋のある蓋屋

万緑に包まれ握手掌で包む

あとがき

この句集は、『葛の葉』『義仲』につづく第三句集で、昭和五十四年以降の作を収めた。

句集名は「外套のまゝ観音をまのあたり」から取った。

なお、前書き・後書きは現代かなづかいにした。

上梓にあたり、版元の、とくに山岡喜美子さんのお世話になった。

昭和五十七年九月

川崎展宏

第四句集

夏

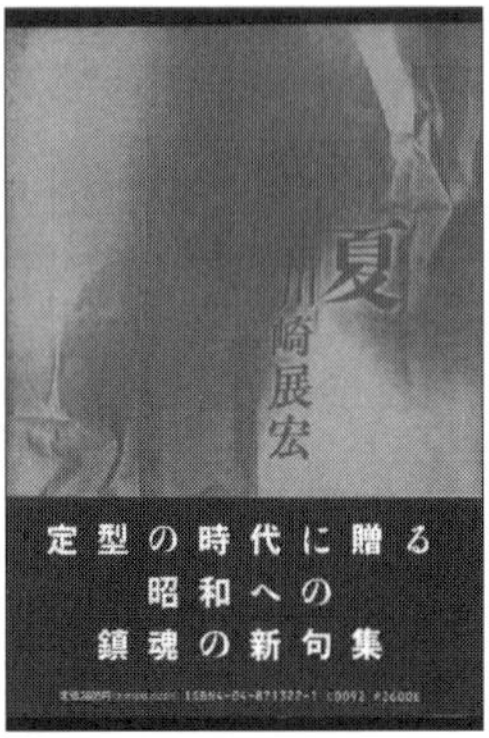

平成２年９月28日発行
現代俳句叢書Ⅲ・12
発行者　角川春樹
発行所　株式会社角川書店
装丁者　伊藤鑛治
印刷所　株式会社熊谷印刷
製本所　株式会社鈴木製本所
定　価　2600円

Ⅰ　夏

ともしびの明石の宿で更衣

ふたりしづかひとりしづかよりしづか

玉くしげ箱根のあげし夏の月

老鶯の遠ざかるにや近づくにや

あたらしき柄杓が置かれ著莪の花

生唾をのんで待ち受け青嵐

蔓薔薇は火のテーブルとなれり浮く
雑巾を固く絞りたる薄暑
河骨の水にもありし昼の月
菖蒲田の舳先の如くなりて尽く
首長き少女の持てる螢袋
五月雨の小さき橋を渡りけり
水辺より夕風の立つ額の花
干菓子あり隣近所の梅雨の屋根

すり寄りし犬の肋や五月闇
鎖ごと抱きかゝへけり梅雨の犬
青梅雨の帽子が帽子掛けにある
紫陽花に置いたる五指の沈みけり
水換ふる金魚をゆるく握りしめ
昆布巻や梅雨もをはりに近き頃
白南風の上着飛ばさんばかりかな
ありあまる黒髪くぐる茅の輪かな

姿勢よく蜜豆を待つ老夫妻
夏河は洲の白水の浅葱かな
少しおくれて涼しき人の入り来る
飲み干して天の色なる夏茶碗
まつすぐに雨が降るなり夏料理
のうぜんやさがりてのぼる花の数
朝の石からだを曲げてゐる蜥蜴
夏館直情径行の人しづか

掛軸の瀧水盤にたぎり落つ

ネクタリン切れながの眼の姉妹

漉餡を舌にとゞめて葛桜

青萩が花を着けしと掬ひけり

そろ〳〵と畳を風が夜の秋

高波の夜目にも見ゆる心太

もの丶影長くかゝりし葭障子

II

楠若葉東寺まつすぐ抜けにけり

まづ海へ眼をやつてより柏餅

卯浪より抜錨うしほおとしつゝ

雪解富士銜へ煙草をついと立て

大仰に色紙裂いたる牡丹かな

年齢の吹かれてをりぬ牡丹園

山本健吉忌

桐の花お骨の残り拾ひけり

北緯六東経九十二四迷の忌

二葉亭四迷は、ロシアよりの帰途、明治四十二年五月十日、午後五時十五分、ベンガル湾を航行中の賀茂丸で死去。

潜航艇青葉茂れる夕まぐれ

特殊潜航艇の残骸に触れて

蚕豆をむけといはれてむきにけり

洗濯屋の前通りけり青葉冷

まのあたり青葉若葉の九十翁

阿波野青畝翁　二句

夏帽子大国主命かな

ほと丶ぎす瀬枕大きに瀧鳴つて

白浪夥しう漲り落ち、瀬枕大きに瀧鳴つて、逆巻く水もはやかりけり　平家物語・宇治川

船津屋へ水満々と夏座敷

もののふの千本松原走り梅雨

千本松原＝治水の記念に薩摩藩士が植えたという。宝暦年間、木曾・長良・揖斐三川分流工事が難航し、総奉行平田靱負以下薩摩藩士五十余名切腹。

函館　五句

老鶯の鳴き交はす中アンジェラス

沢ぐるみの花はロザリオ囲壁内（クラウズラ）

クラウズラ＝修道院の内域

百合の心ルルドの水を酌む仲間

青嵐巓頂の薄毛神父様

指先にはまなすの刺異教徒にて

盛りあげて指（ゆび）痛（いた）口痛蝦蛄礼讃

薄き羽ほろ〳〵もつれ梅雨の蝶

悼　原コウ子先生

夏萩や勉強せよと叱られし

墨刷いて多摩の横山戻り梅雨

昭和六十三年六月二十五日

燦爛としてなめくぢの跡交叉

時計草見てゐる女時計草

代る代る蟬の穴見る老夫妻

草矢打つ身を削られし武甲山

合歓の花本流へ舟ゆらぎ出づ

男の瀧へ小瀧のしぶき散りかゝり

夏

男の瀧は直（すぐ）に女瀧は滾つなり

炎天や影つけて売れ壺一つ

七月九日

石見の人顴骨高く鷗外忌

七月十四日　二句

干物を男が入れる巴里祭

夕刊が濡れて届きし巴里祭

白瓜を提げて越路の女子衆

柏原　二句

俳諧寺一茶も見たり蟬の穴

蚤取粉一茶の蔵になかりけり

知恩院

観念の念にもあらず蟬時雨

飛んで来て蟬の墜ちたる能舞台

大西日柱の脇に人佇つて

籐椅子が廊下にありし国敗れ

秋

I

梨食うてうすむらさきにけぶるかな

ほほづきの軸まで赤し青きもあり

夏

鳥の影つぎつぎ花野の水を過ぎ

つばひろき帽子を萩に冠せたる

来るはずの人待つてゐる吾亦紅

いなづまのにはかにふえし沼向う

盆の月一座の顔に昇りけり

台風の名残の風や常の山

掃き清められし砂より鶏頭花

露の原大きな息をおとしけり

邯鄲を聞くそばがらの枕かな

落鮎のはたり〳〵とたなごころ

九月十九日

夜のうちに子規絶命の時刻過ぐ

秋彼岸湧いて玉なす水の音

秋高しきらり〳〵と蝶ながれ

駆けまはる風のくるまや芒原

虫声の海が枕を引きに来る

秋の闇花火が一つあがりけり

榛名神社

大鋸を奉納の宮霧うごく

冴え渡る月の面より鼓の音

酒盛りの一人声高十三夜

あげさげの羽ひかるなり渡り鳥

秋霞うなばらへ伊豆島々も

高みよりしぶきをひろげ秋の瀧

秋のくれ皿いつぱいに茄子の絵

紅葉かつ散るを急ぎの鞍馬道

底を行くよどみの紅葉うらがへり

Ⅱ

昭和二十年八月十五日以後

秋の蟬松根に斧入れしまゝ

白むくげ白無垢八月十五日

羽の透くひぐらし数多杉林

足もとを飛び交つてゐる唐辛

押し分けてこぼるゝ萩の寺無住

袖のやうに畑一枚そばの花

夏

白桃の種ちかきまで歯を入るゝ

板塀も萩も暮れたり海女の道

蟋蟀の貌の出てくるにぎりこぶし

こほろぎの身はやはらかし祖(おや)の貌

咲きはじめはや生臭き杜鵑草(ほととぎす)

古鞄露けしと今いひしかや

電話かけさうになりしが露の人

跳び交ひもしてゐる秋のあめんぼう

夏

踊りの輪山から闇の流れ出て

地蔵盆用意の男くぎかなづち

佛壇に野分の過ぎし朝の水

濡れて付く佛足石に萩の塵

座敷から月夜へ輪ゴム飛ばしけり

月夜来し人は背高のつぽかな

子規忌

冬瓜の粉吹く子規の面がまへ

秋彼岸袂ひろげて飛ぶ雀

カステラの語源に諸説秋高し

秋鯖の底知れぬ眼を通り過ぐ

残る虫耳鳴（じめい）の虫が聴いてをり

丹田へとく〱そそぐ菊の酒

面倒臭さうなる桜紅葉かな

新しきナイフとフォーク十一月

秋霞よりオムレツに眼を移す

行きすぎて戻りて美男葛の実

詩仙堂熟柿が落ちてくしやくに

半身の影を濃く入れ菊花展

Ⅲ

朝顔や背に生毛の渦ありて

野辺山　二句

盆花を摘むランニングシャツの子と

ますぐ立ち茎まがり立ち松虫草

あまのがは船首は波をかぶりたる

悼・森アキ子夫人

萩抱いて童女の化粧逝かれけり

昭和六十三年八月十七日

夏

親不知

石を巻く秋の高波がぼごぼがぼ

上路越（あげろごえ）青い団栗何になる

団栗＝アイ「これがおそろしき山姥になると申す」　謡曲・山姥

市振の松こそよけれ初嵐

くるぶしの露けき頃となつてをり

鉄亜鈴と揺れの大きな白芙蓉

竹帚飛行機雲も秋の雲

秋蝶の紅鮮しき山路かな

飴色の竹の物差秋日差

一本の脚顫はせて秋の蜘蛛
逆光に透く蟷螂がこちら向く
大阪や秋の扇子をポケットに
無月なる動物園の鳥獣
冬瓜を提げて五條の橋の上
たばこの火大文字待つ人の顔
弁天へ秋風波をたてまつる
竹生島忽と消えたり秋の闇

夏

湖北・菅浦　五句

どんぐりを踏み割り保良(ほら)の御社

淳仁帝に仕ふる雑木紅葉かな

ぱしやぱしやと塩津菅浦秋の波

高島のあどの湊を漕ぎ過ぎて塩津菅浦今か漕ぐらむ　万葉集・巻九

湖底に数多の壺や秋の声

薄闇が煙のやうに秋の山

葛籠尾崎

瓢の実にもてあそばれし心かな

さざめいて四五人が行く十三夜

十能で火種を運ぶ紅葉の賀

ころ柿が豊作の村赤子哭く

冬

I

金網にボールがはまり冬紅葉

十一月二十三日

一葉忌とはこんなにも暖かな

松山と火照りて眠る櫟山

詰まつてゐた形のまゝである蜜柑

夏

十二月八日でありし靴を履く

冬すみれ富士が見えたり隠れたり

冬すみれおのれの影のなつかしき

手袋の両手で犬の背をおさへ

三方（さんぼう）に朱欒国宝盧遮那佛

読みぞめに古今和歌集春の哥

一人居のにはかに日差福寿草

葛城の神のねむりの初霞

鳳凰堂さむき頭で入りにけり

山茶花や舞妓が通るまた舞妓

臘梅を前にしばらく湯のほてり

菜畑の菜がうまさうな冬の靄

水光に入ればまぶしき鳰

てのひらを斜や鷹に合はせつゝ

千剣のつらゝ一剣の赤不動

凍瀧の束でおとせる大氷柱

大つらゝ数多の虹を蔵しける

夏

毛だらけの鬼子でありし枯芙蓉

枯芭蕉つひに思想となり果てし

海豚みな背びれを富士へ向けてをり

石垣に寒く鰈を提げし影

押し戴くやうに海鼠を買ひにけり

雪景色多摩の横山美しき

笹鳴や学習院を通り抜け

ゆびさきを反らせてつまむ藪柑子

真鴨小鴨のどで押す水春近し

Ⅱ

観音の囲むみづうみ寒くとも

突堤にゐる犬十二月はじめ

どんぐりが敷きつめられて冬の水

崖下の家に灯が点く漱石忌

東欧の民族民族息白し

夏

息白く民族といふつらきもの

熱燗や討入りおりた者同士

屈伸のわれを見てをり冬の蠅

天台や一燈を守る初比叡

尾を高く巻きたる犬の尻枯野

冬景色奥山大臼歯の如く

伊服岐能山（いぶきのやま）畏れてすゝむ暖房車

湖北　羽衣伝説

疑ひは人間にありちやんちやんこ

着ぶくれの楸邨先生とエレベーター

提げて行く柄（つか）の固さの冬薔薇

この朝は昔の寒さ膳につく

裸木の楷が立つなり見上げよと

大いなる海鼠火鉢に畏まる

冬桜おとがひのみな衰へし

月を見て入りけり鮟鱇鍋の店

一月二十日

乙字忌の滅法寒くなりにけり

笹鳴や小町通りをそれてすぐ

夏

地球儀の包みをほどく日脚伸び

鈴木幸夫先生

先生に来てとまる虫春隣

爪切りで頁をおさへ春隣

春

I

椅子一つ抛り込んだる春焚火

煉瓦塀炎まつすぐ春焚火

うぐひすは大人の貌をしてゐたり

夏

紅梅にゆびさし入るゝごと日差

足もとに来て春雪をはらふ犬

春コート耳成山に登りけり

鶯や音(おと)もよろしき多武峰

下りて来る翁に逢へり春の山

山城も大和も径の犬ふぐり

昼月は空のうすらひ伊賀に入る

荒東風の押し戻すドア力こめ

風の日は花が花打つ辛夷の木

眼打つ雨あた、かしポストまで

朧夜に拇（おゆび）のかたちおほぼとけ

デッサンのかさなる丸が桜かな

夜桜のみしみし揺る、まへうしろ

奥宮へ風か桜を渡り行く

むつと息のつまりし桜吹雪かな

夕ぐれの水ひろびろと残花かな

おもたさの唇厚き桜鯛

がらがらと持ちあげでびら鰈の輪

膝のやうな菜の花の丘人が出て

指先で帽子をあみだ桃の花

すみれの花咲く頃の叔母杖に凭る

春の瀧肩から軽い布かばん

赭土のここは滑るぞ落椿

潦ながれだしたる落椿

夏

風の花（アネモス）アネモネを提げて来る

この河の水は北へと勿忘草

鮎の子や鮎のにほひを手に残し

火の山をたつぷり濡らす菜種梅雨

躑躅咲く屋敷に闇の濃かりけり

II

新聞をひろげつぱなし春炬燵

喉元のつめたき鶯餅の餡

春浅し寄せくる波も貝がらも

春雪をつけて入りけり額縁屋

早梅の影をコートにお互ひに

金縷梅の大木といふべかりける

紅梅に片寄せてあるオートバイ

夕食後めあての梅へやゝ遠出

霰来と思へばやみぬ藪椿

玉杓子入るゝうれしき浅蜊汁

夏

出たばかりやす〱おろす春大根

一つ一つに庖丁の跡慈姑（くわゐ）

ぶち切つて山独活を突きつけにけり

つながつてのぼりくる泡水温む

めい〱の缶にストロー揚雲雀

眉のやうな丘に段々春の宮

狂ひさうになり連凧である一つ

堂塔を花へ開けんと鍵の束

花祭り三十三間堂もかな

坊さんが佇つ一面の犬ふぐり

やゝこしく葉を出しかけの蝮蛇草

白波の一線くづれ木の芽和

上潮に足長蜂の出て戻る

花どきの揺れに揺れつゝ艀ども

岬あり春濤に斧入れし如

囀りの岬となつてゐる目覚め

夏

春日傘岬の道を降り登り

崖下の浜でがやがや春の暮

おぼろ夜の漁師の怒声それつきり

春の夜のぬつと使はぬ手水鉢

桜鯛兜割つたる一包み

掌に固き幹のふくらみ落椿

一人離れて金管楽器諸葛菜

流れ去る水うつくしやうぐひの眼

III

一日に一度の正座春の雪

梅の里水段々に落しけり

白梅のひともとゆゑに崖の家

祝「珊」創刊

浅春の風に珊々玉三つ

「珊」は深見けん二・藤松遊子・今井千鶴子、三氏の俳誌。平成元年二月創刊。

斑雪野を楽人の群れ通り過ぐ

幹濡れて野の紅梅でありにけり

芹を摘む風にときどき海の音

夏

虚子の墓春のコートを脱ぎにけり

肖像画口ゆるく締め利休の忌
肖像画＝長谷川等伯筆

江南　九句

とぎれては一燈江南の春燈

料峭や伍子胥列伝嚢中に

春泥の坂盤門へ人続く
盤門＝蘇州西南の城門。一枚の岩板で門を閉ざす装置があった。

鈴懸の芽吹く枝々卵売り

春水にあばたの鐘を撞き鳴らす
鐘＝寒山寺の鐘

歯刷子で示す会稽山おぼろ

春水に夕日の伸びる禹王陵

括られて並ぶ家鴨や春の市

点々と耕人の紺うすがすみ

諏訪　二句

押しくだる雪解水や諏訪の神

寄生木の春のみどりの御社

大島　五句

為朝の左手長し蕨狩

生れながらにして弓手の肘、馬手に四寸伸て矢束を引こと世に超つ　椿説弓張月

年々の椿を掃いて翁かな

方形や、長めに椿捨てる穴

夏

月が出る大島桜濡れてゐて

手鏡のやうな小港春燈　波浮港

鈴木幸夫先生を偲び

泣くやうにはにかむ老師花のもと

悼　桜庭幸雄氏

満開のにははかに冷ゆる桜花

魚河岸の大塚耳洗氏　傘寿

店二軒築地魚河岸花の翁

花の山分け入る手力男命

近江

観音の岸へ岸へと春の波

葉牡丹が丈を伸ばしてゐる朧

桜貝大和島根のあるかぎり

夏

あとがき

この句集は、『葛の葉』『義仲』『観音』につづく第四句集で、昭和五十八年以降の作を収めた。

句を編んでいるうちに夏を迎えたので、句集名を『夏』とした。

版元の、とくに小島欣二氏、秋山みのる氏には大変お世話になった。

平成二年　立夏

川崎展宏

第五句集

秋

平成9年8月7日発行
発行者　角川歴彦
発行所　株式会社角川書店
装　幀　伊藤鑛治
印刷所　株式会社熊谷印刷
製本所　株式会社鈴木製本所
定　価　2700円

Ⅰ　春

方寸にあり紅梅の志

紅梅の影を被（かづ）いてをりしかな

薄氷の上にとゞまり雪つぶて

薄氷をなぶらんとする棒の影

手鏡のかたちに溶けて鴨の水

うぐひすといふには拙まだ一寸拙

赤い根のところ南無妙菠薐草

一枚二枚空々寂々干鰈

梅の花鎌倉古道とぎれとぎれ

笑ひ声降つてやみけりぼたん雪

祝「かたばみ」二百号

紅白の梅や埼玉よき日和

埼玉の畑打つ昔近衛兵

酒折の宮のみてぐら春浅し

馬場あき子さん歌集『阿古父』

日が差して白玉椿阿古父尉

常節を殻ごと煮付けたる五六

祝電「春潮」四百五十号の集いへ

晴れました春潮四百五十の帆

一つ芽に一つ雨粒けぶる山

那智の瀧を思う

須弥山に懸れる春の瀧ならん

送別　星野恒彦氏へ

宛書はウインブルドン風光る

杉浦恵子さん句集『窓』

ページ繰る窓に春日濃かりけり

Ⅱ

秋

三月の噴水服の色いろ〳〵

饅頭を割る虫出しの雷のあと

南無八万三千三月火の十日

東京大空襲による死者の正確な数は不明。十万とも。
いま「米国戦略爆撃調査団報告」の数に拠る

なまぐさし五体投地の修二会僧

少女期の真蒼な顔幣辛夷

昼めしのことを考へ涅槃像

現はれしタートルネック春の瀧

青柳志解樹氏

桜餅顔くろぐろと男まへ

何に眼を寄せて若狭の蒸鰈

江の電は揺れて行きます落椿

あ初蝶こゑてふてふを追ひにけり

炊飯器には菜の花がよく似合ふ

関八州赤城榛名も芽ぶくかな

太陽と烏と喇叭水仙と

房州　補陀落山那古寺　二句

千手即春の翼の観世音

春空に笛や補陀落山の鳶

洲崎灯台　二句

ませた鶯下手な鶯鳶も鳴き

秋

うら〳〵と春日に舌ある如し

海女わらふ潜（もぐ）れば娘十八よ

ストックを家族で仕分け吠える犬

初花や馬の水飲場でありし

料峭や松のみ高き五稜郭

臍（ほぞ）もなき大和島根に春の富士

祝婚　杉浦功一氏・洋子さん

山笑ふ功一洋子夫婦箸

平成八年三月十日

早野和子さん句集『藜』

美作の春や藜の杖の人

『藜』は父恋いの句集とも

須原和男氏句集『青天』

菜の花や山嶽稜々むらさきに

多賀谷歌子さん句集『童子』

出て遊べ伊万里(いまり)焼の童子桜かざし

悼　里見俊一氏（里見梢さん夫君）

終の雪いくさの日々は夢の夢

Ⅲ

早雲禅寺

いつの間に樟の影置く春障子

春濤に箏を差し出したる岬

晴れぎはのはらりきらりと春時雨

薄墨の富士にまみゆる遅日かな

ほッ春筍買ふまいぞ買ふまいぞ

緋毛氈の上に春筍の籠

胸の幅いつぱいに出て春の月

信州　下諏訪

春愁や石の裾曳く万治佛

花のふた一つ開けたる二輪草

筋肉のひらききつたるチューリップ

春雨や小瀧の上にかゝる橋

かぶさつて流れははやき夕桜

白松が最中をまへに花疲れ

白松が最中＝仙台の銘菓

小淵沢　神田（しんでん）

瘤々の幹二股や糸ざくら

猿山のこのもかのもに花の塵

鎌倉の空かき曇り散る桜

桜鯛子鯛も口を結びたる

喜々として素焼の鉢の桜草

八重桜日差が胸にひえびえと

蛇苺五弁黄を濃く草の中

鳴き出して春蟬(しゅんせん)の黒見えねども

大佛の無数の螺髪菜種梅雨

昼蛙の方へおみ足観世音

都忘れ朔太郎忌の近きころ

今日見しと都忘れを眠るまへ

うぐひすの古巣を飾る枕もと

下町の人の素顔に藤の影

東海道ところところの藤の花

黒揚羽とまる烈しき翅づかひ

星野恒彦氏夫妻

お帰りなさいクィーンズ=イングリッシュ春帽子

早野和子さん角川俳句賞受賞

八重桜になりゆく光このごろの

柴野八洲子さん句集『亀趺』

やはらかに八十八夜の雨亀趺（きふ）に

夏

I

笹舟を男の子と流す夏はじめ

卯の花に多摩の早瀬のしぶき哉

山の墓そばに高々桐咲けり

阿弥陀佛に残る金箔余花の里

佐藤春夫忌

季節（とき）は五月ひとことで切れ「幸（さいはひ）に」

昭和三十九年五月六日、自叙伝録音中、右の一言で絶命。詩に「望郷五月歌」もある

祝「笹」創刊十五周年

十あまり五つをかぞへ笹粽

風に浮き浮きあがりては若楓

やはらかに指ひらきけり橡若葉

何喰うて三光鳥は月日星

ぼうたんに四股を踏むなり襁褓の児

むらぎもの心くだけし牡丹かな

祝「晴居」百号

十重百重薔薇大輪の晴居かな

薔薇園のしんかんとして岬かな

祝「逢」創刊五周年

蛇の絹不老(おいず)の瀧のありといふ

平将門伝説

野に起り野となりし王青嵐

楸邨が佇つじゆうわうの青あらし

祝「槌」発刊。葉書のおわりに、ときどき息をお抜きなさい、と書いて

槌打つをゆるめて青葉若葉かな

伊達公子選手

眉勁しそのラケットより青嵐

秋

星野恒彦氏句集『麦秋』

麦秋の道を来る人上着を手に

須原和男氏句集『將門』

男ぶり将門公の更衣

別所信子さん句集『走水』

青葉潮潮の流れの走水

悼　野村吉雄氏。野村洋子さんへ

密葬の壺を身近に明易く

II

簡単な文字を忘れて夏衣

葛桜男心を人問はば

敷島の大和心を人問はば朝日ににほふ山ざくら花　本居宣長

ふるふるとゆれるゼリーに入れる匙

花菖蒲するどき一抱へ

咲くからに縁(ふち)はちゞみの夏椿

三宅坂赤坂見附夏つばめ

暗きより水もみもみと噴井かな

桑の実の落ちては日陰汚しけり

博道さん三回忌

葉桜も雀も鳩も三回忌

丸いまゝしばらく含む桜坊

黒南風や蘭渓道隆結跏趺坐

鎌倉や額紫陽花を傘に入れ

八木荘一氏令嬢渚さん結婚

六月や海坂を陽はのぼりつゝ

通る人枇杷に面を照らしては

がんぼの左右相称四肢と二肢

沖縄は浮かぶ花束梅雨明ける

炎帝の錦旗北上梅雨鬱王

浜昼顔三角の影一花づつ

青芦にすつと入れたる舳かな

大木の葉のこまごまと夏の月

夏瘦の雀それこれして去りぬ

フルートになりし男の端居せる

フルート曲杉一本づつ雪ふらす　博道

虹の中に虹を見てをりしが消えぬ

安部孝一郎・小口たかし・川嶋裸虫・
山田尚良四氏の句集『四重奏』

瞬いて涼し弦楽四重奏

里見梢さんの句集『転（ころ）』

蜜豆やころころころ笑ふ総婦長

Ⅲ

加藤楸邨先生

夏座敷棺は怒濤を蓋ひたる

平成五年七月三日

秋

凌霄花にかゝりて落ちにけり

楽心院浄誉博道居士

骨壺は涼しきがごと墓に入る

平成三年七月七日納骨（六月三日没）　北品川　法禅寺

漆黒の大日如来涼しけれ

成田山祇園会　奥の院御開帳

祝「未来図」百五十号

草田男の夏袖子さんの未来図

悼　井伏鱒二氏

いましがた出かけられしが梅雨の雷

平成五年七月十日

むせかへる草の中より百合の塔

冷酒のおりる段々咽にあり

炎天へ打つて出るべく茶漬飯

野牡丹と腹に晒布の男かな

床屋から出て来た貌の穴子かな

干瓢のすだれの端のゆれて止む

こころいま梅鉢草の五弁かな

ふい〳〵と枝を出て来る青いちじく

二三歩で捨てる日暮の灸花

煎餅を缶のまゝ出す夜の秋

出雲　二句

大穴牟遅神（おほなむちのかみ）の負ひたる雲の峰

寄る神か夏潮の穂か日御碕（ひのみさき）

戸隠　三句

面の鬚すゞしき御神入（ごじんにふ）の舞

夏神楽風の如くにたぢからを

すゞしさの鈴や岩戸の鶏の舞

夏潮をうしろに和服姿かな

畳に頭あつちへやつて籠枕

祝「響」創刊五周年

夜の秋跳ねたる鯉の響かな

ウインドサーフィン帆の脇一つづつ真顔

土砂降りの雨となりけりシャーベット

夏の果人形海へ流れ出て

夏の果南溟に雲立並び

I 秋

新涼の子規堂小さき机ある

犬猫も眼をほそめてや初嵐

初嵐がらがらがらばんと竹林

ふつくりと桔梗のつぼみ角五つ

俳諧史いま桔梗の志

長谷川櫂氏「古志」創刊

白桃の皮引く指にやゝちから

秋海棠の花ことごとく雨雫

秋の蝶互に翅をひろげては

翅あたる音してやがて秋の蟬

安藤星河氏句集『海の日』

天の河海の男がすぐそばに

惑星の重さ葡萄の房の重さ

火祭りの火の粉木花之佐久夜毗売

きらきらと吉田火祭りをみなの眼

露まみれ毛虫の黒黄伸びちゞみ

戸隠（とがくし）山の幾重の襖鬼やんま

桃食ふか食へよ戸隠の鬼の衆

朝霧を脱ぎかけてゐる蝶ヶ岳

一本立ちあとはたふれてをみなへし

層々と雲巌禅寺鬼やんま

黒揚羽七堂伽藍秋の影

秋高し関をつかんで二位の杉

二位の杉＝白河関の巨杉。藤原家隆お手植という従二位の杉

実の入るやがちゃやの作るだだちゃ豆

ががちゃ＝かあちゃん（庄内言葉）

『木の声』の一巻読了秋の蟬

宇野隆雄氏句集『木の声』

吾亦紅あたりに微塵立ちにけり

コスモスで終る片側町波々

II

腸も老いてぶつぶつ秋に入る

秋

箸置に箸八月十五日

太郎水漬(みづ)き次郎草生(む)し茄子の馬

大露のなき数に入るまた一人

長崎の木槿は胸にひらきけり

陽の翳るたびに蜩兵の墓

吾亦紅の弾幕などといふ勿(なか)れ

鉄道草赤い夕日に照らされて

平成七年（敗戦五十年）は明治百二十八年

初嵐眼を搏つて鳥の影

新涼の犬に言葉をかけにけり

森アキ子夫人七回忌

人影の萩に行き来や七回忌

八月を送る水葬のやうに

一本の桔梗となりし男はや

桔梗一輪投げこむ力ばかりの世に　博道

松虫草手をあげて友来るごとし

信州　野辺山

親へ子へシャベルが動く露びつしり

平成七年九月一日　坂本弁護士一家の遺体捜索始まる

平泉　四句

秋の雲はやし毛越寺跡の池

秋の昼ガラスの中の金色堂

衣川秋の日差の濃紫陽花　高館

幻の平等院やきりぎりす　無量光院跡

達谷窟（たっこくのいはや）にさがる秋の蛇

天の端ひも延べ垂らし渡り鳥

みづうみがあげた流木秋の声

呉　二句

曼珠沙華零戦一万四百余　総生産数一万四百三十一という

後の月戦艦大和のドックにて

水兵の影が見てゐる石蕗の花　「大和」記念碑のあたり。

韓国　六句

裸では寒い秋雨天邪鬼

吐含山仏国寺

猫じゃらし芒がまの穂皇龍寺（ファンヨンサ）

「韓民族は涙を流すのではなく、希望を
こめて涙を飲みこんで来ました」とガイドの金清子（キムチョンジャ）さん

秋高し涙飲みこみ韓民族（ハンミンゾク）

渾々と水晶の水唐がらし

百済路

石塔に風鐸の穴秋高し

扶余　定林寺跡

寄り離れ扶蘇山城趾秋の蝶

Ⅲ

大露の濡れたる貌をむけて犬

秋高し鯰が鯉のあとにつく

吹き飛んで袋立ちたる秋の水

剃刀をさつとあてられ今日の月

町筋に疾風(はやて)の残る今日の月

十六夜の水の市ヶ谷飯田橋

水の町郡上八幡月に濡れ

而して淡泊平易獺祭忌

段二千四百月の羽黒山

花に来る蝶蜂蜻蛉風紫苑

破芭蕉仰ぐ十指を組合せ

破芭蕉静けき星の夜なりけり

朝顔のをはりの白を海士の家

これは何これは磯菊しづかな海

東西ドイツ統合

秋天に独逸の頭蓋穹窿なす

平成二年十月三日

巨福山建長寺

秋風の立ちどまりたるや禅師像

大覚禅師像　瘦身、や〻前屈み。さがり眼

石庭の石も靡くや秋の風

身の内のこきと音して菊の酒

落鮎のぶあつき皮を箸で行(や)る

ほろほろと炎立てゝは残る虫

枯れはじめたる蟷螂の身づくろひ

無花果の割るといふにはやはらかき

柿の実の張つて四角にならんとす

さら〳〵と砂の雲出て秋の冷

IV

秋風の身に添ふ町の漬物屋

秋高し那須の黒羽四千戸

浄法寺直之氏

浄法寺何がしとゐて秋高し

菊膾昼のあかりを点しけり

咲きついでこぼれて白粉花の反り

祀ることなくて澄みけり十三夜

庭下駄がひんやり美男葛の実

何の音粧ふまへの秋の山

木瓜の実をまはして捥いで秋一つ

掃除機が部屋を経めぐり秋しぐれ

心臓がひとりひとりに紅葉山

しづかさの水ゆれ浮草紅葉ゆれ

見え隠れ茎も水草紅葉かな

一つ一つ榠樝は癒すもののかたち

維摩詰の方丈を割る石榴かな

身を出でし湧水に富士秋澄める

色変へぬ松をかまへて御師の家

行く秋の水たひらかに河の面

島田和世さん句集『海溝圖』

海溝図藍深きより秋の風

桜庭敏子さん句集『紫苑』

夫恋ふや紫苑の空の夕焼けて

佐川昭吉氏句集『壺中天』

繙けば壺中の天の高きこと

I 冬

冬浅き靴の埃を払ひけり

新月のうしろのくらき冬はじめ

冬と云ふ口笛を吹くやうにフユ

五重塔揚つて朴の落葉かな

櫻井博道を憶う

骨もまた疲れて眠る龍の玉

昼の月眼のふち寒くなりにけり

花の毬ぬるりと出してゐる八手

戦経し大島紬石蕗の花

冬麗の水に靨や流れをり

枇杷の花糸を短く糸電話

毛だらけの鬼子なれども枯芙蓉

甲斐に風花北岳は白い爪

雪来るか佐野坂三十三観音

青木湖畔　佐野坂

太陽が月の如しや冬の寺

瀬戸市　定光寺

みづうみの水のにほひや冬桜

いいな〳〵と首をすぼめて冬桜

ちぢこまり黙の重さの海鼠かな

柚子風呂にひたす五体の蝶番

残生や霜は心の陣営に

年の火の火の粉はのぼるみな消ゆる

中里桂子さん句集『龍の玉』

龍の玉日は午に近しあたゝかな

亀井新一氏　通夜

移りけり冬の満月高みへと

平成八年十二月二十二日没

秋

II

鶏に五徳ありとや明の春

散りかゝる雪の玉水手毬唄

これは〳〵腰がある餅雑煮箸

取り皿に今年の富士を取りにけり

初凪や小石奏づるほどの波

数の子や歯の兵（つはもの）の生残り

注連縄を張つて地震の国の春

初旅のぞつと裏富士抜衣紋

両頬に墨つけふくら雀かな

鈴木真砂女さん句集『都鳥』

割烹着鶴の齢の都鳥

言の葉もよき静岡のお正月

極楽寺坂越え行けば――

臘梅や長谷観音は堂の中

京都　四条河原町

臘梅を生け金襴を掛け流し

北島忠治明大監督

ラグビーは紫紺の怒濤「前へ」「縦に」

海鼠あり故にわれありかぼすもある

凍瀧の頤（おとがひ）がつとはづしけり

小家がち瓦の屋根と橙と

Ⅲ

二艘行く雪にまぎれて雪見舟

塗椀が都へのぼる雪を出て

金沢　慶覚寺

輪蔵へいま掻かれたる雪の道

金沢　願念寺　二句

はら〳〵と一笑の寺玉あられ

勝臼が隅に置かれて雪の寺

「旅順陥落」と朱書

ゆびのまたつゝいてはやめ寒鴉

白鳥たち氷に影がもや〳〵と

搔巻やざぶんざぶんと湖の波

おづおづと冬満月へ手を伸ぶる

庖丁の切れ味を待つ海鼠かな

大口の壺へ投げ入れ寒桜

宮坂静生夫妻

寒晴や松本深志同窓生

狛犬の相寄らぬまゝ冬の暮

悼　井上靖氏

磨きあげし猟銃置かれ白い河床

平成三年一月二十九日没

一束やふくらむ葉さき水仙花

村岸明子さん句集『一滴の琥珀』

雪烈し一滴の琥珀胸の間

木内徹氏

探梅のナップザックに電子辞書

あとがき

この句集は、平成二年夏から九年春までの作で編んだ第五句集。発行日を立秋の八月七日と決め、句集名を「秋」とした。

角川文化振興財団の小畑祐三郎氏、「俳句」編集長今秀己氏、句集担当の赤塚才市氏、また装幀の伊藤鑛治氏のご尽力をいただいた。深く感謝申し上げる。

平成九年五月

川崎展宏

第六句集　冬

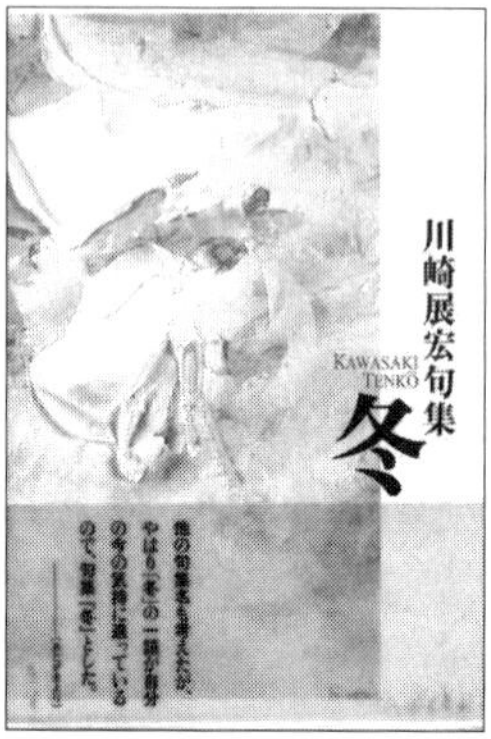

2003年5月20日発行
発行者　山岡喜美子
発行所　ふらんす堂
装　幀　伊藤鑛治
印　刷　株式会社トーヨー社
製　本　有限会社並木製本
定　価　2600円

冬

I

綿虫にあるかもしれぬ心かな

さゆるぎもせぬ山茶花や散り敷ける

苔青く冬の泉の底うごく

奪衣婆の時雨に胸をはだけたる

押競(おしくら)の蕾が割れて枇杷の花

白鷺の嘴(はし)水平に冬の水

冬

侘助のわぶと応へてうすくれなゐ
胸のうちぽぽぽぽと年守る火か
九輪水煙黒々とあり初茜
母の敷いてくれたる遠き宝船
初夢の陳腐に腹を立てゝをる
烏骨鶏松の内の貌してゐるか
筑波嶺や二神の裾初霞
冬麗の玉と抱きあげ赤ん坊

早梅の枝くぐりたる力士かな

寒牡丹隙間だらけの藁の厨子（づし）

降りはじめ雪に雪付く青木の実

声にせずふくら雀と呼びかけて

国中（くんなか）を動きはじめし冬霞

小雪舞ふ石標「女人高野山」

御灯（みあかし）寒ム六つの腕（ただむき）如意輪像

如意輪観音寒き蹠あはせられ

上野章子先生

冬薔薇に埋もれておはします白木

平成十一年一月十五日

西垣 脩先生を憶う

外套の姿勢正しく「飲みませう」

松山城雪の飛白(かすり)のうへにかな

清秉五(きよへいご)碧梧桐忌はまだ寒中

碧梧桐忌＝二月一日

節分に現はれし雲の行方かな

II

丹沢の稜線劃然として冬

純白の富士をたまはる十一月

冬

綿虫に一切をおまかせします

山茶花のさざんくわと咲きこぼれたる

これはこれは百万石の小春日和

天人の笛の払ひし煤ならん

金沢 慶覚寺 寛永年間の天女の壁画が煤の中から現われたという

冬紅葉虫のまだ喰ふ歯を持てる

凩のルーズソックス楽しけれ

吹きすさびたる凩の背番号

冬麗やバイトの巫女の赤と白

真鯉の髭緋鯉の髭や冬泉

枯芭蕉靴紐きゆつと締めなほす

藪柑子一粒深大寺を蔵す

藪柑子夢のなかにも陽がさして　櫻井博道

その赤を心の色に藪柑子

影を濃く冬木の桜水へ出て

抜け目なささうな鴨の目目目目目

ちよんとつく柚子湯の柚子をちよんとつき

今年見し花も紅葉も除夜の鐘

冬

五秒まへ放送室に淑気満つ

大神（おおみわ）神社参道

初詣仰山いかたこ姿焼

臘梅や直（すぐ）なる枝を大まかに

雪ん子も這入りたい木のおもちゃ館

北海道紋別郡生田原町「木のおもちゃ館」

夜更しの音となりけり冬の雨

正常に心臓の音冬深し

母に匂ひありしかと思ふ葛湯かな

五十嵐みちさん

冬茜五色の糸にみちびかれ

平成十年一月十一日

冬薔薇小さくおはす阿弥陀仏

Ⅲ

納豆の粘りのつよく今朝の冬

少年の鈴を振る声冬はじめ

木の影と師の影を踏み冬木立

日本語の乙(めり)張(はり)しんと一葉忌

大利根の枯れても枯れても猫じやらし

十二月八日の空へ朝雀

極メテ健康征きてかへらず帰り花

漱石忌八日の次の日なりけり

天空を白日の歩々十二月

本よりも親しき冬の綿ぼこり

白洲正子氏

凍瀧の中へ失せられ舞衣

平成十年十二月二十六日

洋上より近距離に硫黄島を望む

焼けし拳（こぶし）摺鉢山に年果つる

津々浦々還らぬ骨や除夜の鐘

すみにけり何も願はぬ初詣

冬

あらぬ方へ手毬のそれし地球かな

幾千万億兆怒張する冬芽

村正を誰が納めし冬の寺

吉野　如意輪寺

天狼(てんらう)星へ跳ぶ剥製の狼たち

おでん酒百年もつかこの世紀

風呂吹の湯気に皺面つき出せる

冬の雷にや皺腹の応ふるにや

藪柑子摩訶毘盧遮那の光かな

平林寺寒ムや本来無一物

千悔万悔憎（にっく）き酒を熱燗に

早梅のすさまじき世に咲き出でし

やはらぐやさゝと倒れし霜柱

豆撒きの鬼くにや〱と逃げにけり

春

Ⅰ

冬

犬ふぐり太陽軽く渡るなり

うぐひすの昨日より今日声の丈

深大寺　墓前

白梅や切れながら石田波郷の眼

紅の蕾びつしり臥龍梅

サンシュユと内緒々々のやうにいふ

里山に天上の籠辛夷咲く

淡海のうみは観音の胸百千鳥

赤黄白まつすぐだからチューリップ

紙で包む枝の弾力桃の花

桃活けて翁と媼手を膝に

祝「春潮」五百号

春潮の五百重（いほへ）なす波鎌倉へ

虚子忌

響きわたる「花鳥」のフーガ春の昼

ずつしりと海の暗みの桜鯛

吉野

如意輪寺下れば落花深き宿

吉野よき人ら起きよと百千鳥

天降（あも）り来し天之香具山芽吹くかな

千手観音遠近（をちこち）に揚雲雀かな

冬

瀬戸内の雀可愛や春の寺

大三島　大山祇（おおやまつみ）神社

居並ぶや春の愁ひの大鎧

引売りの花烏賊墨を流したる

うれしさの啄（ついば）むやうに花菜漬

いたいほど開いて都忘れかな

行く春を檻の中なる烏骨鶏

II

吹いて飲む牛乳に膜春の雪

裏声のいかにせよとの早春譜

みづ雪を付けて三椏一つ一つ

虫出しにはつと天井睨んだる

星野恒彦氏の『俳句とハイクの世界』

鎖国派も虫出しに窓開くなり

どんと踏んでさつさと行けり春の雷

むらきもの心のさきの初桜

ぽつと桜ぽつと桜の端山かな

紅うすく刷いて富士ある虚子忌かな

冬

大癋見（おほべしみ）鞍馬の桜ゆさゆさと

一休み浄土に花を鋤きこんで

「休んでは菜園を耕す」といっていた飴山實氏を憶う。
残生や一日は花を鋤きこんで　實

残花なほ散りしきることありと知れ

老いさらばへ支柱に枝垂れ桜かな

散るときの来てちらちらと梅桃（ゆすらうめ）

林 徹氏句集『飛花』

身は飛花となり乾坤のひかりかな

パドックの砂塵たちまち春塵に

おもてうら春をひろげて孔雀です

喇叭水仙のぞくものではありません

春日傘港の見える花屋さん

桜しべ踏んで散歩のブルドッグ

同門の、石　寒太氏へ

寒太君と楸邨のこゑあたたかな

佐川昭吉氏句集『郁子』

この人に亀鳴くといふ宜（むべ）なるかな

保科その子さん句集『春の尾』

春の尾につかまつたまゝ古稀の人

杉浦恵子さん句集『旗』

万国旗きりんの旗は春の雲

冬

Ⅲ

豪徳寺　墓前

春寒料峭井伊直弼に手を合はす

千鳥ヶ淵戦没者墓苑

下萌や無名の遺骨整然と

雪払ふ揺れや椿の紅落下

日米合同の最後の慰霊式（平成十二年三月十四日）

草々と書いて三月十日今日

テレビで知る。生き残った者も遺族も老いて。

歳月や地獄も霞む硫黄島

昭和経し身に冷え冷えと夕桜

電話線電線碍子（がいし）春の富士

サイタサイタのはじめの世代として

ハナハトマメ花と散れよと教へられ

千鳥ヶ淵公園

三千ノ骸（ムクロ）屹立桜吹雪

今ナホ埋没スル三千ノ骸 彼ラ終焉ノ胸中果シテ如何　吉田満著『戦艦大和ノ最期』

黒田杏子氏より『証言 昭和の俳句』上下巻をいただく

残花散る昭和の証言上下巻

もろもろの御霊（ごりやう）の集ふ人丸忌

陰暦三月十八日は人丸忌・小町忌・和泉式部の忌日とされる。

赤間宮

春潮や宙に鼓楼の浮かみたる

次々に黄砂を拭ふ帰り水

帰り水＝門司駅の水道水。引揚者が故国の水に喉をうるおしたという。

風光る閑散として門司駅頭

春宵一刻博多の太か月が出た

冬

夜の雨ばしやとまた落椿かな

蹼で喉を掻きをり残る鴨

浮いてをる春の満月銅の色

悼　熊谷静石氏

磐石の如く静かにあたたかく

平成十二年四月六日

悼　大塚耳洗氏

さりげなく大島紬梅日和

平成十二年二月二十二日

悼　笹川星二氏　正子夫人へ

天に在り地に在り春の二つ星

平成十二年三月一日

悼　今井清子さん　今井保喜氏へ

優しさは手作りの味菓子おぼろ

平成十三年三月一日

I　夏

観音のひらきかけたる白牡丹

石楠花のみ寺となりぬ如意輪像

空に咲く待つとなけれど桐の花

豆飯や彗星世紀の彼方へと

顔打つて川瀬のしぶき青嵐

泰山木鬱気を花へ放ちけり

冬

細い葉をくるつとカーネーションのお洒落
梅雨の雀つゆのすゞめと鳴きにけり
墨と筆一気呵成に皐月富士
青柿をつけし若木でありにけり
まあいいか少しうるさいグラジオラス
飯食うていぶせき夏至の日暮かな
つひにゆく心余りて業平忌
白縮緬ゆふがほの花浮かみ出で

人間吏となるも風流胡瓜の曲るも亦　虚子

疣いがいが太く曲れる胡瓜かな

蠅虎古事類苑が好きらしく

夏萩を帽子の少女通り過ぐ

射干をつかんでは下げ黒揚羽

つぎつぎに雲を掃き捨て夏の果

II

須磨寺は砂美しく夏の月

冬

鬱然たる樟の歳月葉を落す

茹であげた空豆だけが晴れてゐる

破れ傘ですよですよと葉をもたげ

蛇苺をさなとをさな密(ひそ)か事

岡山　後楽園

先憂も後楽もなし牛蛙

朝刊をとる紫陽花を除(よ)けながら

空蟬が空蟬を追ひつめる杭

生々(なまなま)と角の感触兜虫

楊梅(やまもも)の味忘れめや餓鬼の舌

楸邨先生

達（たつ）谷（こく）宙遊居士の塔婆を蟻上下

楸邨忌お水を墓の頭より

岡崎　大樹寺

一怒すれば一老とかや茗荷の子

坂本

神輿蔵日吉の神輿梅雨ごもる

坂の上に坂入道雲にも坂

炎帝の風まで殺しけり無音

悪筆は悪筆のまゝ夏座敷

こんばんは守宮の喉に喉仏

冬

燈明や禽獣虫魚夜の秋

新宿「ぼるが」主人　高嶋茂氏

蔦茂る酒場にルオーのキリストが

青蔦の館鳥焼く聖者たち

III

定期（パス）財布ハンカチ小銭入立夏

虫出づる牡丹は住み憂かりけん

泥眼や瞋（しん）恚（に）の炎薪能

昭和の子食うても食うてもそら豆

柏餅拳(けん)拳(けん)服(ふく)膺(よう)の四字をふと

昔スフのズボンの折目更衣

スフ＝人工繊維ステープルファイバーの織物の略称。戦時中広く使用され、質が悪かった。

貴様と俺足(あし)痛(いた)腰(こし)痛(いた)夏つばめ

ふつと消ゆ草矢を競ひをりし子等

冷索麵懐しき人皆透ける

額の花坐り机が置いてある

針金を巻いて昼顔手に葉書

松代

夏寒き大本営の壕の口

冬

パイプから戦後のけむりサングラス
敗戦の瓦礫ダリアが咲いてゐた
水貝や畳に風の出でて来し
人間の業の鵜篝美しき
殺生をあやつる鵜縄おもしろや
身を出でし形代奔るおそろしき

悼　須崎京子さん

向日葵のにはかに色を失ひし

平成十三年六月二十五日

Ⅰ　秋

白鷺の一足二足水の秋

草のなか花に段差のをみなへし

男郎花あらをとこへしと女子衆

重装備のリュックの青年松虫草

碧空へ花野の帯をかかげたる

　祖谷渓
かな〳〵からかな〳〵へ懸け蔓橋
　　　　　　　　　かづらばし

冬

蜘蛛の囲は露の重みの左右相称（シンメトリー）

蝶小さほろほろ萩にまつはれる

秋の声そつと煎餅割る音も

風の盆

邯鄲や胡弓編笠小（こ）人数

初月といひて響のよかりけり

青いのと真赤と笊のたうがらし

張り出して全円の蕊曼珠沙華

あつあつの金時を割る力抜き

秋の燈に鯵の焦目の美しき
秋鯵をなんときれいに食べたこと
くろぐろと沖波あがる十三夜
箸が置くもどり鰹を舌の上
枝々の黒美しき夕紅葉
鬼柚子をもらひそこねし手ぶらかな
鈴木太郎氏「雲取」を創刊
大雲取山小雲取山秋高し
「雲取」創刊五周年　鈴木夫妻に
太郎黄菊多江子白菊ふくよかに

冬

中里　結さん句集『帆柱』

前後して競ふ帆柱秋の潮

天守より下して洗ふ障子かな　須原和男

秋気澄む町は昔の名を残し

藤の実の棚よりたらりたらりらと

II

頭から足の先まで星月夜

星飛んでモノレールといふ弥次郎兵衛

天の川岬は黒く海へ入る

八月の思ひうすれて老いゆくか

煉瓦造り残る東京駅白露

新宿の焼鳥酒場「ぼるが」

かどの店「ぼるが」に秋の影うごく

秋の声末社の鈴の紐ひけば

秋蝶の大きくひらく翅の筋

踏みこんで零余子（むかご）の雨にあたりたる

陰晴や草の絮飛ぶ小谷（をだに）城

秋の虹姫路の空に立ちにけり

月はまだレモンのかたち恋人たち

冬

肉垂れを振つてほろほろ鳥の秋

黒石寺（岩手県水沢市）門前

新蕎麦の太々としてぶつきら棒

出品の菊に仕へて鞠躬如

男ありき菊にうき身を窶したる

秋澄むや水切り名人若からぬ

高木晴子先生

白菊の香りを高く逝かれけり

平成十二年十月二十二日

もつれ行く黄蝶や枯山水の秋

洒落ていへば紅葉かつ散る齢にて

金柑や年寄り順に消ゆる島

何でも屋早う戸をたて十三夜

傷んだる辞書を抱きあげ秋燈下

悼　阿部澄子さん

浄土にもすゝきかるかやをみなへし

平成十四年九月十九日

Ⅲ

九秋のはじめの風を今宵かな

きらきらとスクランブル交差点秋

八月の煙の行方大文字

冬

八月十五日

吶喊も鬼哭も秋の声なのか

八月の吐息の残る西の空

秋風のうしろ姿をかへりみる

虚子筆「久女之墓」 松本市宮淵

無憂院杉田久女之墓秋暑

無憂院釋妙恒久忺大姉

藤袴虫もしづかにしてゐるか

秋の宿はつと良寛の二字「無藝」

幼児の持つておもたき桐一葉

花野の道黄泉の道その下に

忽然と空に懸れる秋の瀧

虫ごゑの海に出てをり仰臥のまゝ

起きるまで額に拳ひやゝかに

札幌の平日の朝鰯雲

世も末の十日の月や西鶴忌

浮世の月見過しにけり末二年　西鶴
元禄六年　陰暦八月十日没

今日の月三体浮くや金色堂

敗戦　二句

天高し瓦礫の町に床屋でき

敗戦の年の真赤な天井守

冬

秋夕映その名も赤城（あかぎ）山榛名（はるな）山かな

航空母艦「赤城」＝ミッドウェイ海戦で大破。味方の魚雷で処分。
戦艦「榛名」＝爆撃により江田島東岸沖に着底。戦後スクラップ。

ものの音澄む齢の澄むといふことも

亀虫も出て南無大悲観世音

身を空（から）に心空に添水哉

色変へぬ安宅の松のたたずまひ

あとがき

この句集『冬』は『秋』につづく第六句集で、平成九年以降の作を収めた。他の句集名も考えたが、やはり「冬」の一語が自分の今の気持に適っているので、句集『冬』とした。

齢（とし）と共に挨拶句を作る機会が多くなったが、句集には少数を入れるにとどめた。

句の前書き、後書きのかなづかいは現代かなづかいとした。

平成十五年四月

川崎展宏

『冬』以後

（二〇〇三年～二〇一〇年）

一　俳誌「貂」

二〇〇三年（平一五）六月　一〇六号

都心元旦の雪。四十四年ぶりとか。

お降りのこれは世吉（よよし）の雪なれど

金箔に透けて金沢雪の小路

鍋の底に齢（とし）の煮こごり鰈の眼

花着けとあんずへステッキ犀星さん

ずん胴に伐られて染井吉野かな

夕映の刻々染井吉野かな

肉(しし)堅(かた)き椿の幹や落椿

袋脱いで花となりけり葱坊主

二〇〇三年(平一五)八月 一〇七号

お会ひせしことはなけれど鳴雪忌 308

禅寺あり紅白の梅散り敷いて 308

船のやうに振子のやうに春の雪 308

浅春の星の匂ふや丸の内 308

初花や枝を水へとさし伸べて　309

棟方志功版画の臍から続々春　309

一抱へ老木の染井吉野かな　309

悼　柴野秀男氏　明大ラグビー部ＯＢ

お、明治梅雨の月へと駆け抜けし

六月十二日

二〇〇三年（平一五）一〇月　一〇八号

青きを踏む虚空の水の惑星の　310

弧状列島さくらの国の住民票　＊310

飛魚の刺身のしなふ箸の先

高あがる護摩の炎や青水無月 311

坂本

紋所明智か疾走するヨット 311

今生のひかり往き交ふ蛍かな 311

お辞儀交すお向ひ白い夾竹桃

屋根の上に星合ひの空寝(しん)に就く

二〇〇三年（平一五）一二月 一〇九号

「正直」が青鬼灯となりにけり 312

青い実の玉をまばらに百日紅 314

『冬』以後　一

鉄漿蜻蛉（おはぐろ）のひらひら翅の四枚かな　＊314

カステラを厚く切つたる秋思かな　316

水切りの石沈みけり十三夜　316

祝「南風」七十周年

羽衣の表紙爽籟に置く一誌

祝　句集『邯鄲』

星の空邯鄲のふと鳴きやみし

悼　八木荘一氏

八木さんがどつかと胡坐浄土秋

二〇〇四年（平一六）二月　一一〇号

冬に入る刂（りつとう）の日とこそ思へ

防人の行きし横山冬の蝶

八木荘一氏を憶う

臘梅を見に鎌倉へ来いといふ　316

米沢の酒友没。本名に代わる言葉がなく

冬日白く千喜良英二をうしなへり　318

去年今年見まはす己が身のほとり

冬薔薇紅を巻き締めしまま　＊　319

顔を出すやわらわら崩れ寒牡丹　＊　317

霜柱人柱幾百万柱　317

二〇〇四年（平一六）四月　一一一号

『冬』以後　一

大国魂神社の火影年立てる　317

沿線の多摩の横山初景色　317

冬の泉水を離れて鳴るこころ　317

月一輪枝こまやかに冬木立

水仙にショート‐カットがよく似合ふ

明るすぎる冬の満月昇るなり

蕊の黄をたのみの雪の白椿

啓蟄や閻魔大王御手判寺（おてはんでら）

二〇〇四年（平一六）六月　一一二号

平井照敏氏を偲ぶ　一句

月光か神の光か氏の窺しもの

新聞は子殺しの記事蜆汁

春蘭に屈んで二つ膝小僧

祝　浜岡平一氏句集『日本列島』

初花の似合ふ丸顔その眼鏡

手を通す春のコートのひんやりと

百鳥の身を映しては春の水

四手網さざめく水は白魚かな

茎立をいま浅漬にするところ

右三句「百鳥」三月号（十周年記念号）より

二〇〇四年（平一六）八月　一一三号

実朝忌暮々までも白い道　319

北鎌倉道も狭(せ)に落椿かな　322

殻付きの南京豆で春惜しむ　322

牡丹空(くう)まのあたり是(これ)火の牡丹　*　323

太陽へ伸びる指玉巻く芭蕉　320

梅雨寒の大日如来堂の中　320

熱き茶の一口よけれ革座布団 320

八木荘一氏を憶う

瀧好きの男の後姿かな 324

二〇〇四年（平一六）一〇月 一一四号

空よりもワスレナグサの空の色 322

古茶新茶古茶を淹れんと懇ろに 326

春蟬の眼になつて聴く鳴いてをり * 325

芍薬の切口を差し向けらるゝ * 323

一塊の六月甲斐駒ヶ岳 326

わたされてこんなにかるい螢籠

あるときは野牡丹の色こころかな　324

黒潮の遥かに柩八月の　328

二〇〇四年（平一六）一二月　一一五号

只管打坐大寺静もる蝸牛　327

近々と来し老鶯の声の丈　327

二人来て静かに去りし濃紫陽花

威風堂々埃をたて、撒水車　328

残る虫のひげを思へり雌（めす）のひげも

点景の人物消えし野路の秋

ひろげたる未来図の線爽やかに

祝「未来図」二百五十号

赤いスカーフ十一月の晴れた日の

二〇〇五年（平一七）二月　一一六号

老炎帝マーロン・ブランドの柩　329

二〇〇四年七月一日没　八十歳

はじめから飽いてゐるのに日日草　330

特攻機が墜ちるモノクロの八月　330

胸中に一機火焔の風車　330

高みへと黄の点滅や秋の蝶　330

風が強すぎるよ秋の麒麟草　331

祝「円虹」創刊十周年

鶏が鳴く東訛りの御慶にて

祝「耀」創刊百号

湧きやまぬ水の耀き冬の森

二〇〇五年（平一七）四月　一一七号

行き暮れて花野の石となりにけむ　331

亡友は長身なりし天の川　＊　332

たのしまず八手の花に歩をとゞめ

凍蝶に屈み込んだる二分ほど　333

泉あり白山茶花の十五六　333

歎異抄

往生は一定とこそ藪柑子　333

献句一句

またまゐりました唐招提寺秋

初霞藍濃く淡く大和島根　335

二〇〇五年（平一七）六月　一一八号

消えていく胸いつぱいの冬夕焼　336

天守無き城の空より初鼓　＊334
金沢

日を受けて藥もひらくや福寿草　＊335

冬銀河来し方も行く末もなし　＊336

観音の千手千眼春の雪　＊336

「蜻蛉」や一誌清麗二十年
悼　佐藤和夫氏

冴返る胸の眼鏡も大声も
熊谷御夫妻句碑

春深し静石愛子星うるむ

二〇〇五年（平一七）八月　一一九号

悼　佐藤和夫氏

佐藤さんにはやつぱり紅梅がいい　338

白魚のシーラカンスの如き胴　338

はらはらと洞（うろ）へ花びら老桜　339

しどけなき白木蓮（はくれん）の花ものの果て

青葉若葉灯の瀧なせる副都心　338

＊

濃紫陽花ゆすつて落とす朝の雨

朝涼の身の衰へは如何とも　339

祝　鷲谷七菜子氏ご受賞

よき事をよき名に加へ窓若葉

二〇〇五年（平一七）一〇月　一二〇号

桜餅箱の柔（やは）きもよかりけり　340

白木蓮莟の包む白い影　341

風光る三岸節子の赤い道　341

てつせんと名を響かせて咲きにけり　342

すぐ落ちる白いフリルの夏椿

はまなすの莟ほぐるゝ棘の上

玫瑰や今もといひて口つぐむ
塀に石に秋薔薇の影濃かりけり 343

二〇〇五年（平一七）一二月 一二二号

このごろの疲れやすさよ黄蜀葵
鳴き止んで籠の涼しき草雲雀 344
蒼天や松虫草を飛ぶ時間 * 345
手を高く花野の色にまぎれけり 345
一つだけ莟のままのホタルブクロ

一本の瀧の卒塔婆紅葉山　＊　345

精密なる一体を置き枯蟷螂　345

祝「雉」創刊二十周年

痩身の率ゐる一誌秋高し

二〇〇六年（平一八）二月　一二二号

柊の老い木や花をつけこぼし　346

枇杷の花新宿門を入つてすぐ　＊　346

冬桜水の匂ひのありやなし　＊　346

買物のメモに水仙大晦日　346

青春を仰ぐまぶしさ初浅間　347

寒晴や天上天下杖一つ　347

中村幸子さん句集『笹子』

笹子鳴く鳳凰三山よく晴れて

今富節子さん句集『多福』

多福といふ牡丹開くひらきけり

二〇〇六年（平一八）四月　一二三号

新涼の富士黒々とありにけり　348

車窓秋甲斐駒ヶ岳摩利支天

鶏頭の鬼々しくぞなりにける　349

『冬』以後　一

風花やきらきらことば散つて来る　350

若者には若者の影冬すみれ

白梅や幹はほろほろ老い朽ちて　351

草餅についたる歯型それぞれの

雲雀野に老人が佇ち去り行けり　352

二〇〇六年（平一八）六月　一二四号

靴入れて雀隠れでありにけり　352

松蟬の遠く名告るやがあらがら　＊　353

芍薬にポンプの力花のため　＊353

葉桜の季節となりぬ歩道橋

水影はささやいてをり花菖蒲　＊353

さりさりと残る歯で噛む莢豌豆　＊353

すずらんはすずらん空を見ることなく　353

佐野泰太さん

春浅く笑顔を置いて逝かれけり

二月十五日

二〇〇六年（平一八）八月　一二五号

行く春やチーズの味を食べ較べ

掘りたての竹の子にあるこの重み

初物の枇杷も点れる仏の灯

額あぢさゐ今朝の雨粒鏤（ちりば）めて

梅雨晴間膝を崩して坐りたる

まのあたり七月の海だけがある

一人ゆく径夕菅の花ひらく

命なり夏うぐひすの声の丈

二〇〇六年（平一八）一〇月 一二六号

花一つ残せる青鬼灯の鉢

風干しの風の通りし鮎のいろ

遠花火見えるよ見えるよお母さん

動きあり芙蓉の花の頽（くづほ）る丶

伸びあがり伸びあがりして竹の春

秋風によろけて一人笑ひかな

濃紅葉の谷深々と暮れにけり

この里の干柿一つ食(たう)べけり

二〇〇六年（平一八）一二月　一二七号

秋蝶の空気を切つてまつすぐに

寺町の一寺一寺の芙蓉かな

日の暮れの遠くにつくつく法師かな

薔薇の実の赤く色づく日の歩み

いいでせうアメリカ山法師の実

実をつけて木ささげの木の静かさよ

十六夜の月を待つ湖さざら波

十六夜の光の湖となりにけり

二〇〇九年（平二一）六月　一四二号

セーノヨイショ春のシーツの上にかな

二〇一〇年（平二二）一二月　一五一号

＊

361

「貂」三十周年記念号に

十年を三つ重ねて秋高し

歌舞伎座の裏に始まる霜柱

十二月たらたら多摩の大夕焼

二　俳句総合誌・俳誌・新聞

住民票

「俳句」二〇〇三年（平一五）六月号

千両は晴れ万両は翳るかな

お会ひせしことはなけれど鳴雪忌

禅寺あり紅白の梅散り敷いて

船のやうに振子のやうに春の雪

浅春の星の匂ふや丸の内

春浅くそれぞれ光る墓所の墓

足ばやに西行北へ菫艸

戯れに

願はくは辛夷の花を着けし下

白木蓮毛皮の苞を脱ぐところ

初花や枝を水へとさし伸べて

一抱へ老木の染井吉野かな

捩（よぢ）りたる椿の幹や落椿

棟方志功版画の臍から続々春

青きを踏む虚空の水の惑星の

弧状列島さくらのくにの住民票

↓
283

日の照るや七浦かけて白子干

匂ひやか刺身の色も桜鯛

残る歯で嚙むやこきこき桜鯛

百千鳥灯（あかし）の奥に鬼子母神

柳絮飛ぶ鼻に付きたる柳絮かな

大輪の牡丹触れあふやざわざわと

身の内にはらはら散るや桐の花

坂本

紋所明智か疾走するヨット

今生のひかり往き交ふ蛍かな

「俳句四季」二〇〇三年（平一五）九月号

梅雨明けの富士へ眼を張り蝸牛

高あがる護摩の炎や青水無月

朝ひぐらし鏡の如き湖面かな

水切り　「俳句研究」二〇〇三年（平一五）一〇月号

雛罌粟のはなといふはな風の皺

言葉のやうに太陽へ玉解く芭蕉

新宿　成覚寺　二句

さびしいか恋川春町濃紫陽花

辞世　我もまた身はなきものとおもひしが今はのきははさびしかりけり

蟻の道飯盛女合埋碑

横須賀線大事にフランス小菊かな

フランス菊の花期は四月〜六月。夏菊と見てよいか。

寂然たり背を割られたる虎魚の眼

「正直」が青鬼灯となりにけり

『冬』以後　二

ハムサンド奈良の青葉に包まれて

群れてをる一つ葉一つづつなれど

心灯る百二十五段業平忌

神木の崩（く）えたる梅雨の御社

梅雨の湖夕映えの紅（こう）ありやなし

お虫干兜に付けし阿弥陀佛

咲いてゐる落ちてゐる朝凌霄花

とんがつてくつつきあつて青胡桃

玫瑰の沖を見つめてゐたりけり

水平線より玫瑰に眼を戻す

青い実の玉をまばらに百日紅

初秋の水は京へと雲ヶ畑

鉄漿蜻蛉（おはぐろ）のひらひらはねの四枚かな

↓
285

すうと気を抜いてはつくつく法師かな

うまいから形不揃ひだだちゃ豆

だだちゃ豆＝山形県庄内地方特産の枝豆

禁煙の男と籠のきりぎりす

湖南　二句

朝蜩の声明（しやうみやう）湖を渡るなり

朝蜩しづかに滑り出すエイト

大文字炎の映し出す煙

心ときに日の照りつけるカンナかな

逆光の八月やがて沈むなり

八月逝く船首は天をさせるまゝ

八月を呑んだる海の豊旗雲

あらためて生きてゐるから秋の風

カステラを厚く切つたる秋思かな

水切りの石沈みけり十三夜

臘梅　「俳句」二〇〇四年（平一六）一月号

この日和女名前の小春かな

柊の老木（おいき）や花をこぼしつつ

綿虫や仏足石に右左

冬の星少年のわれと見てゐたり

臘梅を見に鎌倉へ来いといふ

去年亡くなった誰彼を思う

初電話西方十万億土へは

顔を出すや欠けて崩れし寒牡丹

↓
286

霜柱人柱幾百万柱

冬の泉　「朝日新聞」二〇〇四年（平一六）一月

大(おお)国(くに)魂(たま)神(じん)社(じゃ)の火(ほ)影(かげ)年立てる

沿線の多摩の横山初景色

冬の泉水を離れて鳴るこころ

「俳句文学館」二〇〇四年(平一六)一月

初景色去年亡くなりし誰や彼や

冬日白く

「俳句朝日」二〇〇四年(平一六)二月号

目覚めて冬りつたうの日でありにけり

鬼柚子に添へて郁子の実蔓のまゝ

混雑の机に置けり柿一つ

苔乾く小春日和の石仏

冬日白く千喜良英二をうしなへり

米沢の酒友、数学者千喜良英二氏の訃報を受く。本名に代わる言葉なし。

十一月十九日没

『冬』以後　二

鬼房のそつと見せたる冬菫
鬼房＝故・佐藤鬼房氏

至近弾の訃報相次ぐ年の暮

羽子の音(おと)鈴の音(ね)のなき羽子日和

紅を巻き締めしまゝ冬薔薇
↓286

白魚を揚げをり水の惑星の

革座布団　「俳壇」二〇〇四年（平一六）六月号

実朝忌暮々までも白い道

身の内を突きあげて来る春の雪

太陽へ伸びる指玉巻く芭蕉

太陽へ言葉をと玉解く芭蕉

梅雨寒の大日如来堂の中

皐月富士ぬつといつものところかな

地団駄を踏んで泣く子へ蝸牛

夏鶯人に遅れて切る十字

熱き茶の一口よけれ革座布団

老人が箒塵取り凌霄花

水からくり　「俳句」二〇〇四年（平一六）七月号

そつと覗く生まれたばかりの春だから
すぐに止むルラレと跳んで春霰
雪しづく薬師瑠璃光如来像
仁和寺の春雨雨になりにけり
老桜の幹黒々と濡れゐたる
老桜の分れたる幹残花かな
家の影家へかゝれり春の夕

北鎌倉道も狭(せ)に落椿かな

老夫人すつと白山吹を手に

クリーム色の帽子が見あげ春の瀧

アネモネの花には午前に会ひませう

空よりもワスレナグサの空の色

奪衣婆とすこし離れて

春日遅々そこにおいでか懸(けん)衣(え)翁(をう)

目黒不動尊

殻付きの南京豆で春惜しむ

朝の風矢車菊のいろいろな

柏餅男ことばの姉妹

おしつこを高く五月の金太郎

牡丹空まのあたり是(これ)緋の牡丹 ↓289

芍薬の切り口を差し向けらるゝ ↓290

東北の友人竹の子を掘ってよこす

阿弖流為(あてるい)の裔の兵(つはもの)竹の子たち

阿弖流為の裔の竹の子口に媚びず

短夜の額に腕を置きしまゝ

業平忌月やあらぬの月もなく

葉書一枚青水無月の輪中あて

霧に見え山百合の塔傾ける

りんりんと青筋揚羽蝶（あをすぢあげは）たち放水

八木荘一氏を憶う

瀧好きの男の後姿かな

あるときは野牡丹の色こころかな

あの世から子規の欲しがる水からくり

鷗外忌近寄りがたき喉仏

夕菅は胸の高さに遠き日も

時間のレール夕菅といふ無人駅

八月の　「WEP俳句通信」二〇〇四年（平一六）八月

七十を七ツ越えたり春の虹

一杯の茶を飲む朝の藪椿

キンポウゲ青空だけがあればよい

薔薇園の薔薇にまぎれし老い佇てる

春蟬の眼になつて聴く命のこゑ ↓290

全山の春蟬隣りの山もかな

古茶新茶古茶を淹れんと懇ろに

じゃが芋は真面目な花を咲かせます

畝ごとにじゃが芋の花祈れよと

茎立て、花もあるぞと破れ傘

踏みこんで武蔵(むさし)鐙(あぶみ)の花はこれ

今日一事バイカウツギの花を見し

車窓

一塊の六月甲斐駒ヶ岳

小淵沢より

裳裾まで黒の優しき皐月富士

風神の顔に驚く蠅虎

只管（しくわん）打坐（たざ）大寺静もる蝸牛

おのづから息のとゝのふ額紫陽花

近々と来し老鶯の声の丈

葛桜くず冠りたる餡の形（なり）

皿の上線すつきりと水羊羹

小鬼百合父の書斎でお勉強

喉へ行く冷酒舌を包みたる

初秋の風は十万億土より

黒潮の遥かに枢八月の

杖のわれあつてもなくても野路の秋

「俳句四季」二〇〇四年（平一六）八月

東経一三五度の章魚柔らかき

威風堂々埃をたて、撒水車

朝涼のしばらく胸をはだけたる

「俳句界」二〇〇四年（平一六）一一月号

『冬』以後　二

八月尽昭和二年の生れにて

火まみれの船を送るや八月尽

「寒雷」二〇〇四年(平一六)一二月号

時鳥ムサシアブミも花のとき

一定

「俳句研究」二〇〇四年(平一六)一二月号

老炎帝マーロン・ブランドの柩

七月一日没　八十歳

百日紅白さるすべり百日紅

鬼灯の鉢の荷を解く

玄関にほほづき市がやつて来た

はじめから飽いてゐるのに日日草
水そそぐ巾着茄子のぷりぷりに
特攻機が墜ちるモノクロの八月
胸中に一機火焰の風車
晩年を過ぎてしまひし昼寝覚
高みへと黄の点滅や秋の蝶
曇り空遠くにつくつく法師かな
「不許葷酒入山門」秋薊

『冬』以後　二

伸びるだけ伸びて猪独活（ししうど）花のとき

ぷつくりと萏ぱつちり梅鉢草

鳥兜めがねの塵をよく拭ひ

風が強すぎるよ秋の麒麟草

若きらは先へ先へと大花野

行き暮れて花野の石となりにけむ

ひるがへりつつ秋燕の弧の交叉

葬式へ行く秋風に身を立てて

秋風にもまれ五六歩十歩ほど

梨の汁（つゆ）古い肋の隅々へ

黒揚羽さつと来て去り秋の街

ワッフルと野分立ちたる朝の景

杖の先秋の動きの女郎蜘蛛

よろこべば茸が生える杖の先

米沢の酒友、千喜良英二氏を憶ふ　二句

亡友は長身なりし天の河

↓293

今日の月二千里外を照らすのみ

紅葉の真ッ只中の力うどん
剃刀のその切れ味の桂郎忌
身をほろと離れしはその凍蝶か
凍蝶に屈み込んだる二分ほど
目にも見よとわらわら立てる枯芭蕉
歎異抄
往生は一定とこそ藪柑子
「俳句」二〇〇五年（平一七）一月号
泉あり
泉あり白山茶花の十五六

柊の花の散り敷く心かな

ほつそりと木の葉髪ともいへぬ髪

街角の冬の夕映えこの世かな

歩き出す八手の花に歩をとどめ

白鳥の隈取りの眼の優しからず

鎌倉

臘梅や長谷観音は背(せい)高く

金沢

天守なき城のそらより初鼓

↓
295

『冬』以後　二

初霞

「朝日新聞」二〇〇五年（平一七）一月

初霞藍濃く淡く大和島根

春着の子足袋の小鉤（こはぜ）が気にかゝる

花びらも蕊（しべ）もひらくや福寿草

↓
295

「俳句文学館」二〇〇五年（平一七）一月

国分寺崖線の水初弁天

くわゐ

「俳句朝日」二〇〇五年（平一七）二月号

菊膾微震に箸を置きにけり

夕もみぢ金色堂の現はる丶

綿虫の貌をしらざり過ぎ行ける

凍蝶の人を待つにはあらねども

消えていく胸いつぱいの冬夕焼

枯れきつてをらぬ姿や枯忍

女体や丶高き筑波嶺去年今年

来し方も行く末もなし冬銀河

↓ 295

観音の千眼千手春の雪

↓ 295

葉書の端に

うれしさのくわゐ〳〵と出てくるわ

隅鬼

「寒雷」二〇〇五年（平一七）五月号

唐招提寺展　四句

盧舎那佛へ冬の埃のぞろぞろと

盧舎那佛のうしろへ冬の埃たち

ケース寒ム近くて遠い鑑真様

水（みづ）つ洟（ぱな）遠くて近い鑑真様

再び上野へ　二句

隅鬼（すみおに）に会ひに上野へ空つ風

凍蝶もいただくひかり盧舎那佛

白梅の老木（おいき）や幹を二股に

妻を亡くした友人を思う

台所（だいどこ）に男が一人冴返る

走る止まるタイヤばかり見てパンジー

花の塵灯の瀧なせる副都心

↓
296

朝の雨　　「俳壇」二〇〇五年（平一七）六月号

悼　佐藤和夫氏　　二月二十日没

佐藤さんにはやっぱり紅梅がいい

坪庭に三椏の花雨雨雨

白魚のシーラカンスの如き胴

『冬』以後　二

啓蟄の土に叩頭腕立て伏せ

滅(めっ)茶(ちゃ)苦(く)茶(ちゃ)花のをはりの紫木蓮

踏青やころころころ笑ふ老夫人

壺焼を食ひをはりたる淋しさよ

はらはらと洞(うろ)へ花びら老桜

朝の雨払つて活けし濃紫陽花

朝涼の身の衰へは如何とも

今日の月

「俳句研究」二〇〇五年（平一七）九月号

かげろふの有象無象の楽しけれ

枯山水恋猫について来られても

涅槃図には血の色を見ず手を合はす

初桜無言館を出て無言

初蝶のやうに初蝶追ふ眼

桜餅箱の柔(やは)きもよかりけり

壺焼の生けるが如く沸騰す

美作（みまさか）の春はねぶたし南無阿弥陀
　美作は法然上人生誕の地

白木蓮莟の包む白い影

風光る三岸節子の赤い道

馬酔木咲く姉の匂ひのありやなし

　福田甲子雄氏を悼む。改めて昭和逝くの思い。
行く春やぽつかり穴のあいたまゝ

のろ〳〵と古茶にこだはりをりしかな

照り曇り水木の花のこまごまと

白牡丹の蘂粗々（あらあら）となりにけり

てつせんと名を響かせて咲きにけり

河骨の花になりたき心かな

蚕豆をとられし莢のフランネル

一瞬黒き薔薇園の薔薇太陽も

少女期のばらの横顔ばらの中

青年を打つて落ちけり桐の花

額の花テーブルに伊勢物語

花も月もなき業平の忌なりけり

『冬』以後　二

夕焼けて箱根芦の湖ひちりめん

八月の夜の白い波黒い波

黒い帆がゆく八月の胸の海

八月尽白いハンカチ空に振られ

白木槿襟を正すといふことを

天の川前生（さきしやう）もなく後生なし

塀に石に秋薔薇の影濃かりけり

打ち出でて水の近江の今日の月

晩年を隈なく照らす今日の月

葉鶏頭郵便物のなき日なり

溜息

「毎日新聞」二〇〇五年（平一七）九月

まんまるい溜息浮かぶ今日の月

「ウッソウ」と誰か声あげ今日の月

いつもの店芋名月をふところに

枯蟷螂（かれとうろう）

「俳句α あるふぁ」二〇〇五年（平一七）一〇・一一月号

鳴き止んで籠の涼しき草雲雀（くさひばり）

『冬』以後　二

碧空や松虫草を飛ぶ時間 ↓298

手を高く花野の色にまぎれけり

朝夕の径にきりりと初紅葉

残る虫仕舞湯(しまいゆ)おとす栓(せん)を抜く

皂角子(さいかち)の実と俳諧寺一茶かな

一筋の滝の塔婆(とうば)や紅葉山 ↓299

精密なる一体を置き枯蟷螂

炭斗(すみとり)も昭和一桁のものといふ

やりすごす翁（おきな）につづく嵐雪忌

冬の月　「俳句」二〇〇六年（平一八）一月号

ふつくらと茶の花蘂の明るい黄

柊の老い木や花をつけこぼし

枇杷の花新宿門を入るとすぐ

↓299

返り花水の匂ひのありやなし

↓299

買物のメモに水仙大晦日

身をちぢめ初松籟とこそ思へ

冬の月湖の波ばしやばしやり

ジーパンの膝を屈して冬牡丹

「俳句界」二〇〇六年（平一八）一月号

白木槿後藤田正晴死去の報

青春を仰ぐまぶしさ初浅間

寒晴や天上天下杖一つ

笹子

「朝日新聞」二〇〇六年（平一八）一月

畳（たたみ）薦（こも）平群（へぐり）の丈夫（ますらお）より賀状

『冬』以後　二

硬き湯の初風呂に身を沈めけり

近くまで来てゐる笹子水仕事

「俳句文学館」二〇〇六年（平一八）一月

初鳥すこしおくれて初雀

雲雀野

新涼の富士黒々とありにけり

「俳句」二〇〇六年（平一八）三月号

共に年経にける郵便受けに露

咲き残る朝顔二十瓶覗

瓶覗＝色名　淡い空色

初月とことばを仰ぐ夕べかな

朝蜩の声いつせいに園城寺

前(まへ)立(だち)の千手観音きりぎりす

ずいつと出す谷中の生姜コップ酒

鶏頭の鬼々しくぞなりにける

ふつと手で払つてみたる今日の月

天(あめ)地(つち)の大輪動く初紅葉

すつと立つ秋明菊に杖の人

鬼柚子の大に小添ふめでたさよ

冬山路雑木の幹と幹の影

何これは痩せても枯れても式部の実

枯萩に塵の如くに豆科の実

侘助を一輪挿しに二輪かな

冬霞富士もうすむらさきにかな

もう来たか樋（とひ）にかさこそ初雀

風花やきらきらことば散つて来る

冬すみれ頭の影を除（の）けなさい

ばら色の薔薇こそよけれ冬薔薇

胸の巾（はば）寒満月が真向ひに

ありありと灰色の隈（くま）寒満月

冬深し満天の星ぎらぎらと

冬銀河楸邨先生と胸にこゑ

白梅や幹はほろほろ老い朽ちて

昼の月透いて二月の空のいろ

こと旧りにたれどあはれは義仲忌　陰暦一月二十日

平家物語の言葉をそのままに
日本一の剛の者兼平忌　陰暦一月二十日

花屋といふ花屋に桃の蕾かな

犬ふぐり寂滅為楽と横たはる

雲雀野に老人が佇ち去り行けり

すずらん　「俳壇」二〇〇六年（平一八）五月号

お湿りといふほどの雨山茱萸に

靴入れて雀隠れでありにけり

初の字は季節のひかり初燕

葉に交じる余花を見せたる老い木かな

松蟬と名告りて鳴くやがあらがら　↓301

芍薬にポンプの力水を揚ぐ　↓302

葉桜を出て葉桜へ降り歩道橋

水の影ささやいてゐる花菖蒲　↓302

残る歯で季節を嚙むや莢豌豆　↓302

すずらんはすずらん空を見ることなく

探梅

「俳句」二〇〇七年（平一九）一月号

牛乳にすぐできる膜冬はじめ

柿落葉緑を残す錦かな

虫食ひのあとは枯葉のお洒落かな

経蔵のあたり大綿ふえてをり

山茶花の白にさざなみ立つこころ

なつかしき甘鯛のこの目鼻だち

冬すみれぼおつと阿弥陀如来像

探梅や人に後れてそろりそろり

「俳句文学館」二〇〇七年（平一九）一月

初春の袂行き交ふ小路(こうぢ)かな

青葉冷え

「俳壇」二〇〇七年（平一九）七月号

鮟鱇に口髭ありやなしやふと

でべらがれひ味の加はる軒の下

木の小槌極上のでべらがれひかな

人丸忌同じ日和泉式部の忌

一日中風がばらばら桜草

命の匂ふあるいは臭ふ夕牡丹

しばらくは身を燻蒸す夕牡丹

若葉見よ青葉見よとて支へらる

青葉冷え楸邨先生ご在宅

無花果に大満足の一座かな

初夢　「俳句」二〇〇八年（平二〇）一月号

冬紅葉一人住まひの主かな

『冬』以後　二

塩汁鍋晩年の皺それぞれに

風呂吹を吹く少年の咽（のんど）かな

頑として冬至のかぼちやも会津かな

初夢に入（い）つて来（こ）京よ鎌倉よ

松の内軽く葬式の話など

凍蝶にまた動きありびびびびと

吹越と頰に力をこめていふ

つくしんぼ

「俳句研究」二〇〇八年（平二〇）春の号

浅蜊よし味噌よし古い杓子よし

雛壇の闇恐しきうしろがは

蛇穴を出でて寺町何番地

三月の潮(うしほ)の満(みち)干(ひ)大鎧

如月の望月の頃の目張かな

かみしめて名まへを食べるつくしんぼ

つくしんぼ音の似てゐる通信簿

魚好きの寄つて来るなり黒目張
三月某日曇初花これでよし
その名や、荒く大山桜かな
其角忌と角々しきもさすがかな
行く春や声の衰へ如何とも
自戒の句
「俳句界」二〇〇八年（平二〇）七月号
海の男の静かな寝息天の川

追悼　中拓夫

中さんと一寸（ちょっと）楽しいちらし鮓

「寒雷」二〇〇八年（平二〇）八月号

青葉冷え中さんはもうゐないのか

滴々

「俳句」二〇〇九年（平二一）一月号

本日立冬冬将軍の厚い胸

枯芭蕉厚いおむつをあてようか

をけら参り夢を見てゐる現かな

点滴の滴々新年おめでたう

何となくちよろぎをかしきめでたさよ

初春の砂子（すなご）のあがる泉かな

表裏洗はれ私の初湯です

松の内駅頭大きなくさめかな

「俳句研究」二〇〇九年（平二一）春の号

欠伸

毛穴から立春大吉の日の光

盆栽の梅紅白の力あり

セーノヨイショ春のシーツに移さるる

↓306

かはゆさのあの世この世と松毟鳥(まつむしり)

春光を胼皸にしたたらす

体内に磊(らい)塊(くわい)の有り冴返る

叱られてゐる間はねむる春の月

春彼岸耳滓も亦大切に

壊れやすきもののはじめの桜貝

而(シカウ)シテ見るだけなのだ桜餅

米処米沢四方(よも)の花霞

春深く猿に欠伸を貰ひけり

百合

「俳壇」二〇〇九年（平二一）六月号

真紅の薔薇真紅の闇を解(ほど)きつつ

雨戸網戸ガラス戸障子梅雨籠り

燦然と梅雨夕焼の金魚金魚

さくらんぼが照らす子供の口の中

藪柑子の花はこれだよこれだこれ

花はみな菩薩鬼百合小鬼百合

大菩薩峠の百合をこそ想へ

親切な少年の飼ふ蟻地獄

石榴の花の彫りの深さよ造物主

コケモモの鉢に奮発して来た顔

「俳句研究」二〇〇九年（平二一）秋の号

秋の夜

足（あし）足（あし）腰（こし）残る力やあめんぼう

江戸団扇こころ涼しく使ひけり

日向が好き日陰も好きよ京鹿子

梱包を解くや笹ゆり風集ふ

水枕とろりとあをき流れ星

伊吹山麓を走る野分見ゆ

こけもものの鉢にもやもや尊けれ

生きて鯛僕がゐなくても鯛

吸引の空気が割れる秋の夜

そのとほり言はれるとほりです夜長

鍋蓋　「朝日新聞」二〇〇九年（平二一）九月

聴いてごらん朝ひぐらしが鳴いているよ
蜩の椅子と名付けて腰掛ける
いろいろあらーな夏の終りの蟬の声
朝顔は水の精なり蔓上下
猫じやらし振り振り膀胱癌の話
画用紙をはみだしたまま梅雨の月
タオルケット一枚加へ僕の秋

八月や有為のおくやま今日越えて
命の木とんぶりを待つ箒草
秋空の底に鍋蓋洗ひ物

白椿

「俳句」二〇一〇年（平二二）一月号

白椿一つ言葉を出すごとに
枯鬼灯の網の中なる言葉かな
見舞客立冬の影やはらかに
近くには塩船観音除夜の鐘

両の手を初日に翳しおしまひか
頑として男丸餅のお正月
ぽかあんと吐いて吸つて淑気
薺打つ初めと終りの有難う

まぼろしの春――「『冬』以後」解説

長谷川　櫂

1

川崎展宏が亡くなってから二年がたった。はじめに私の個人的な感慨を記しておけば、俳句や文章についての感想を聞かせてもらえなくなったことがいちばんさびしい。こんど川崎の句集未収録の最晩年の句を含めた全句集が出ることになった。この話をきいたとき、脳裏に浮かんだことがある。

川崎には生前六冊の句集がある。『葛の葉』『義仲』『観音』『夏』『秋』『冬』、この六冊である。はじめの三冊はどれも展宏さんらしい、つまり彼の趣味に沿った題名である。

これに対してあとの三冊は夏、秋、冬と四季のめぐりをたどっているわけで、何とも大ざっぱな名前の付け方である。思い浮かぶのは高浜虚子が『五百句』からはじまって『五百五十句』

『六百句』というふうに『七百五十句』まで五十句刻みで収録句数を句集の題名にしたことだろう。川崎には敬愛する虚子のこの題名の付け方が念頭にあったかもしれない。

それを思うと、『夏』『秋』『冬』という句集名はたしかに大ざっぱではあるが、虚子の無機的な、ある意味で不気味な感じの数字の題名に比べて、やはりそれとは違って展宏さんらしい題名であると思う。いずれにしても句集の題名は中身以上にその人柄を反映してしまうものらしい。

展宏さんが生きておられたころ、私は幸運なことに毎週、朝日俳壇の選句会でお会いする機会があった。最後の句集となった『冬』が出たときだったか、

「夏、秋、冬ときたのなら次はいよいよ春ですね」と冗談半ばにいうと、展宏さんは何と答えたか、残念ながら正確な言葉は覚えていない。「覚えていない」ということは、はっきりと「そうだ」とはいわなかったということであり、「そうでない」ともいわなかったということだろう。例の眼鏡の奥に困ったような面映ゆいような表情を浮かべたのではなかったろうか。

全句集が出るという話をきいたとき、このときのことをまた思い出した。題は『春　川崎展宏全句集』しかないだろう。中身も最晩年の未収録句を堂々と巻頭において既刊の六句集はそのあとに並べればよろしい。

おそらくこの考えをご本人がきけば、きっとまたあの困ったような面映ゆいような表情を浮かべて固く辞退されただろうと想像する。「春なんて題はどうもぼくにはふさわしくない」といわれたにちがいないと思う。しかし、こちらもそうやすやすと引き下がるわけにはゆかない。「死後やっと訪れる春、というのも展宏さんらしいじゃないですか」。こうした故人とのやりと

りがあった。
姿を現わした『春　川崎展宏全句集』をめくってごらんになれば、構成が必ずしも私が想像したようにはなっていないことがわかると思う。目次をみると、まず『葛の葉』から既刊の六句集が並んでいて、未収録の、句集『春』となるはずだった最晩年八年間の句は「『冬』以後」として最後におかれている。無残なことではある。しかしながら深く頭(こうべ)を垂れて思えば、これは致し方ないことだ。というか、作者本人が不在である今となってはこれが最善のやり方だったと思う。

二〇〇九年十一月二十九日、川崎展宏がこの世を去ったとき、句集『冬』以降、雑誌や新聞に発表されたかなりの数の句が残された。私が考える句集『春』の句群である。しかし、この残された句群をいったい誰が一冊の句集『春』としてまとめることができるのか。それは本人にしかできないことだろうし、本人しかやってはいけないことである。もし友情篤い大岡信がこの大仕事を引き受けてくれれば、それも夢ではないだろうが、大岡は目下、静養中。となると、これらの句群は断片のまま残されるしかないということになる。

つまり死とは中断である。あとはこの『春　川崎展宏全句集』の読者に委ねるしかない。死によって断ち切られ、断片のまま残された句群に息を吹きこみ、失われた「春」をふたたびよみがえらせることができるのは一人一人の読者のほかにないだろう。残された句のなかから、その手がかりとなるいくつかの句を見ておきたい。

「『冬』以後」には二〇〇三年から二〇一〇年までに発表された句が収めてある。このうちのほとんどが闘病生活中の句である。そこに流れている気分を一言でいうとすれば、この世に生きすぎてしまったという悔恨の思いだろうか。

2

はじめから飽いてゐるのに日日草

日日草は夏のあいだ、毎日のように新しい花を咲かせるので「日日草」と呼ばれる。「はじめから飽いてゐるのに」はこの花のことのようでもあるが、ほんとうは自分自身の人生のことにほかならない。この世界、この人生に生まれたときからうんざりしているというのだ。世界や人生に対する思いが日日草という花に託されてはからずも表に出ている。

しかし川崎の場合、この倦怠感は自分を退屈させる世界への否定（攻撃や破壊）となることもなく、倦怠感をいだく自分自身への否定（自虐や自殺）となることもない。倦怠感は倦怠感のまま、行く春を惜しむものぐさ太郎さながらに穏やかにとどまる。

ここに生涯をつうじて川崎の句にみられるひとつの特長がある。この世に生きすぎてしまった、その思いから生れる「ものぐさな気分」は何も晩年のこの時期にはじめて現われたものではなく、若い時代から川崎の句にしみついている、いわば川崎の地の色なのだ。それが晩年、死を目の前にして色濃く現われ出たということではなかろうか。

またまゐりました唐招提寺秋

「またまゐりました」は唐招提寺、そして御影堂に安置されている鑑真和上へのあいさつである。ほかの俳人がこの句をよんだのであれば、それだけのことですんでしまうが、川崎の句であるとなると、「またまゐりました」の「また」が妙に重たげに響く。この句、散文であれば「またまゐりました」ではなく「また来てしまいました」となるところだろう。そこにはおのずから日日草の句の「はじめから飽いてゐるのに」と同じ、生きすぎてしまったという思いが潜んでいる。

玫瑰や今もといひて口つぐむ

いうまでもなく中村草田男の「玫瑰や今も沖には未来あり」を思い出してよんだ句である。草田男は「今も沖には未来あり」と高らかにうたった。しかし、沖に未来はあるのだろうか、草田男の時代ならともかく現代に生きる川崎としてはもはや「沖には未来あり」と歯切れよく謳歌することはできない。かといって「ない」とはいわない。あからさまな否定は川崎にしてみれば、不躾な高慢と映ったはずだ。そこで彼は柔らかく口をつぐむのだ。

セーノヨイショ春のシーツの上にかな

この句ははじめ「セーノヨイショ春のシーツに移さるる」だったが、のちにこの形になった。「移さるる」の説明的な（叙述的な）言い方を嫌ったのだろう。どちらにしても看護師たちが川崎を抱えて新しいシーツの上に寝かせているところ。

当然「セーノヨイショ」は看護師たちの掛け声なのだが、句のなかでは川崎自身の声に聞こえる。それも真白なシーツのベッドに移るというその場の情景をこえて、人生の日々を過ごしながら川崎が心の中で唱えていた掛け声のようである。「ドッコイショ」に近い。生きすぎてしまった長い人生の日々を「やれやれ」の思いで生きている。そうした人である川崎の心から思わずもれた声であるにちがいない。

3

川崎のこの「生きすぎてしまった」という思いはいつどのようにして生れたか。

日本が戦争に敗れた昭和二十年八月十五日、この日を青年あるいは少年として体験した作家の何人かを私は「演劇的人間」と呼んでいる。塚本邦雄（当時二十五歳）、三島由紀夫（二十歳）、寺山修司（九歳）のような人々である。

彼らは軍国主義から平和主義への過激な転換を若くして目の当たりにした。その結果、戦前の古い日本も戦後の新しい日本も芝居の書き割りのような「ニセモノ」にしか見えない。自分たちは大人たちが作りあげた狡猾な「ウソ」の世界で生かされているような気がしてならない。

そこで彼らの作品は過剰に装飾的であり演劇的、つまり芝居がかっている。三島や寺山のように何人かは実際に演劇を作品の場とした。さらに、しばしば人生自体も芝居と勘ちがいしてしまう。自衛隊東部方面総監部のバルコニーの上で演説する三島の写真を思い浮かべればいいだろう。

川崎は終戦のとき十八歳だった。父は海軍軍人であり、同世代の多くの若者たちが戦争で命を落とした。このことだけをみれば川崎は「演劇的人間」の条件をそなえている。

しかし川崎は「演劇的人間」にはならなかった。そのわけは彼がきわめてつつましい精神の持ち主だったからだろう。つつましい精神は芝居がかったことを好まない。

もっと根本的にいえば、戦後というウソっぽい世界にも「三分の理」があることを認めていた。それが川崎のやさしさであり、それを川崎は同時代の人々への礼であると思っていたにちがいない。しかし、その見返りとして川崎は戦後という長く退屈な時間につつましく耐えなければならなかった。礼とはそういうものだから仕方ない。日日草の句の「はじめから飽いてゐるのに」という思いはこうして川崎の心の奥にごく早い時期から宿ったものだったろう。

このことがわかっていれば、川崎がなぜ終生、戦争の句をよみつづけたかが納得できるはずだ。終戦の昭和二十年八月十五日は彼の心の原点でありつづけた。『全句集』の「『冬』以後」にも戦争の句がいくつもある。

胸中に一機火焔の風車

火まみれの船を送るや八月尽

そのうちこの二句は以前の句にまさるとも劣らない絶唱である。病臥中であったにもかかわらず、このような句を最後までよみつづけたことを私は立派なことだったと思う。

たしかに川崎の句は場面に応じてさまざまな表情をみせる。晴れ晴れと高揚することもあれば沈鬱に鎮まることもある。しかし句が千変万化するとしてもその奥には「この世界に生きすぎてしまった」という思いが流れている。

芍薬の切口を差し向けらる、

この句には個人的な思い出がある。二〇〇四年一月に『俳句的生活』というエッセイ集を出した。その冒頭に若き宮本武蔵が一本の芍薬を切って柳生石舟斎に贈るという吉川英治の『宮本武蔵』にある話を書いた。俳句の切れを説明するためである。この句はその場面をよんだ句にちがいないと私は思っている。同年の「俳句」七月号に発表している。

じつは『俳句的生活』には「俳人の自殺は自分の俳句をすべて否定することだ」と書いたところがあって、川崎にはこのくだりが大変こたえたらしく、そのことを本人の口から何度か聞いた。芍薬の句は私にはそのときの川崎の胸中を想像させる句である。

かげろふの有象無象の楽しけれ
晩年を過ぎてしまひし昼寝覚
而シテ(シカウ)見るだけなのだ桜餅
いろいろあらーな夏の終りの蟬の声

紙幅が尽きようとしているが、この四句には触れておきたい。

まず「かげろふ」の句はもちろん陽炎をよんでいるのだが、それは同時にこの世界であり、有象無象とはそこに生起する愚かしいできごとの数々でもあるだろう。それを「楽しけれ」とみる。これが川崎のやさしさであり礼であることはすでに書いた。

昼寝覚の句。昼寝から覚めたら晩年をすぎてしまっていた。それはまだ死後の世界ではない。晩年をすぎてしまい、もはや人間にはあらざるものとして、それでもなお生きているというのだろう。散文にすればきついところをさらりと句にしている。

桜餅の句。桜餅も喉を通らなくなった。それでも哀しいとはいわない。それが俳人としての覚悟である。それはこの世の有象無象のひとつとして楽しむべきことであり、そのまま次の句の「いろいろあらーな」の境地につながってゆく。

蟬の声の句。夏の終わりの蟬の声を聞きながら「人生いろいろあらーな」と思う。世の中のことも自分の身に起こる病や死もバカバカしいことばかりだが、むきになって否定するほどのことでもない。陽炎を眺めるように蟬の声を聞くように楽しんでいればいい。もし川崎が句集『春』をまとめていたら、きっとこの句を最後にすえたのではないだろうか。

句集解題

須原和男

第一句集『葛の葉』

昭和四十八年一月一日、「杉」叢書の一巻として杉発行所より刊行。四六判函入り・百七十一頁、一〇〇〇円。作者自らの装丁、題字・石沢煌峰。「春塵」、「雪」、「桃畑」、「海」の四章で構成。序句「をみなへしといへばこころやさしくなる」を含め、昭和三十年より四十七年までの作品、三百二句を収録。

桃畑へ帽子を忘れきて遠し
菜の花を大きくくるみ膝の上
佛生会鎌倉のそら人歩く
明け易くむらさきなせる戸の隙間
白玉を掬へば果つる夏休み

近づけば黙る花野の岩いしころ

天の川水車は水をあげてこぼす

明日(みやうにち)は満月といふ越後湯沢

海鼠食ひし男まぎれぬ街の燈に

夜の眼のしばたたくゆゑ小雪くる

白息のゆるゆる読むや虚子句集

結婚挨拶状への返事

寒椿鍋つやつやに磨いてゐるか

〈処女作にはその作者のすべてが宿る〉と言われるが、作者は、この第一句集における自身の作風について次のように述べている。

冬の地震鳴るものは鳴りゐたりけり　楸邨

「寒雷」平成四年一月号にこの句が載っていて〝ほおう〟と嬉しくなった。フユという語もあたたかい。〝先生〟と思わず声をかけたくなった。実は、私はこの句に出会って先生の代表作の一つ、

寒雷やびりりびりりと真夜の玻璃

の緊張感から何十年ぶりかで解放されたのだった。私は第一句集の跋に、
《俳句は遊びだと思っている。余技という意味ではない。いってみれば、その他一切は余技である。遊びだから息苦しい作品はいけない。》
と書いたが、「息苦しい作品はいけない」とは、たとえば「寒雷や」の句に代表されるような先生の作風に対する抵抗でもあった、と今にして思うのである。師弟としての情とは別に、作風に対し、ずうっと抵抗させてくださったという意味で、楸邨先生は、私にとって最高の師であった（「遊びと志」・「俳句研究」平成六年三月号）。

また、角川書店の『第一句集を語る』（平成十七年刊）における「川崎展宏『葛の葉』とその時代」の中でも、おおよそ同様の趣旨ながら次のように言う。

「俳句は遊びだと思っている」という言い方のなかには、「寒雷」の「遊びではない」という真面目さに対して、やったるかという気持ちが籠っていないとは言えない。いや、籠っているわけです。「寒雷」にいなかったら、そんな跋文、書かないでしょうね。だから、「寒雷」はありがたい。「寒雷」にいたからこそ、虚子にあれだけ惚れ込んだ。「寒雷」は反虚子ですからね。反虚子の反はプラスの虚子です。

第二句集『義仲』

昭和五十三年十二月五日、「現代俳句選集4」として牧羊社刊。四六判函入り・百八十九頁、二〇〇〇円。装幀・直木久蓉。「秋」、「冬」、「春」、「夏」、「巴寺」の五章で構成。昭和四十八年より五十三年までの作品、三百十七句を収録。

如月の水にひとひら金閣寺
高遠（たかとほ）の桜をおもふ眉のうへ
日に焦げて天平勝宝のひばり消ゆ
山の端の逃げて春月ただよへる

戦艦大和（忌日・四月七日）

「大和」よりヨモツヒラサカスミレサク
烏帽子は高く馬は小さくかきつばた
鮎の腸（わた）口をちひさく開けて食ふ
一枚に日は照りつけて秋簾
うしろ手に一寸（ちよつと）紫式部の実
戸口まで紅葉してをる鼠捕
秋しぐれ上着を銀に濡らしける
目もとより時雨の晴るる庵主さま

本句集の「あとがき」に「…版元から句集名を求められ『義仲』とした。いつか、その名の句集を持ちたいと思っていたからである。いまは、義仲の名の気負いから遠いが、わが俳諧の塩として、その名を残した。句集の中に、直接、義仲を詠んだ作はない」とある通り、義仲の存在は題名のみとなっている。

川崎展宏初期の作風については、大岡信氏による次のような評言がある。

感覚の鋭敏。語感の清冽。対象をとらえるときの全身的集中と、それを表現する言葉の厳しい抑制との、作者内部におけるみごとなコントロール。一言で尽せば、デリカシーという語が生きて歩いているのが、川崎展宏の句の世界にほかならない（『現代俳句全集五』立風書房）。

第三句集『観音』

昭和五十七年十一月二十五日、「現代俳句選集Ⅲ・7」として牧羊社刊。四六判函入り・百六十七頁、二一〇〇円。装幀・山崎登。「Ⅰ」、「Ⅱ」、「Ⅲ」、「Ⅳ」の四章で構成。序句「天くだる一筋の瀧十方空」を含め、昭和五十四年より五十七年までの作品、三百一句を収録。作者は昭和五十五年に森澄雄主宰の「杉」を退会、「寒雷」に所属したまま、新結社「貂の会」の代表となり、同人俳句誌「貂」を創刊。その旗印は超結社、および少数精鋭による句会中心主義であった。本句集は「貂」創刊後の初の句集。

かたくりは耳のうしろを見せる花
天球を春へ廻せる虚子ならん
万緑に美男の僧を点じたる
十三束三伏（じふさんぞくみつぶせ）の花菖蒲哉
青年は膝を崩さず水羊羹
白波にかぶさる波や夜の秋
出かゝりし油のやうな薄の穂
鶏頭に鶏頭ごつと触れゐたる
黒鯛を黙つてつくる秋の暮
人間は管（くだ）より成れる日短（ひみじか）
外套のまゝ観音をまのあたり
まとひつく潮（うしほ）を初日はなれけり

句集名の「観音」は、「外套のまゝ観音をまのあたり」の一句に拠っているが、川崎展宏には、この句以外にも、この菩薩の種々相を詠んだ少なからぬ作品群がある。以下は、その作例である。「観音の岸へ岸へと春の波」（『夏』）、「千手即春の翼の観世音」（『秋』）、「観音のひらきかけたる白牡丹」（『冬』）、「亀虫も出て南無大悲観世音」（『冬』）。

第四句集『夏』

平成二年九月二十八日、「現代俳句叢書第Ⅲ期・12」として角川書店刊。四六判函入り・百八十五頁、二六〇〇円。装丁・伊藤鑛治。「夏」、「秋」、「冬」、「春」の四章で構成。昭和五十八年より平成二年までの作品、三百二十二句を収録。本句集により第四十二回読売文学賞を受賞。

喉元のつめたき鶯餅の餡
昼月は空のうすらひ伊賀に入る
夜桜のみしみし揺る丶まへうしろ
桜貝大和島根のあるかぎり
ともしびの明石の宿で更衣

特殊潜航艇の残骸に触れて

潜航艇青葉茂れる夕まぐれ
玉くしげ箱根のあげし夏の月

昭和二十年八月十五日以後

秋の蟬松根に斧入れしまゝ
酒盛りの一人声高十三夜

十一月二十三日

一葉忌とはこんなにも暖かな
熱燗や討入りおりた者同士
読みぞめに古今和歌集春の哥

本句集の「あとがき」には、「句を編んでいるうちに夏を迎えたので、句集名を『夏』とした」とある。これ以降の句集もまた、『秋』、『冬』という簡潔な題名となっている。「潜航艇青葉茂れる夕まぐれ」、「秋の蟬松根に斧入れしまゝ」などの句は、代表作「『大和』よりヨモツヒラサカスミレサク」（『義仲』）以来の、太平洋戦争にかかわる作品の系列に属しているが、この種の句を詠むことは作者畢生の課題であった。このことにも関連して、平井照敏氏は、「火と水の同時存在」と題する一文の中で次のように述べている。

かれの胸中には、大事な諸体験が渦巻のようにめぐっている。かれの句は、かれの大感情に諸体験がうちあたって発した火花だ。「『大和』よりヨモツヒラサカスミレサク」でも「黒鯛を黙ってつくる秋の暮」でも、「鶏頭に鶏頭ごつと触れゐたる」でもそうだ。火と水、その正反の同時存在が、かれの句のおかしくてかなしい味になる（「アサヒグラフ」昭和六十年十月増刊「俳句の世界」）。

第五句集『秋』

平成九年八月七日、角川書店刊。四六版函入り・百八十一頁、二七〇〇円。装幀・伊藤鑛治。「春」、「夏」、「秋」、「冬」の四章で構成。平成二年から九年までの作品、三百十二句を収録。本句集により第十三回詩歌文学館賞を受賞。

ほッ春筍買ふまいぞ買ふまいぞ
赤い根のところ南無妙菠薐草
沖縄は浮かぶ花束梅雨明ける
葛桜男心を人問はば
炎天へ打つて出るべく茶漬飯

加藤楸邨先生

夏座敷棺は怒濤を蓋ひたる
八月を送る水葬のやうに
一本の桔梗となりし男(をのこ)はや
而して淡泊平易獺祭忌
冬と云ふ口笛を吹くやうにフユ
海鼠あり故にわれありかぼすもある
塗椀が都へのぼる雪を出て

「ほッ春筍買ふまいぞ買ふまいぞ」は、自身を狂言における太郎冠者に擬しての作品であるが、この種の滑稽な戯け（おどけ）の世界に遊ぶ、独自な風狂の句を取り上げてゆけば枚挙に遑（いとま）がない。「貂」の句会での発言を同人の有志が拾い集めて筆記した、〈川崎展宏語録〉と称するものがある。その語録の中に、「俳句の基本は笑い」という一項があるから、右の作品の如きは、その信念を自らが率先垂範して実行に移した一例と見てよい。「海鼠あり故にわれありかぼすもある」という作品にも、作者独特の風狂の精神は横溢している。なにしろ、「海鼠」と、これに香味を添える「かぼす」とが在って初めて、「われ」もまた存在するというのである。

第六句集『冬』

平成十五年五月二十日、ふらんす堂刊。四六判函入り。百六十三頁、二六〇〇円。装幀・伊藤鑛治。「冬」、「春」、「夏」、「秋」の四章で構成。平成九年より十五年までの作品、二百八十二句を収録。

綿虫にあるかもしれぬ心かな

白洲正子氏

凍瀧の中へ失せられ舞衣

むらきもの心のさきの初桜

吉野よき人ら起きよと百千鳥

うれしさの啄むやうに花菜漬
観音のひらきかけたる白牡丹
草々と書いて三月十日今日
貴様と俺足痛腰痛夏つばめ
八月の思ひうすれて老いゆくか
身を空に心空にと添水哉
千悔万悔憎き酒を熱燗に
おでん酒百年もつかこの世紀
あらぬ方へ手毬のそれし地球かな

本句集の「あとがき」に、「齢と共に挨拶句を作る機会が多くなったが、句集には少数を入れるにとどめた」とある通り、作者は、初期から最晩年に至るまで、多種多様の挨拶句を詠み通している。

「綿虫にあるかもしれぬ心かな」の一句は、川崎展宏唯一の句碑として、金沢市の慶覚寺に建立された。

川崎展宏　年譜

川崎美喜子　編

○昭和二年から平成六年までの自筆年譜をもとに、加筆し編集したものである。
○敬称は全て省略させていただいた。

昭和二年（一九二七）
　一月十六日、広島県呉市の母方の祖父母の家で生まれる。父松平、母喜代子の長男。本名・展宏（のぶひろ）。父は海軍士官。小学校入学まで、父の転任に伴い、舞鶴、横須賀、東京の各地を転々とする。

昭和八年（一九三三）　六歳
　四月、呉市立五番町小学校に入学。佐世保市立大久保小学校、東京府目黒区立田道小学校に転校。

昭和十四年（一九三九）　十二歳
　三月、目黒区立向原小学校を卒業。
　四月、東京府立第八中学校（現・都立小山台高校）に入学。ここに教師として加藤楸邨がいた。同僚の国語の皆川一郎（俳号弓彦）をはじめ、国語・地理・体操の教師が楸邨門であった。しかし、俳句には関心がなかった。

昭和十八年（一九四三）　十六歳
　学徒勤労動員が強化され、京浜地区の鋳物工場で手榴弾の砂の鋳型を造る作業に従事するなど、授業は途切れがちであった。秋、皆川一郎出征（昭和二十年八月二十五日、ハルマヘラ島の陸軍野戦病院で死亡）。

昭和十九年（一九四四）　十七歳
　食糧難のため、受験参考書を抱え、デパートや町の食堂の行列に付き補食につとめた揚句、腸チフスになって一切の受験を放棄。卒業式にも出られぬまま八中を卒業。入院中、肺浸潤と診断される。九月ごろ目黒区の海仁会病院（現・国立東京第二病院）に入院。気胸のほか、セファランチン療法なるものを受ける。セファランチンはツヅラフジから抽出した薬で、戦後、一時、ハゲの妙薬といわれたが肺浸潤に何の効果があったかは不明。

昭和二十年（一九四五）　十八歳

病院の退避壕の出入口から、日本の戦闘機がＢ29に体当りするのを見た。ゴマ粒のような戦闘機が、一瞬、小さな舌のような炎と化し、Ｂ29は一つのエンジンから薄い煙を吐いて東京湾の方へ高度を下げて行った。あるいは戦闘機はＢ29の至近距離で撃墜されたのかもしれない。

三月、退院。栄養補給のため、呉市西二河通りの祖父母のもとで療養。

七月一日深夜からＢ29の編隊が市街を空襲。呉一中の下の横穴の壕に退避。熱風が入り、壕を出ると祖父母の家が燃えていた。二河川の河原に火を避けたが、桃色の空のもと一面の月見草（宵待草）が印象に残っている。つてを頼って、広島県竹原町在の神主の家の離れに落着く。

八月十五日、終戦。

十月から岡山県浅口郡寄島町の本籍地で軽い農作業。病を養う。

昭和二十二年（一九四七）　二十歳

四月、都立高等学校（旧制）文科乙類に入学。寮生活。

昭和二十五年（一九五〇）　二十三歳

三月、都立高等学校を卒業。

四月、東京大学文学部国文学科に入学。

昭和二十八年（一九五三）　二十六歳

三月、東大国文学科を卒業。卒業論文は萩原朔太郎。同大学院（旧制）に籍を置いたが肺結核と診断される。国立東京第一病院に通院。ストレプトマイシンの効果絶大。

年末、加藤楸邨宅を訪問し「寒雷」を一冊もらって帰る。

昭和二十九年（一九五四）　二十七歳

この年、はじめて「寒雷」十二月号に投句。志賀高原での作「生徒等已に去りて　一群の燕を撒きしばかりなり」が活字になる。以後、楸邨宅を訪問しては話しこみ、句に大マル小マルをつけてもらう。櫻井博道・井上宗雄らを知ったのもそうした場であった。

十月、『死の灰詩集』現代詩人会編（宝文館）に、「扉の外に立っているのは誰だ」掲載。

昭和三十三年（一九五八）　三十一歳

三月、大学院満期退学。この頃から櫻井博道としばしば森澄雄宅を訪ね、夫妻の持て成しに与る。談論の座がおのずから俳諧接心の場となる。

「俳句研究」八月号に「金子兜太への期待―その積極的な抒情について―」を執筆。

年　譜

昭和三十六年（一九六一）　三十四歳
四月より米沢市立（現・県立）米沢女子短期大学に勤務。酒友、数学の千喜良英二と出会い、以後、親交を結ぶ。板谷峠（当時はスイッチバック式線路）を越えて、友人らが次々と雪国に訪ねて来る。「寒雷」九月号に、詩「過ぎて行く夏」を発表。以後習作十数篇を掲載。

昭和三十七年（一九六二）　三十五歳
八月、『現代日本文学講座　短歌　俳句』（三省堂）の「原石鼎」「中村草田男」「加藤楸邨」の項を執筆。森澄雄・櫻井博道と高山・乗鞍・上高地へ、一位笠をかぶり愉快な旅をする。

昭和三十八年（一九六三）　三十六歳
五月、短大の宮崎晴美（旧制高校の恩師でもあった）夫妻の媒酌により加藤美喜子と結婚。

昭和四十一年（一九六六）　三十九歳
三月、「寒雷」同人となる。
五月、父、没。
十月、『高浜虚子』（明治書院）刊。

昭和四十二年（一九六七）　四十歳
二月、『現代俳句評釈』吉田精一編（學燈社）に「加藤楸邨」を執筆。
六月、長女、由理子誕生。
十月、『森澄雄句集』（「海程」戦後俳句の会発行）に解説。

昭和四十三年（一九六八）　四十一歳
三月、埼玉県新座市に転居。
四月より共立女子短期大学に勤務。
「國語と國文學」（至文堂）四月号に「正岡子規―その精神の座標軸―」を執筆。

昭和四十四年（一九六九）　四十二歳
一月十一日、清水清山の葬儀に参列（青山葬儀所）。夏の佐田岬、関西、甲州などへ吟行。

昭和四十五年（一九七〇）　四十三歳
三月、所沢市に転居。
十月、森澄雄主宰「杉」の創刊。櫻井博道と編集に従事。翌年より中拓夫・八木荘一が編集に加わる。

昭和四十六年（一九七一）　四十四歳
「俳句研究」一月号の〈特集　戦後俳句批判〉に「戦後俳句批判」を執筆。
八月、第一回「杉」のつどいが開催される（箱根緑荘ホテル）。

昭和四十七年（一九七二）　四十五歳
「俳句」七月号に俳誌月評執筆（十二月まで）。

昭和四十八年（一九七三）　四十六歳
一月、第一句集『葛の葉』（杉叢書・杉発行所）刊。
六月、『現代俳人』西垣脩編（桜楓社）に「森澄雄」を執筆。「國文學」（學燈社）七月号に「歌枕―芭蕉における―」を執筆。「俳句」十月号に「特集　期待する作家　川崎展宏」が掲載される。

昭和四十九年（一九七四）　四十七歳

一月、増補『高浜虚子』（永田書房）刊。

四月より明治大学に勤務。同じ法学部に西垣脩・大岡信・飯島耕一らが在職。

『現代文学講座　第七巻　現代の詩歌』（至文堂）に「高浜虚子における伝統の問題」を執筆。

「俳句」七月号に随想「海馬、酔語」を執筆。

九月、「杉」の編集を退く。

「俳句」十一月号に「韻文精神吟味―竹と菌」を執筆。

昭和五十年（一九七五）　四十八歳

「杉」一月号に、「青」「杉」合同新春放談―写生の周辺―（波多野爽波・森澄雄・宇佐美魚目と）。

二月、母、没。

八月、調布市に転居。

「杉」十月号（五周年記念号）で座談会「俳句への志向」（原裕・廣瀬直人・森澄雄・小池文子・矢島渚男と）。

昭和五十一年（一九七六）　四十九歳

一月、井本農一・堀信夫と共編の『俳句のすすめ』（有斐閣）刊。「文学」（岩波書店）一月号に「子規の系譜」を執筆。「國文學」二月号の―現代俳句の論理と構造―に「現代俳句における滑稽の意味」を執筆。

「俳句研究」十月号に「森澄雄論」、「読売新聞」に「俳諧の単純なおかしさ―椎茸」を執筆。

昭和五十二年（一九七七）　五十歳

四月、「朝日新聞」の俳壇時評を九月まで担当。

「俳句」五月号に山本健吉・森澄雄との鼎談「俳句の軽みと遊びと虚構と」掲載。

昭和五十三年（一九七八）　五十一歳

一月、『現代俳句全集　五』（立風書房）に、川崎展宏集「『葛の葉』『葛の葉』以後　自作ノート」、大岡信の「「遊び」の内景―川崎展宏の句―」を収録。

「俳句」一月号に随想「雪の声」を執筆、十二月号まで「桜」他を連載。

二月、西垣脩と共編の『現代俳句を学ぶ』（有斐閣）刊。

十一月、関口銀杏子追悼文集『関口良雄さんを憶う』（編集人　尾崎一雄他）に「榠樝（べいさ）の実」を寄稿。

十二月、第二句集『義仲』（現代俳句選集4　牧羊社）刊。

昭和五十四年（一九七九）　五十二歳

二月～三月、「テレビ大学講座」（テレビ朝日）の俳句講座に七回出演。

如意輪寺など、吉野へ旅する。

「俳句」四月号、〈特集　高浜虚子〉に「虚子の春」を執筆。

七月、清崎敏郎と共編の『虚子物語』（有斐閣）刊。

昭和五十五年（一九八〇）　五十三歳

「俳句」一月号に飴山實・宇佐美魚目との鼎談「今日の俳句　明日の俳句」掲載。

九月、『俳句文学館紀要』（俳人協会）が創刊され、編集委員を沢木欣一らと務める。

十二月、星野恒彦・橋本いさむのうながしにより同人俳句誌「貂」を創刊。作品八句と巻頭エッセイの連載が始まる。

昭和五十六年（一九八一）　五十四歳

一月、『増補現代俳句大系　第十四巻』（角川書店）に『葛の葉』収録（作品解説　櫻井博道）。

「國文學」二月号に山本健吉・平井照敏との座談会、「『俳』の世界の復権へ」掲載。

六月、日本文藝家協会の会員となる。

「毎日新聞」に俳句随想「是々否々」を執筆（十二月まで七回）。「天狼」十月号（山口誓子傘寿記念号㈡）に「虚子と誓子」を寄稿。

十一月、第二回愛媛新聞俳句大会で講演、「子規の方法と現代俳句」（子規記念博物館）。

十二月、NHK文化教室で講演、「俳句とはなにか」（新宿野村ビル）。

昭和五十七年（一九八二）　五十五歳

四月、新教科書『高等学校国語Ⅰ』（旺文社）に「雲に鳥―俳句との出会い―」掲載。

五月、『現代俳句集成　第十七巻』（河出書房新社）に『義仲』収録（解説　草間時彦）。

俳文学会訪中代表団（団長　井本農一）の一員として北京・杭州・上海を訪ねる。

九月、平井照敏・鷲谷七菜子と共著の『現代の秀句』（有斐閣）刊。

十一月、第三句集『観音』（現代俳句選集Ⅲ-7　牧羊社）刊。

「南風」十一・十二月号（創刊五十周年記念号）に「鷲谷七菜子の世界」を寄稿。

十二月、「貂」創刊二周年記念句会を箱根で開催。

昭和五十八年（一九八三）　五十六歳

一月、『虚子から虚子へ』（有斐閣）刊。

「國語と國文學」一月号に「子規と虚子―革新と楽園―」を執筆。「国文学解釈と鑑賞」（至文堂）二月号に「虚子の俳論」を執筆。「狩」十月号（五周年記念号）に随想「目のうろこ」を寄稿。

十月よりNHKラジオ「文芸選評」を担当。

昭和五十九年（一九八四）　五十七歳

一月、「毎日新聞」に「私の俳句作法」四回連載。

三月十二日、二月堂の修二会に参籠、後夜・晨朝の勤行まで胡坐。井上靖や團伊玖磨の姿もあった。

四月、「朝日新聞」の朝日俳壇「時評」の欄を九月まで担当。

「俳壇」六月号（創刊号）から「時評」を一年間担当。「文学」九月号に「子規管見―作り手の立場から―」を執筆。「鷹」十月号に「グレーの古橋」を寄稿。

十一月、山形に於ける'84新しい旅「奥の細道」シンポジウムでコーディネーター。パネリストに尾形仂他（県立南高等学校記念講堂）。「山形新聞」に「芭蕉の感動の再確認へ」を執筆。

昭和六十年（一九八五）　五十八歳

「俳句」一月号、〈特集　山本健吉〉に「その根本に在るもの―山本健吉小論」を執筆。

三月、「貂」の仲間と江南の旅を楽しむ（蘇州・杭州・紹興・上海）。

四月、「杉」を退会。

五月、「寒雷」創刊五〇〇号記念大会出席（上野池之端文化センター）。「俳句」八月号、〈特集　楸邨・草田男・波郷〉に「お多福豆一列」を執筆。「アサヒグラフ」十月増刊、「俳句の世界」―現代俳人群像―に掲載される。

昭和六十一年（一九八六）　五十九歳

三月、井本農一・岡野弘彦と共編の『作歌・作句』（放送大学教育振興会）刊。

六月、静岡県俳句協会俳句大会で講演、「〝俳〟雑感」（県茶業会館）。阿波野青畝の「米寿のお祝いの会」に出席（新阪急ホテル）。

十月よりフジテレビのミニ番組「四季の詞（ことば）」の文章と朗読を担当。

十一月、国分寺市に転居。

十二月、『昭和俳句回想』山本健吉著　聞き手川崎展宏（富士見書房）刊。

二十七日、鈴木幸夫の葬儀に参列（敬覚寺）。

昭和六十二年（一九八七）　六十歳

「俳壇」一月号に「注目の現代作家　川崎展宏―『観音』以後」が掲載される。「若葉」二月号に「草田男管見」を寄稿。「俳句四季」四月号の「人と作品―川崎展宏」に作品とインタビュー。「寒雷」四月号に、加藤楸邨句集『怒濤』座談会「〈俳〉そのはるかなるもの」（安東次男他四名と）。「俳句」七月号の特別企画に、川崎展宏選「花鳥諷詠百一句」掲載。「国文学解釈と鑑賞」八月号、〈特集　全体像・高浜虚子〉に、平井照敏と対談「高浜虚子を語る」。

昭和六十三年（一九八八）　六十一歳

「俳句」一月号に、宇佐美魚目・原裕との鼎談「俳句をどう読むか」掲載、テーマを変えて一年間連載する。

五月十日、山本健吉の密葬、二十五日の本葬に参列（青山葬儀所）。「俳句研究」八月号に追悼文「防人の詩」を執筆。「俳句」八月号に追悼句「桐の花そらに器のありやなし」掲載。

　七月、大岡信との対談集『俳句の世界』（富士見書房）刊。

　八月二十日、森アキ子（森澄雄夫人）の告別式に参列。

　十一月、『四季の詞』（角川書店）刊。

平成元年（一九八九）　六十二歳

　三月二十七日、「貂」の仲間の桜庭幸雄没。

　七月、「東京新聞」に「砂嘴」を執筆。「玉藻」七百号に「静かなり」を寄稿。十一月、NHKラジオ「日本文化のここが好き・外国人俳句に挑戦」に参加、聴取者の声も加わりスタジオが大いに賑わう。

平成二年（一九九〇）　六十三歳

　「俳句」一月号に加藤楸邨・森澄雄との座談会「俳句の魅力」掲載。「国文学解釈と鑑賞」二月号に「墨汁一滴」を執筆。

　六月、「日本経済新聞」俳壇選者に就く。

　八月、『鑑賞日本現代文学　現代俳句』安東次男・大岡信編（角川書店）の「川端茅舎」他を担当執筆。俳人協会会員となる。

　九月、第四句集『夏』（現代俳句叢書Ⅲ12　角川書店）刊。

　「貂」の仲間と韓国の扶余・公州・慶州の遺跡を訪ねる。

　十月、「杉」創刊二十周年記念「杉」のつどいに出席（びわ湖ツーリストホテル）。「寒雷」創刊五十周年記念大会に出席（品川区立総合区民会館）。「俳句」一月号の写真撮影のため呉市へ。

　十二月、「貂」創刊十周年記念合同句集『十年』刊。八日、記念大会を伊豆下田（ホテルまさき）で開催。

平成三年（一九九一）　六十四歳

　一月、「春潮」四百号記念祝賀大会に出席（キャピタル東急）。「俳句」一月号に句集『夏』の特集が組まれる。

　二月、句集『夏』で第四十二回読売文学賞を受賞。二十五日、贈賞式（パレスホテル）。

　四月、『続 四季の詞』（角川書店）刊。

　五月、NHK学園「俳句のつどい横浜大会」で講演、「俳句とは」（横浜市教育文化センター）。

　六月六日、櫻井博道の葬儀で友人代表として弔辞。「俳句」九月号に追悼文「月移る」を執筆。

　十月、NHK学園「俳句春秋」四十一号に、インタビュー「川崎展宏―俳句は遊び」掲載、聞き手は二宮貢作。

　十一月、『日本名句集成』（學燈社）刊、編集委員を務める。「國文學」十一月号に座談会、「名句とは何か、鑑賞・批評とは何か―『日本名句集成』をめぐって―」（尾形仂・大岡信・森川昭・山下一海・川崎展宏）

が掲載される。

平成四年（一九九二）　六十五歳

「俳句」一月号〜十二月号の扉頁に五句を連載。

三月、ＮＨＫラジオ「文芸選評」、フジテレビ「四季の詞（ことば）」の放送を退く。

四月、「貂」の仲間大勢で諏訪大社御柱祭へ。

五月、第十二回「銕仙朗読会」に出演、演目は「能と虚子」（銕仙会能楽堂）。

「かつらぎ」六月号に「夏帽子」を寄稿。

俳人協会「関西俳句大会」で講演、「俳句あれこれ」（朝日生命ホール）。阿波野青畝と会い歓談する。

加藤楸邨記念館開館祝賀会に出席（小淵沢町）。

六月、「晴居」百号記念祝賀会に出席（赤坂プリンスホテル別館）。

七月、「海程」創刊三十周年記念祝賀会に出席（ホテル・グランドパレス）。

八月、「逢」五周年記念大会で講演、「廃墟からの発想」（たちばな会館）。

九月六日、久保田月鈴子の告別式に参列。

十月、俳人協会主催、秋季俳句講座「高浜虚子」で、高木晴子・上野章子の「虚子を語る」の司会をする。

十一月、「阿蘇」主催の「句会と講演の会」（熊本県芸術祭参加）で講演、「枯野の夢―芭蕉と虚子」（熊本市民会館）。

十二月、「朝日新聞」〈散策思索〉に「豆人形」を執筆。二十四日、阿波野青畝の葬儀ミサ、告別式に参列（夙川カトリック教会聖堂）。「俳壇」平成五年四月号に追悼「阿波野青畝の思い出の一句」を執筆。

平成五年（一九九三）　六十六歳

四月、「鎌倉観桜並びに虚子先生を偲ぶ会」に出席（鎌倉・鶴八）。「墨」スペシャル15に「荒筵」寄稿。

五月、『山本健吉俳句読本』第一巻（角川書店）の解説を執筆する（全五巻を解説）。

第一回「羽黒町全国俳句大会」で講演、「おくのほそ道ひとり言」（いでは記念館）。

六月、ＮＨＫ学園の東海北陸大会で講演、「俳句とカタルシス」（名古屋市生涯教育センター）。

七月十九日、加藤楸邨の葬儀で司会を務める（九品仏、浄真寺）。

九月、達谷の窟、平泉などを訪ね楸邨を偲ぶ。

「俳句」九月号、〈追悼特集　加藤楸邨〉の「一句鑑賞」に「鰯雲人に告ぐべきことならず」を執筆。「俳句研究」十月号に「鰯雲―『寒雷』から『雪後の天』まで―」を執筆。「寒雷」十二月号に「悪路王」を寄稿。

この年は旅が多い。七月には祇園会へ。八月の黒羽吟行では光明寺跡・雲巌寺をめぐる。

十二月、「日本経済新聞」の俳壇選者を辞す。

年　譜

平成六年（一九九四）　六十七歳

一月、「朝日新聞」の「朝日俳壇」選者に就く。「朝日俳壇」選句会初出席。選者は、稲畑汀子・金子兜太・飴山實と川崎展宏。

第三十三回俳人協会賞選考委員を務める。箱根へ吟行。

「俳句研究」三月号に新企画「シリーズ平成新俳壇①川崎展宏の世界」が載る。

三月二十九日、山口誓子の葬儀に参列（西宮山手会館）。「俳句研究」六月号に追悼文「つきぬけて」、「俳句」六月号に追悼一句鑑賞「海に出て」を執筆。

館山吟行、那古観音・安房自然村等を訪ねる。

四月、NHK「春季BS列島縦断市民参加俳句大会」に旭川から出演。

「第四十回角川俳句賞」選考会に出席（平成十二年まで選考委員）。

「未来図」五月号（創刊十周年記念号）に、鍵和田秞子との対談「師楸邨・草田男の真髄を語る」掲載。

五月、「山本健吉氏を忍ぶ会」出席（山ノ上ホテル）。

「俳句」六月号に、角川俳句賞選考座談会「問題新人の登場」掲載。

七月、俳人協会「俳句指導の方法」講座で、「加藤楸邨」の講義を受け持つ。

八月、『川崎展宏　花神コレクション〔俳句〕』（花神社）刊。

豊橋市鳳来寺、天竜峡などに吟行。

九月、「俳句αあるふぁ」秋号に「加藤楸邨の人と作品」を執筆。

十月、大阪朝日カルチャーセンター特別講座「朝日俳壇選者とともに」に出講（平成十七年まで）。

「ホトトギス」十〜十二月号に稲畑汀子と対談、「ホトトギス俳句百年史」。

「木語」十五周年大会に出席（椿山荘）。

十一月、NHK「秋季BS列島縦断市民参加俳句大会」に宇和島から出演。

「読売新聞」に「俳をめぐって」九回連載。

平成七年（一九九五）　六十八歳

一月、シドニー・オークランドクルーズで俳句講師。

二月二十六日、「朝日新聞」が緊急募集した「阪神大震災を詠む〈俳句・短歌〉」の入選作品が「朝日歌壇　俳壇」に載る。展宏選第一句は「えらいこつちや被災の姉の第一声」。選後評で「季語の無いことに気付いた。しかし中年の女性の、生活の厚みのある、そこからふり絞って出された妹への第一声、という生の声を聞きとめた」と記す。

三月、明治大学退職。

四月、新宿朝日カルチャーセンター「俳句」講師（平成八年三月まで）。

五月、第十回詩歌文学館賞選考委員に就く（平成九年まで）。知多半島吟行。

六月、「全道俳句大会」（北海道俳句協会創立四十周年記念）で講演、「俳句—自問自答—」。

七月、加藤楸邨の三回忌追善俳句大会に出席（大森東急イン）。

戸隠へ吟行。月並祭太々神楽瞥見・鬼無里。

「戸隠の中社から奥社への道は杉がまっすぐに生えていて、高山植物があったりしてなかなかいい所です。そこを奥社に向かって歩いていたら、一天俄かにかき曇り、夕立が来そうになったんですよ。で、同行の木内徹がほっと（彼の口をついて出たのは）、

　ござるぞよ戸隠山の御夕立　　一茶（七番日記）

これ本当におもしろいですね。「ゴザルゾヨトガクシヤマノオユウダチ」。うまい。兜太に、いつか、おれは一茶が嫌いだ、と言ったら、一茶が嫌いなようだったら俳人の資格無し、と言われたけどね。僕だって一茶は読まなきゃいけないと思ってはいたんだけど、どうも肌が合わない。それでも、自分に強制して勉強しようと思ったことがあるんですよ。その一茶の句中でこれだって思ったのは、

　秋風にふつとむせたる峠かな　　一茶（八番日記）

それだけはしっかり覚えていました（略）」。（平成十二年「寒雷」一月号講演記録より）

八月二十九日、秋山牧車の葬儀に参列（多磨斎場）。

九月、『処女句集と現在』「沖」俳句会編（邑書林）に『葛の葉』収録（解説「海軍（ネイビー）恋いの人」松村武雄）。

「朝日新聞」〈出あいの風景〉に執筆（十一日から十四日まで）。

十月、「貂」創刊十五周年記念句会を鳥羽市（浜離宮）で開催。伊勢神宮は神嘗祭であった。

「杉」二十五周年記念祝賀会に出席（品川プリンスホテル）。

十一月、「朝日新聞」〈うたへの招待〉執筆（平成十二年まで七回）。

「俳句研究」十一月号に「私の花鳥諷詠」を執筆。

平成八年（一九九六）　六十九歳

「俳句」三月号に、座談会「加藤楸邨」（金子兜太・平井照敏・佐佐木幸綱・川崎展宏）掲載。

NHK松山放送局「BS俳句王国」に出演（平成十六年まで数多く出演する）。

「朝日新聞」に「芭蕉の一句の今日的問題」を執筆。金沢に吟行。

五月、「俳句朝日」京都俳句大会で講演、「写生と滑稽」（京都会館）。奥琵琶湖へ旅行。沢木欣一の蛇笏賞贈呈式に出席（東京会館）。

八月、弘前ねぷた祭へ。九月、小諸吟行。

十月、黒羽全国俳句大会で講演、「俳句と初心」（ピ

アートホール）。

十一月、「風」創刊五十周年記念祝賀会に出席（京王プラザホテル）。

　十二月、小笠原・グアムクルーズ（俳句講師）で新年を迎える。

平成九年（一九九七）　七十歳

「俳句研究」一月号に、稲畑汀子との新春特別対談「俳句百年、俳句元年」掲載。「晴居」一月号に、高木晴子他七名との新春座談会「現代俳句の現状と行方」掲載。

　二月、NHK学園四国俳句大会で講演、「子規・虚子に学ぶ」。

「俳句朝日」三月号に、森澄雄との特別対談「鳥獣戯画の世界を求めて―加藤楸邨『望岳』の世界」、同四月号に「写生を超えるもの」掲載。富士吉田へ吟行。

　四月、NHK「春季BS列島縦断市民参加俳句大会」に柳川から出演。上旬、日本上空を通過するヘール・ボップ彗星を、自宅近くの里芋畑で観る。

　六月、長谷川画廊「我流派詩画展・二十周年記念」に出品。「俳句αあるふぁ」六・七月号に「俳句が生まれる現場・井の頭公園」掲載。「すばる」六月号に「方法論の裏づけ」を執筆。知立三河、大樹寺、東海道・藤川宿などへ吟行。

　七月、四国へ旅。内子・祖谷渓・箸蔵寺など広くめぐる。

　八月、第五句集『秋』（角川書店）刊。

　九月、オホーツク文学館賞授賞式で講演、「俳句再考」（北海道生田原町）。

　十一月、伝統俳句協会主催「第五回国際俳句シンポジウム」に参加（ホテル・マウント富士）。「細見綾子氏を偲ぶ会」に出席（京王プラザホテル）。那須へ吟行。

　十二月、エッセイ集『俳句初心』（角川書店）刊。

平成十年（一九九八）　七十一歳

　一月、伊豆、下田を歩く。

　三月、「貂」誌の編集長が橋本いさむから木内徹に交替。九州へ吟行、能古島・門司・長府へ。

　四月、稲畑汀子に招かれ、「ホトトギス」の連衆と吉野桜花吟行。春雷、春泥も快く、残花の心を詠む。

　五月、句集『秋』で第十三回詩歌文学館賞受賞。二十三日、贈賞式（日本現代詩歌文学館）。

　六月、『現代俳句の世界　日本の俳壇』（集英社）に「川崎展宏」が掲載される。「俳句研究」七月号に「昨日きょう明日」を執筆。

　七月、山刀伐峠を辿る。

　九月、「神奈川大学全国高校生俳句大賞」発会式に出席。選者として平成十七年まで楽しむ。『17音の青春』（NHK出版）が毎年刊行される。

「俳句朝日」九月号に「雲雀あがれる」を執筆。

十月十三日、井本農一の告別式に参列。

平成十一年（一九九九）　七十二歳

一月、『俳句初心』で第十三回俳人協会評論賞受賞。十八日、上野章子の葬儀に参列。「俳句研究」三月号に追悼文「寂光」を執筆。二十四日、藤崎久を没。

二月、広島県の竹原市、瀬戸内海の大三島などに吟行。大山祇神社の国宝館を訪ねての作、

居並ぶや春の愁ひの大鎧

—自分は「春愁」の句は作らないだろうと思っていたのに出来てしまった—（「俳句」平成十四年二月号「自分の好みの作」）。

三月、『草木花歳時記　夏』川崎展宏監修　例句選（朝日新聞社）刊。

六月、加藤楸邨七回忌の「寒雷」大会で記念講演、「師・楸邨」（大森東急イン）。

脊柱管狭窄症手術のため、九段坂病院に入院。七月退院。

「俳句朝日」七月号に「夏の花々」を執筆。

八月五日、新宿ボルガの主、高島茂の通夜に参列（宝仙寺）。三橋敏雄や松崎豊と出合えたボルガとの付合いは、四十六年目に入っていた。「獐」十・十一月合併号に追悼文「枯木の瘤」を寄稿。

松本、美ヶ原高原吟行。信州へは好んで出掛け浅間温泉の「菊の湯」に親しく泊った。

十月、『カラー版新日本大歳時記　秋』（講談社）に「私の俳句技法—心の裡に蘇ってくる言葉を核にして」を執筆。

平成十二年（二〇〇〇）　七十三歳

「俳句朝日」一月号に、「風神雷神」の題で作品七句とエッセイ（平成十三年三月号まで十五回連載）。

第十四回俳人協会評論賞の選考委員長を務める（第十五回まで）。

二月、「虚子記念文学館」開館式に列席（芦屋市平田町）、理事に就任。「俳句」五月号に「虚子記念文学館—花鳥諷詠、和楽の世界」を執筆。

俳人協会名誉会員となる。

三月十六日、飴山實没。「俳句研究」六月号に、追悼文「ひと日は花を鋤きこんで」を執筆。

四月八日、熊谷静石の通夜に参列。「逢」九月号に追悼文「大きな丸」を寄稿。

五月、「NHK俳壇」（テレビ）に鍵和田秞子のゲストとして出演。「若葉」五月号に「一起し」を寄稿。

六月、『季語別川崎展宏句集』（ふらんす堂）刊。

七月、「雉」十五周年記念大会で講演「写生と滑稽」（ホテル・グランヴィア広島）。

八月、中山道宿場町、開田高原へ吟行。

「俳句研究」十月号に、山田みづえ・柚木紀子との鼎談「いま、石橋秀野を読む」掲載。

十一月四日、高木晴子の葬儀で弔辞（寿福寺）。「俳句研究」平成十三年二月号に、追悼文「高木晴子氏を想う」を執筆。

金沢へ旅行。

「俳句朝日」十一月号に「先達の句々」を執筆。

十二月十日、「貂」創刊二十周年記念祝賀会を開催（新宿・ホテル海洋）。「貂」九十一号を記念号として発行する。

『鳥獣虫魚歳時記　春　夏』川崎展宏・金子兜太監修例句選（朝日新聞社）刊。

平成十三年（二〇〇一）　七十四歳

一月、NHK全国俳句大会に選者として出席、後度々選者となる（NHKホール）。

「俳句研究」一月号に「今月の顔・川崎展宏」が掲載される。『百人百句』大岡信（講談社）に、「押し合うて海を桜のこゑわたる　川崎展宏」他、句と解説が載る。

三月、「子規・松山発」（「糸瓜」七百号記念別冊）に「子規の俳句革新」を執筆。八ヶ岳山麓の信玄の棒道や三分一湧水を歩く。秩父へ吟行。

四月、「かたばみ」三百号祝賀会で講演「『俳』について」（道山閣）。

五月、広島・朝日俳壇セミナー「選者4氏とともに」に出講（広島プリンスホテル）。

七月、『現代俳人の風貌』（毎日新聞社）に写真と自選十五句掲載（インタビュアー　石寒太）。

「俳句」九月号〈子規発見―百回忌のいま―〉に、復本一郎と対談「子規とその時代」。

「糸瓜」九月号に、インタビュー「近代俳句を模索する」掲載、聞き手は村上護。同七百号記念別冊に、「子規の俳句革新」を寄稿。

「俳句朝日」十月号に、「美しき月日」掲載。

「神奈川大学評論」第四十号に、「子規と高浜虚子―俳句と発句」を執筆。「国文学解釈と鑑賞」十二月号〈特集　正岡子規没後百年〉に「子規の俳句」を執筆。三島・沼津吟行。

十二月二日、川崎展宏句碑除幕式（金沢市慶覚寺、貂の会建立）。

綿虫にあるかもしれぬ心かな　展宏

慶覚寺　泉闡澂（せんちょう）住職の「人の心」の法話。展宏は「心について」を語る。『川崎展宏句碑建立　祝句集』（貂の会）刊。

平成十四年（二〇〇二）　七十五歳

「俳句研究」三月号に、池田澄子・岸本尚毅との鼎談「晩年の名句―純粋に生きる」。

三月、芦屋国際俳句祭、第七回国際俳句シンポジウムに出席（ルナ・ホール）。『金子兜太集』（筑摩書房）第四巻月報に「熊蜂」を執筆。

六月九日、「貂」創刊百号記念祝賀会を開催（神楽坂エミール）。
「俳句朝日」七月号、〈特集 人間探求派加藤楸邨〉に、「師」を執筆。「WEP俳句通信」9号に特別講演「虚子について」を掲載。

十月、俳人協会「静岡県立大学俳句講座」講師。俳人協会秋季俳句講座で講師、「自作を語る―老いと若さと」。第五十六回青森県俳句大会で講演、「子規・虚子の新しさ」。

平成十五年（二〇〇三）　七十六歳

一月、「炎環」十五周年記念祝賀会に出席（中野サンプラザ）。
これまで経過観察中であった前立腺癌の治療を開始する（都立府中病院、現・都立多摩総合医療センター）。
「俳句朝日」二月号に「現代俳句の中の虚子」を執筆。
「俳句春秋」四月号にインタビュー「俳句とともに」が掲載される。聞き手 津高里永子。

五月、第六句集『冬』（ふらんす堂）刊。
「俳句朝日」七月号に「生む苦しみ―奪衣婆と」を執筆。福井県三方湖吟行。塩坂越から常神半島突端の神子・三方湖クルージング・白山比咩神社などへ。

九月十三日、平井照敏没。「俳句朝日」十二月号に追悼文「感謝と後悔と」を執筆。
二十九日、八木荘一没。「寒雷」平成十六年四月号に追悼文「蜩をあつめる」を寄稿。郡上八幡吟行。

十月、「南風」七十周年記念大会で講演「高浜虚子―今思うこと」（新阪急ホテル）。

十一月十九日、米沢の酒友、千喜良英二没。
「俳句界」十一月号に「選の現場から―新聞俳壇の現在」を執筆。

平成十六年（二〇〇四）　七十七歳

大岡信の文化勲章受賞祝賀会に出席（メトロポリタン・エドモンド）。
「俳句四季」一月号にインタビュー「塩として」聞き手 鈴木すみ代。二月、小浜・蘇洞門をめぐる吟行。

三月、「百鳥」十周年記念祝賀会に出席（京王プラザホテル）。「平井照敏氏を偲ぶ会」に出席（東京会館）。余呉湖・三丁町・常高寺へ吟行。「濱」四月号（七百号記念号）に「松崎鉄之介論」を寄稿。三春の滝桜、芦ヶ久保のカタクリの群落を訪ねる。

五月、奥多摩吟行。御嶽駅近くの「河鹿園」で休憩、「野草園」へ。ほととぎすが鳴き、武蔵鐙が見事であった。

六月、NHK松山「BS俳句王国」に出演（テレビ出演が最後となる）。

八月、信州吟行。松本の高ボッチ展望台・牛伏寺・大町市のダムと発電所等へ足を延ばす。

九月、神戸大学・山口誓子学術振興基金公開講演会

で講演、「俳句との出合い―実作者として―」（六甲ホール）。

『現代の俳人101』金子兜太編（新書館）に掲載される。

「貂」の代表を辞退する（以後名誉代表）。新代表に星野恒彦が就任（「貂」百十号より）。

十月、「WEP俳句通信」22号、〈稲畑汀子　その作品の時空を探る〉に「汀子さんのこと」を執筆。

「俳句」十一月号に、シリーズ第一句集を語る「川崎展宏『葛の葉』とその時代」掲載、聞き手　櫂未知子。

『花の歳時記　冬・新年』鍵和田秞子監修（講談社）に「花の王」を執筆。

十一月中旬、武蔵五日市に出掛け、駅前交番の前で大きく転び顔に怪我。世話になった交番に礼状を出し、返礼をもらう。身体の、特にバランス感覚の変調をしきりに口にする。

十二月十二日、鈴木六林男没。その死を知って、高校生に向けた一文「俳句という器」を書く。

「突きあげて来るように左の句を思い出した。

遺品あり岩波文庫『阿部一族』　六林男
六林男はフィリピンのバターン・コレヒドールの激戦で浴びた砲弾の破片を多数体内に残した生涯であった。句は、死者と作者の無念の思いが岩波文庫の一冊と化してそこにあるような作だが、うまく説明できない。森鷗外の『阿部一族』を読み返してみたが、自分に納得の行く言葉で説明することができない。すごい句だ、という感動は確かなのに、それを説明できない作、これこそ本物の句に違いないのである。それにしても俳句という器（うつわ）は不可思議な器である。（略）」（『17音の青春2005』）。

十六日、桂信子没。

平成十七年（二〇〇五）　七十八歳

一月、東京国立博物館の「金堂平成大修理記念　唐招提寺展」に献句と小文。

四月、「ホトトギス」千三百号記念祝賀会に出席、祝辞を述べる（新高輪プリンスホテル）。

五月、楸邨生誕百年記念「寒雷全国大会」に出席（箱根路　開雲）。「寒雷」五月号（記念特別号）に「月光」を寄稿。

『現代一〇〇名句集』（東京四季出版）に『義仲』が収録される。滴る山に囲まれた箱根ポーラ美術館へ。マネのパステル画「ベンチにて」を再び観る。

「俳句研究」六月号に、佐藤和夫への追悼文「佐藤さん」を執筆。七月、「偲ぶ会」に出席（リーガロイヤルホテル東京）。

八月、『飯田龍太全集』第四巻・栞（角川書店）に「剣気」を執筆。

十月、「杉」三十五周年大会に出席（ホテルメトロポリタン）。「杉」平成十八年一月号に祝辞「女郎花男郎花」が掲載される。

　十二月、「貂」一二二号に作品八句とエッセイ「芋名月」を掲載。「芋名月」は、創刊以来休むこと無く続いたエッセイの最終回となる。

塩山・勝沼・「ぶどうの丘」・大善寺へ吟行。

「俳句朝日」十二月号、〈「若手俳人」に未来あり〉に「腸の厚き所」を執筆。

平成十八年（二〇〇六）　七十九歳
　「俳句」一月号に「冬の月」八句、「俳句界」一月号に三句、「朝日新聞」に「笹子」三句、「俳句文学館」に新春詠一句発表。

「俳句」三月号に「雲雀野」三十二句発表。

　三月二十八日、体調を崩し検査入院（都立神経病院）。パーキンソン病と判明する。自宅療養の態勢を整えて、五月二十四日退院。

「俳壇」五月号に「すずらん」十句発表。

　十二月四日、嚥下障害による遷延性肺炎のため再入院。翌年五月に退院。

「朝日俳壇」の選者を退く。

「貂」一二七号に八句発表、最終回となる。

平成十九年（二〇〇七）　八十歳
　「俳句」一月号に「探梅」八句、「俳句文学館」に新春詠一句発表。

　四月三日、嚥下機能低下のため胃瘻を造設する。手術後、病室で、「ここからでもお酒が飲めそうですよ」と声をかけられ、即座に、「酒はのど越し」と返し撫然とする。

「俳壇」七月号に「青葉冷え」十句発表。

平成二十年（二〇〇八）　八十一歳
　「俳句」一月号に「初夢」八句、「俳句研究」春の号に「つくしんぼ」十二句発表。

　三月、鶯の初音を微かに聞く。—いそぐな　いそぐなよ—と楸邨の音調を繰り返し真似る。

　五月八日、中拓夫没、「寒雷」八月号に句と追悼文「中さん」を寄稿。

「俳句界」七月号に「自戒の句」を執筆。九月、『櫻井博道季語別全句集』（ふらんす堂）に小文「桔梗一輪」を送稿。

平成二十一年（二〇〇九）　八十二歳
　「俳句」一月号に「滴々」八句、「俳句研究」春の号に「欠伸」十二句、「俳壇」六月号に「百合」十句発表。

「俳句」七月号に、長谷川櫂句集『新年』（花神社）の一句鑑賞。

「俳句研究」秋の号に「秋の夜」十句発表。

『金子兜太の世界』（角川学芸出版）に一句鑑賞。

　九月二十九日、「朝日新聞」〈うたをよむ〉に「鍋蓋」十句発表。同紙文化部の佐々木正紀により「本欄には折々、川崎さんへの励ましの句が届く。〈十二月八日

といへば展宏さん　白村〉など、川崎さんの句にちなんだ入選句も（略）」の記事が添えられる。

　十月九日、青梅慶友病院に入院。

十九日、星野恒彦代表が来室。明年十二月発行予定の、「貂」三十周年記念号の大要を聞き、はっきりと「ありがとう、感謝します」と礼を言う。「貂」の仲間全員へのメッセージでもあった。

　十一月十六日、「俳句」編集部へ新年詠「白椿」八句送稿（平成二十二年「俳句」一月号に掲載される）。二十四日、「貂」編集部へ「「貂」三十周年記念号に」三句の送稿を済ます（平成二十二年「貂」一五一号に掲載される）。

　十一月二十九日午前二時三十分、肺癌のため死去。

十二月五日、武蔵野の多磨斎場にて葬儀、告別式。

平成二十二年（二〇一〇）
　十一月十四日、「貂」三十周年記念の集いが中野サンプラザにて開催される。

あとがき

この度『春　川崎展宏全句集』を刊行することが出来ました。

本書には、長谷川櫂氏に「『冬』以後」の「解説」を、須原和男氏に「句集解題」をご執筆いただきました。心より御礼を申し上げます。

川崎展宏は、昭和二十八年、加藤楸邨先生を北千束にお訪ねしております。それからの五十余年の歳月を、俳句に学んでまいりました。僕には俳句があって本当によかった、といつもそう申しまして、自らの時代を詠み継いでおりました。

森澄雄先生をはじめ、多くの方々にお導きいただきました。また、貂の会の皆様は、自由で潑溂とした句会を中心にして、三十年近くを、大らかにお支えくださいました。感謝いたしております。春もあたたかくなりますと、「桜貝大和島根のあるかぎり」の句がふっと浮かんでまいります。

刊行に際しまして、栞にご寄稿いただきました金子兜太、深見けん二、稲畑汀子、大岡信、星野恒彦、山口仲美、髙柳克弘の各氏に、厚く御礼を申し上げます。

編集にご協力くださいました石塚市子様、ありがとうございました。

最後に、長い間お心にかけてくださいました皆様に、あらためて深く感謝を申し上げます。

平成二十四年三月

川崎美喜子

初句索引

○配列は現代仮名遣いによる五十音順である。
○上五が同一の場合に付記した中七は、ページにかかわらず作品の発表年月順である。
○［　］内は句集名を示す。
［葛］＝『葛の葉』
［義］＝『義仲』
［観］＝『観音』
［夏］＝『夏』
［秋］＝『秋』
［冬］＝『冬』
［以］＝『冬』以後一・二

あ 行

藍のかげ　［観］一一二
あをあをと　［義］八九
青芦に　［秋］二〇八
青嵐
—上潮の波　［義］九六
—龍の襖と　［観］一三一
—岳王廟を　［観］一四二
—顱頂の薄毛　［夏］一五四
青いのと　［冬］二六八
青い実の　［以］二八四・三一四
青梅の　［義］九三
青梅を　［義］九三
青柿を　［冬］二六〇
青桐の
—紅さす莢や　［葛］二四
—莢を頼みの　［葛］二六
—幹や秋日の　［葛］二八
—莢さわぐなり　［葛］二八
—花しやんしやんと
青桐は　［義］八九
青桐も　［葛］一九
青きを踏む　［葛］二五
青ぐるみ　［以］二八三・三一〇
青空の　［義］九四
青空へ　［葛］四五
青蔦の　［葛］三二
青梅雨の　［冬］二六四
青萩が　［夏］一四九
青葉潮　［夏］一五一
—舳先を高く　［観］一三一
—潮の流れの　［秋］二〇六
青葉どきの　［葛］三〇
青葉冷え
—鎌倉小町　［義］八八
—楸邨先生　［以］三五六
—中さんはもう　［以］三六〇
青葉若葉　［以］二九六
青麦の　［義］七九
あふらるる　［義］六二
赤いスカーフ　［以］二九二
赤い根の　［秋］一九四
赤黄白　［冬］二五〇
赤き幣の　［観］一一二
赤黒黄　［観］一四一
アカシアの　［観］一四一
緒土の　［夏］一七九
明るすぎる　［以］二八七
赤ん坊の　［葛］二八
秋鯵に　［義］六一
秋鯵を　［冬］二六九
秋霞
—うなばらへ伊豆　［夏］一六〇
—よりオムレツに　［夏］一六四
秋風に
—もまれ五六歩　［以］三三二
—よろけて一人　［以］三〇四
秋風の
—立ちどまりたるや　［秋］二三三
—身に添ふ町の　［秋］二三四
—うしろ姿を　［冬］二七四
秋風や　［葛］二一
秋風を　［義］六六
秋鯖の
—脂に諸手　［観］一〇六
—底知れぬ眼を　［夏］一六四
秋しぐれ　［義］六二
秋澄むや　［冬］二七二
秋空の　［以］三六七
秋高し
—きらり〳〵と　［夏］一五九
—関をつかんで　［秋］二一六
—涙飲みこみ　［秋］二三〇
—鱠が鯉の　［秋］二三一
—那須の黒羽　［秋］二二四
秋蝶の
—黄を追ふホームの　［葛］三一

—紅鮮しき　［夏］一六六
—大きくひらく　［冬］二七一
—空気を切つて　［以］三〇五
秋茄子に　［観］一三四
秋の蚊の
—膝にまつはる　［義］六一
—身をそばだて、　［観］一〇五
秋の蛾の　［観］一〇六
秋の雲　［秋］二一八
秋のくれ　［夏］一六〇
秋の声
—そつと煎餅　［冬］二六八
—末社の鈴の　［冬］二七一
秋の蟬　［夏］一六一
秋の蝶　［秋］二一四
秋の波
—打つてひろがる　［葛］四〇
—替へし眼鏡に　［葛］四六
—つぎつぎに楯　［義］九八
秋の波の　［葛］三九
秋の虹　［冬］二七一
秋の日に　［観］一一四
秋の陽に
—涙脆さは　［葛］四〇
—煮えたぎる沖　［義］六五
秋の燈に　［冬］二六九
秋の陽の
—鱗片を煮る　［葛］一五
—差込む油絵　［義］六〇
秋の昼　［秋］二一八
秋の宿　［冬］二七四
秋の闇　［夏］一五九
秋の湾　［葛］四六
秋晴れも　［葛］三一
秋彼岸
—湧いて玉なす　［夏］一五九
—袂ひろげて　［夏］一六三
秋日差　［観］一二四
秋深き　［観］一二六
秋夕映　［冬］二七六
秋夕焼　［義］九八
悪筆は　［冬］二六三
明鴉　［観］一一〇
あげさげの　［夏］一六〇
上潮に　［夏］一八三
明けてくる　［義］八一
揚雲雀　［観］一二〇
あけぼのや　［観］一一九
明け易く　［葛］四一
上路越　［夏］一六六
朝顔の
—みな空色に　［葛］四〇
—をはりの白を　［秋］二二三
朝顔は　［以］三六六
朝顔や
—役者の家は　［葛］四四
—背に生毛の　［夏］一六五
朝顔を　［葛］二一
朝霧を　［秋］二二五
朝曇り　［義］九四
朝涼の
—しばらく胸を　［以］三一八
—身の衰へは　［以］二九六・三三九
朝の雨　［以］三三九
朝の石　［夏］一五〇
朝の風　［以］三三二
朝ひぐらし　［以］三一一
朝蜩
—ふつとみな熄む　［観］一二三
—しづかに滑り　［以］三一五
朝蜩の
—声明湖を　［以］三一五
—声いつせいに　［以］三四九
朝熊山　［義］七四
朝夕の　［以］三四五
浅蜊の斑　［葛］三二
浅蜊よし　［以］三五八
足足腰　［以］三六四
紫陽花に　［夏］一四九
紫陽花の
—瑠璃に面伏せ　［葛］一四
—いろなき水を　［観］一三九
足長蜂の　［葛］二二
足ばやに　［以］三〇九
馬酔木咲く　［以］三四一
脚太く　［葛］一七
足もとに　［夏］一七七
足もとを　［夏］一六一
汗の眼に　［観］一四二
頭かくす　［義］八八
頭から　［冬］二七〇
あたらしき　［夏］一四七
新しき　［夏］一六四
鮮しき　［義］五九
あつあつの　［冬］二六八
あつかんには　［観］一二六
熱燗や　［夏］一七四
熱き茶の　［以］二九〇・三二〇
厚氷　［義］六九
暑し暑し　［葛］一三
宛書は　［秋］一九五
阿弖流為の
—裔の兵　［以］三三三
—裔の竹の子　［以］三三三
あとずさり　［観］一三二
姉妹　［葛］一六
風（アネモス）の花　［夏］一八〇
アネモネの　［以］三三二
あの世から　［以］三三四
網走の　［葛］三〇
あ初蝶　［秋］一九七
阿武隈川　［葛］二一
天くだる　［観］一〇三
尼寺や　［観］一二四
雨戸網戸　［以］三六三
あまのがは　［夏］一六五
天の川
—水車は水を　［葛］一九
—戸一つ残す　［葛］二六
—息をしづかに　［葛］三八

—放ち亀も　［葛］　三八
—岬は黒く　［冬］　二七〇
—前生もなく　［以］　三四三
天の河　［秋］　二一四
海女わらふ　［秋］　一九八
阿弥陀佛に　［秋］　二〇四
飴色の　［夏］　一六六
雨つけし　［観］　一三一
あめつちが　［義］　八一
天地の　［以］　三四九
雨粒来　［観］　一二二
天の端　［秋］　二一九
天降り来し　［冬］　二五一
鮎の子や　［夏］　一八〇
鮎の腸　［義］　八八
あらあらと　［義］　五七
荒東風の　［夏］　一七七
あら玉の　［義］　七一
あらためて　［以］　三一五
あらぬ方へ　［冬］　二四八
霰来と　［夏］　一八一
霰敷く　［観］　一一六
霰降る　［義］　七〇
現はれし　［秋］　一九六
ありあまる　［夏］　一四九
ありありと　［以］　三五一
蟻地獄　［義］　八七
蟻と蟻と　［義］　九〇
蟻の道　［以］　三一二
歩き出す　［以］　三三四
あるときは　［以］　二九一・三三四
鮟鱇に　［以］　三五五
杏の実　［葛］　二五
いいでせう　［以］　三〇五
いいな〳〵と　［秋］　二三九
家ごとに　［義］　六三
家の影　［以］　三三一
生き死にを　［葛］　三七
息白く　［夏］　一七三
生きて鯛　［以］　三六五
いくさぶね　［観］　一一二
戦船の　［義］　九七
戦経し　［秋］　二二八
幾千万　［冬］　二四八
十六夜の
—よせてはかへす　［義］　六三
—水の市ヶ谷　［秋］　二二一
—月を待つ湖　［以］　三〇六
—光の湖と　［以］　三〇六
石垣に
—影のゆきかひ　［観］　一二七
—寒く蝶を　［夏］　一七二
石垣の　［義］　九五
石垣を　［葛］　四七
石段の　［葛］　一四
石山に　［義］　八八
石を巻く　［夏］　一六六
椅子一つ　［夏］　一七六
泉あり　［以］　二九四・三三三
急ぎ来て　［義］　九一
いたいほど　［冬］　二五二
板敷に　［観］　一一五
頂ならぶ　［葛］　二八
板の間に　［義］　六五
板塀も　［夏］　一六二
傷んだる　［冬］　二七三
無花果に　［以］　三五六
無花果の　［秋］　二二三
一怒すれば　［冬］　二六三
一日中　［以］　三五六
一日に　［夏］　一八五
一尾づつ　［義］　八二
市振の　［夏］　一六六
一枚に　［義］　五七
一枚二枚　［秋］　一九四
一夜庵　［葛］　三七
一葉忌　［夏］　一六九
銀杏散る　［観］　一三五
一塊の　［以］　二九〇・三一六
一切経　［観］　一二三
一瞬黒き　［以］　三四二
いつのまに　［義］　六四
いつの間に　［秋］　一九九
一杯の　［以］　三三五
一本立ち　［秋］　二一五
一本の
—脚顫はせて　［夏］　一六七
—桔梗となりし　［秋］　二二八
—瀧の卒塔婆　［以］　二九九
一本は　［義］　七二
いつもの店　［以］　三四四
凍瀧の
—束でおとせる　［夏］　一七一
—頤がつと　［秋］　二三三
—中へ失せられ　［冬］　二四七
凍蝶に
—屈み込んだる　［以］　二九四・三三三
—また動きあり　［以］　三五七
凍蝶の
—傾くを指す　［義］　六八
—人を待つには　［以］　三三六
凍蝶も　［以］　三三七
いなづまの　［夏］　一五八
居並ぶや　［冬］　二五二
いなりずし　［義］　六五
犬蓼に　［葛］　一八
犬猫も　［秋］　二一三
犬の眼に　［葛］　三五
いぬふぐり　［葛］　四七
犬ふぐり
—太陽軽く　［冬］　二四九
—寂滅為楽と　［以］　三五二
犬ふぐりの　［観］　一一八
居眠りも　［義］　七八
命なり　［以］　三〇三
命の木　［以］　三六七
命の匂ふ　［以］　三五六
威風堂々　［以］　二九一・三二八
伊服岐能山　［夏］　一七四

伊吹山 [以] 三六五
疣いがいが [冬] 二六一
いましがた [秋] 二一〇
海豚みな [夏] 一七二
慰霊塔 [葛] 三九
いろいろあら一な [以] 三六六
色変へぬ
—松をかまへて [秋] 二二六
—安宅の松の [冬] 二七六
鰯雲 [観] 一三四
石見の人 [夏] 一五六
陰晴や [冬] 二七一
浮いてをる [冬] 二五八
ウインドサーフィン [秋] 二二二
植木鉢と [葛] 三四
魚呉れと [葛] 四八
魚島と [観] 一三八
魚島を [観] 一三八
魚好きの [以] 三五九
浮かみでて [観] 一三五
うぐひすと [秋] 一九三
うぐひすの
—巣のぬけがらを [義] 九二
—古巣を飾る [秋] 二〇二
—昨日より今日 [冬] 二五〇
鶯の [義] 七九
うぐひすは [夏] 一七六
鶯や [夏] 一七七
うけ口の [葛] 二二
動きあり [以] 三〇四
烏骨鶏 [冬] 二四〇
うしろ手に [義] 六四
薄き羽 [夏] 一五四
薄氷 [葛] 四八
渦潮や [葛] 三七
薄墨の [秋] 一九九
薄闇が [夏] 一六八
薄氷に [義] 七六
薄氷の [秋] 一九三
薄氷を [秋] 一九三
疑ひは [夏] 一七四
打ち出でて [以] 三四三
鬱々と [観] 一三一
美しき [観] 一〇九
空蟬が [冬] 二六二
鬱然たる [冬] 二六一
「ウッソウ」と [以] 三四四
移りけり [秋] 二二九
腕組みの [義] 九五
海界を [義] 九六
卯浪より [夏] 一五二
畝ごとに [以] 三三六
卯のはなが [義] 九六
卯の花に [秋] 二〇三
卯の花や [葛] 四二
姥ひとり [義] 五八
鵜舟待つ [葛] 三七
うまいから [以] 三一四
馬の影 [観] 一一五
海沿ひに [観] 一〇九
湖底に [夏] 一六八
海の男の [以] 三五九
湖の波 [観] 一二三
海へ出て [葛] 一四
海見えて [葛] 四七
梅咲いて [観] 一一九
梅の里 [夏] 一八五
梅の花 [秋] 一九四
梅を干す [義] 九一
うら〱と [秋] 一九八
裏声の [冬] 二五三
うれしさの
—啄むやうに [冬] 二五二
—くわゐ〱と [以] 三三七
売れもせず [葛] 二六
影印本 [義] 九〇
永平寺 [葛] 四四
えごの花
—見るとき散らず [葛] 四三
—二つ落ちゆく [葛] 四三
—忘られしごと [葛] 四三
会釈して [義] 九一
エゾハルゼミと [葛] 二三
枝々の [冬] 二六九
枝々や [葛] 三一
枝ひろき [義] 七七
江戸団扇 [以] 三六四
江の電は [秋] 一九七
烏帽子は高く [義] 八七
衣紋竹 [義] 九一
エリザベス一世の [葛] 三四
襟巻や [義] 七三
エンゼル・フィッシュ [葛] 三六
沿線の [以] 二八七・三一七
炎帝の
—錦旗北上 [秋] 二〇八
—風まで殺し [冬] 二六三
炎天に [義] 九四
炎天の [葛] 三三
炎天へ [秋] 二一〇
炎天や [夏] 一五六
炎天を [観] 一一三
お会ひせし [以] 二八二・三〇八
老いさらばへ [冬] 二五四
追羽根や [義] 六八
鷗外忌 [以] 三二四
往生は [以] 二九四・三三三
桜桃の [葛] 二二
淡海のうみは [冬] 二五〇
大いなる [夏] 一七五
大男と [義] 九四
大伯母の [観] 一〇八
大女 [観] 一一一
大風邪の [葛] 一四
巨きな人 [葛] 一八
大仰に [夏] 一五二
大口の [秋] 二三三
大国魂神社の [以] 二八七・三一七
大雲取山 [冬] 二六九

大阪や　［夏］一六七
おゝ寒むと　［義］七五
大皿の　［義］九七
大樽の　［義］九三
大露の
―なき数に入る　［秋］二一七
―濡れたる貌を　［秋］二三〇
大つらゝ　［夏］一七一
大利根の　［冬］二四六
大穴牟遅神の　［秋］二一一
大西日　［夏］一五七
大鋸を　［夏］一六〇
大癋見　［冬］二五四
大南風　［義］九五
おゝ明治　［以］二八三
大雪の　［観］一一八
大揺れの　［観］一三〇
お帰りなさい　［秋］二〇三
おかき干して　［葛］四七
沖縄は　［秋］二〇八
起抜に　［葛］二六
起きるまで　［冬］二七五
奥宮へ　［夏］一七八
をけら参り　［以］三六〇
雄ごころの　［葛］二九
お降りの　［以］二八一
幼子の　［観］一四〇
幼児の　［冬］二七四
押し戴く　［夏］一七二
押し合うて　［義］八五
お辞儀交す　［以］二八四
押しくだる　［夏］一八七
押競の　［冬］二三九
おしつこを　［以］三三三
お湿りと　［以］三五二
白粉花　［義］九七
押し分けて　［夏］一六一
おづおづと　［秋］二三三
おたがひに　［観］一二〇
お多福の　［観］一三〇
落鮎に　［義］五八
落鮎の
―はたり〳〵と　［夏］一五九
―ぶあつき皮を　［秋］二三三
遠近や　［義］八四
お茶の水駅に　［義］六九
お月見の　［義］六三
乙字忌の　［夏］一七五
おでん酒　［冬］二四八
男ありき　［冬］二七二
男郎花　［冬］二六七
男享年　［義］九〇
男の子と　［葛］四二
男ぶり　［秋］二〇六
踊りの輪　［夏］一六三
おどろいて　［義］六二
鬼さん鬼さん　［葛］二七
鬼房の　［以］三一九
鬼柚子に　［以］三一八
鬼柚子の　［以］三五〇
鬼柚子を　［冬］二六九
おのづから　［以］三一七
雄の瀧の　［観］一三四
男の瀧は　［夏］一五六
男の瀧へ　［夏］一五五
お婆さん　［葛］三七
鉄漿蜻蛉の　［以］二八五
オホーツクの　［葛］三〇
朧夜に　［夏］一七八
おぼろ夜の　［夏］一八四
朧夜の　［観］一一一
をみなへし　［葛］一一
をみなごの
―ひとりあそびし　［義］七〇
―話しづかや　［観］一二一
お虫干　［以］三一三
オメデタウ　［葛］二七
おもたさの　［夏］一七九
おもてうら　［冬］二五四
表裏　［以］三六一
親へ子へ　［秋］二一八
下りて来る　［夏］一七七
檻の雉子　［葛］四三
尾を高く　［夏］一七四

か行

海溝図　［秋］二三六
懐中電燈　［葛］一二
外套の
―まゝ観音を　［観］一二七
―姿勢正しく　［冬］二四二
甲斐に風花　［秋］二二八
掻巻や　［秋］二三三
買物の　［以］二九九・三四六
櫂を焼く　［葛］三三
帰る道は　［葛］二一
顔打つて　［冬］二五九
かほがある　［観］一〇五
顔を出すや　［以］二八六
屈まずに　［義］八六
ががんぼの　［秋］二〇八
柿落葉　［以］三五四
かきつばた
―耳に指あて　［葛］一八
―欠伸して眼の　［葛］四三
―剣山を水　［義］八八
柿の実と　［観］一〇七
柿の実の　［秋］二三三
牡蠣船を　［義］七四
柿店に　［観］一〇八
額あぢさゐ　［以］三〇三
額の花
―坐り机が　［冬］二六五
―テーブルに　［以］三四二
かくまでも　［葛］四二
学問の　［葛］一三
掛軸の　［夏］一五一
崖下の
―家に灯が点く　［夏］一七三

—浜でがやがや［夏］一八四
影たまる［観］一三二
崖の端の［葛］一五
駆けまはる［夏］一五九
かげろふの［以］三四〇
影を濃く［冬］二四四
籠の中［義］九一
傘提げて［義］六四
風花す［観］一一〇
風花や［以］三〇一・三五〇
風干しの［以］三〇四
火車加速［観］一四二
柏餅
—拳拳服膺の［冬］二六五
—男ことばの［以］三三三
カステラの［夏］一六四
カステラを［以］二八五・三一六
数の子や［秋］二三〇
雀斑よし［義］九〇
葛城の
—神おはします［義］八四
—神のねむりの［夏］一七〇
風荒し［葛］三六
風が強すぎるよ［以］二九三・三三一
風邪心地［葛］四一
風に浮き［秋］二〇四
風邪に寝て［葛］一九
風の渦［義］八八
風の出て［義］五七
風の日は［夏］一七八
風光る
—閑散として［冬］二五七
—三岸節子の［以］二九七・三四一
数へ日の［観］一一七
片蔭へ［観］一一三
硬き湯の［以］三四八
かたくりは［観］一二九
片づけぬ［義］六一
勝臼が［秋］二三二
割烹着［秋］二三一
かどの店［冬］二七一
金網に［夏］一六九
かな〳〵から［冬］二六七
かなかなや［葛］三三
歌舞伎座の
—裏の細道［義］六六
—裏に始まる［以］三〇六
かぶさつて［秋］二〇〇
鎌倉に［義］八〇
鎌倉の［秋］二〇一
鎌倉は［義］六七
鎌倉や［秋］二〇八
鎌倉を［義］八〇
かまつかや［葛］四六
かみしめて［以］三五八
剃刀の［以］三三三
剃刀を［秋］二二一
紙で包む［冬］二五〇
亀虫も［冬］二七六
画用紙を［以］三六六
がらがらと［夏］一七九
ガラス器に［観］一一五
ガラス戸に［義］七一
ガラス戸を
—距てて春の［観］一三七
—開いて春の［観］一三七
殻付きの［以］二八九・三三二
落葉松より［葛］二三
借りて振る［葛］三八
刈干に［義］五七
刈萱の［観］一〇五
枯れきつて［以］三三六
枯山水［以］三四〇
枯萩に［以］三五〇
枯萩を［観］一〇九
枯れはじめたる［秋］二二三
枯芭蕉
—つひに思想と［夏］一七二
—靴紐きゆつと［冬］二四四
—厚いおむつを［以］三六〇
枯鬼灯の［以］三六七
蛙鳴く［観］一一一
かはゆさの［以］三六二
代る代る［夏］一五五
寒菊を［義］七二
萱草の［観］一三二
管足の［観］一二二
寒太君と［冬］二五五
簡単な［秋］二〇六
邯鄲や［冬］二六八
邯鄲を［夏］一五九
寒椿［葛］四〇
頑として
—冬至のかぼちやも［以］三五七
—男丸餅の［以］三六八
巫の［義］六六
寒凪や［義］六八
寒凪を［義］七四
観念の［夏］一五七
観音の
—囲むみづうみ［夏］一七三
—岸へ岸へと［夏］一八八
—ひらきかけたる［冬］二五九
—千手千眼［以］二九五
関八州［秋］一九七
寒晴や
—松本深志［秋］二三三
—天上天下［以］三〇〇・三四七
干瓢の［秋］二二一
寒木瓜の［観］一一七
寒牡丹［冬］二四一
艦名に［義］七〇
木苺の［観］一二〇
懸鉤子を［義］九三
聴いてごらん［以］三六六
消えていく［以］二九四・三三六
其角忌と［以］三五九
喜々として
—後の彼岸の［義］六一

—素焼の鉢の ［秋］ 二〇一
帰郷の荷 ［葛］ 一四
菊食うて ［葛］ 三四
菊膾
—昼のあかりを ［秋］ 二二四
—微震に箸を ［以］ 三三五
伎芸天に ［観］ 一一一
義経堂 ［義］ 九八
木豇豆の
—青にはじまる ［義］ 九〇
—蔭で眼鏡の ［観］ 一一六
貴様と俺 ［冬］ 二六五
如月の
—水にひとひら ［義］ 八三
—望月の頃の ［以］ 三五八
きしきしと ［葛］ 二四
疵のまま ［義］ 七六
北鎌倉 ［以］ 二八九・三三二
桔梗の ［観］ 一〇五
桔梗も ［葛］ 一六
橘中の ［観］ 一〇九
木の影と ［冬］ 二四六
『木の声』の ［秋］ 二一六
木の小槌 ［以］ 三五五
黍の風 ［葛］ 一七
着ぶくれの ［夏］ 一七四
擬宝珠の
—如き春日 ［義］ 八五
—花雨垂れの ［観］ 一三〇
きまじめに ［葛］ 一三
逆光に ［夏］ 一六七
逆光の ［以］ 三一五
吸引の ［以］ 三六五
九秋の ［冬］ 二七三
牛乳に ［以］ 三五四
消ゆるまで ［観］ 一三六
今日一事 ［以］ 三三六
経蔵の ［以］ 三五四
胸中に ［以］ 二九三・三三〇
京都駅 ［義］ 八六
京の雨 ［葛］ 五〇
今日の月
—三体浮くや ［冬］ 二七五
—二千里外を ［以］ 三三三
今日見しと ［秋］ 二〇二
虚子に問ふ ［葛］ 四〇
虚子の墓 ［夏］ 一八六
清秉五 ［冬］ 二四二
去来像 ［観］ 一二九
きらきらと
—時計をぬけて ［葛］ 一三
—吉田火祭り ［秋］ 二一五
—スクランブル ［冬］ 二七三
切口を ［義］ 九二
霧に見え ［以］ 三三四
桐の花 ［夏］ 一五二
桐の花群 ［葛］ 一四
極メテ健康 ［冬］ 二四七
禁煙の ［以］ 三一四
金柑や ［冬］ 二七三
錦繡の ［義］ 五九
金泥の ［義］ 九三
筋肉の ［秋］ 二〇〇
金箔に ［以］ 二八一
キンポウゲ ［以］ 三三五
茎立を ［以］ 二八九
茎立て丶 ［以］ 三三六
括られて ［夏］ 一八七
草田男の ［秋］ 二一〇
草に入る ［義］ 五八
草のなか ［冬］ 二六七
草餅に ［以］ 三〇一
草餅の ［義］ 七八
草矢打つ ［夏］ 一五五
鎖ごと ［夏］ 一四九
葛桜
—男心を ［秋］ 二〇六
—くず冠りたる ［以］ 三一七
葛の葉の ［葛］ 五一
葛の葉を ［義］ 六五
薬買ひに ［葛］ 三九
楠若葉 ［夏］ 一五二
九体佛 ［観］ 一二七
口笛の ［葛］ 二九
口紅の ［義］ 七〇
靴入れて ［以］ 三〇一・三五二
靴大きな ［葛］ 四六
靴先の ［義］ 七六
屈伸の ［夏］ 一七四
国生みの ［義］ 七四
首長き ［夏］ 一四八
蜘蛛の囲は ［冬］ 二六八
雲の峰 ［義］ 九六
曇ガラス ［葛］ 一五
曇り空 ［以］ 三三〇
暗きより ［秋］ 二〇七
暗闇に ［葛］ 一九
クリーム色の ［以］ 三三二
栗煮ゆる ［葛］ 三五
九輪水煙 ［冬］ 二四〇
狂ひさうに ［夏］ 一八二
来るはずの ［夏］ 一五八
くるぶしの ［夏］ 一六六
車百合 ［葛］ 一六
紅の ［冬］ 二五〇
クレヨン一本 ［葛］ 四九
クレヨンの ［義］ 七六
黒揚羽
—とまる烈しき ［秋］ 二〇三
—七堂伽藍 ［秋］ 二一六
—さつと来て去り ［以］ 三三三
黒い帆が ［以］ 三四三
くろぐろと
—東寺はありぬ ［義］ 八四
—沖波あがる ［冬］ 二六九
黒潮の ［以］ 二九一・三三八
黒鯛を ［観］ 一二六
黒南風や ［秋］ 二〇七
慈姑食ふ ［義］ 七一
桑の実の ［秋］ 二〇七

桑畑に　〔義〕七五
国中を　〔冬〕二四一
毛穴から　〔以〕三六一
啓蟄の　〔以〕三三九
啓蟄や
　—万年筆の　〔義〕七九
　—等身像の　〔観〕一二八
　—閻魔大王　〔以〕二八七
鶏頭に　〔観〕一三四
鶏頭の
　—下鶏頭を　〔観〕一一六
　—鬼々しくぞ〔以〕三〇〇・三四九
鶏頭を　〔義〕五八
ケース寒ム　〔以〕三三七
今朝よりや　〔義〕七八
夏至の日の　〔観〕一二一
毛だらけの
　—鬼子でありし　〔夏〕一七二
　—鬼子なれども　〔秋〕二三八
月光か　〔以〕二八八
月蝕に　〔義〕七〇
玄関に　〔以〕三一九
牽牛織女　〔葛〕四四
紫雲英田の　〔葛〕三〇
原野にて　〔葛〕三〇
濃紫陽花　〔以〕二九六
小家がち　〔秋〕二三二
香煙に　〔義〕九九
江南の　〔観〕一四一
稿の辺に　〔葛〕二三
紅梅に
　—ゆびさし入るゝ　〔夏〕一七七
　—片寄せてある　〔夏〕一八一
紅梅の
　—あげたる玉の　〔義〕七六
　—干菓子に男　〔観〕一一〇
　—乾きかけたる　〔観〕一二八
　—影を被いて　〔秋〕一九三
紅梅や　〔葛〕四一
紅白の　〔秋〕一九四
河骨の
　—水にもありし　〔夏〕一四八
　—花になりたき　〔以〕三四二
高野へと　〔観〕一一四
紅葉の　〔以〕三三三
紅葉を　〔観〕一二五
声あげて　〔葛〕二二
声にせず　〔冬〕二四一
コートのひと　〔義〕七九
小鬼百合　〔以〕三二七
こほろぎの　〔夏〕一六二
蟋蟀の　〔夏〕一六二
子が泣きやみ　〔葛〕二八
凩の　〔冬〕二四三
国分寺　〔以〕三三五
国宝の　〔観〕一二七
苔青く　〔冬〕二三九
苔乾く　〔以〕三一八
コケモモの　〔以〕三六四
こけものの　〔以〕三六五
こころいま　〔秋〕二二一
心ときに　〔以〕三一五
心灯る　〔以〕三一三
漉餡を　〔夏〕一五一
腰曲りたる　〔観〕一一〇
五重塔　〔秋〕二二七
小正月　〔葛〕三二
弧状列島　〔以〕二八三
御所に降り　〔義〕八三
子雀の　〔義〕七七
コスモスで　〔秋〕二一六
コスモスの　〔葛〕三九
去年今年　〔以〕二八六
古茶新茶　〔以〕二九〇・三二六
忽然と　〔冬〕二七五
骨壺は　〔秋〕二一〇
今年竹　〔義〕八七
今年見し　〔冬〕二四四
言の葉も　〔秋〕二三一
言葉のやうに　〔以〕三一二
こと旧りにたれど　〔以〕三五二
この朝は　〔夏〕一七五
このあたり　〔観〕一一〇
この穴や　〔観〕一四〇
この駅や　〔葛〕四四
この河の　〔夏〕一八〇
このごろの　〔以〕二九八
このごろは　〔義〕六七
この里の　〔以〕三〇五
子の寝顔　〔葛〕二九
この人に　〔冬〕二五五
この日和　〔以〕三一六
五秒まへ　〔冬〕二四五
瘤々の　〔秋〕二〇一
拳の如き　〔葛〕一九
昆布巻や　〔夏〕一四九
狛犬に　〔観〕一一六
狛犬の　〔秋〕二三三
狛犬や　〔義〕七三
駒下駄を　〔義〕九一
こまごまと　〔葛〕四五
小松菜を　〔義〕七五
小松原　〔義〕六八
米処　〔以〕三六二
濃紅葉の
　—憑いたる眼　〔観〕一二五
　—谷深々と　〔以〕三〇四
濃紅葉も　〔義〕七〇
小雪舞ふ　〔冬〕二四一
ゴルファーら　〔葛〕四八
これぞこの　〔観〕一一一
これは〳〵　〔秋〕二三〇
これはこれは　〔冬〕二四三
これは何　〔秋〕二二二
ころ柿が　〔夏〕一六九
五六本　〔義〕六四
衣川　〔秋〕二一九
壊れやすき　〔以〕三六二
渾々と　〔秋〕二二〇
混雑の　〔以〕三一八

今生の [以] 二八四・三一一
こんばんは [冬] 二六三
梱包を [以] 三六五

さ行

皂角子の [以] 三四五
歳月や [冬] 二五六
歳時記は [葛] 三六
咲いてゐる [以] 三一三
冴返る [以] 二九五
囀りの
—岬や波は [観] 一一二
—岬となつて [夏] 一八三
冴え渡る [夏] 一六〇
早乙女も [葛] 二〇
酒折の [秋] 一九四
魚屋の [葛] 二三
坂の上に [冬] 二六三
酒盛りの [夏] 一六〇
前生と [葛] 四五
埼玉の [秋] 一九四
咲きついで [秋] 二二四
咲き残る
—ポンポンダリヤ [観] 一二三
—朝顔二十 [以] 三四八
咲きはじめ [夏] 一六二
防人の
—多摩の横山 [観] 一一八
—行きし横山 [以] 二八六
咲くからに [秋] 二〇七
桜貝 [夏] 一八九
桜しべ [冬] 二五五
桜鯛
—水流したる [義] 七七
—螺鈿の鱗 [義] 八三
—兜割つたる [夏] 一八四
—子鯛も口を [秋] 二〇一
桜餅
—顔くろぐろと [秋] 一九六
—箱の柔きも [以] 二九七・三四〇
さくらんぼが [以] 三六三
石榴の花の [以] 三六四
提げて行く [夏] 一七五
鎖国派も [冬] 二五三
笹子鳴く [以] 三〇〇
笹鳴や
—万年筆が [観] 一一八
—学習院を [夏] 一七二
—小町通りを [夏] 一七五
笹鳴を [葛] 三五
さざなみの [葛] 二五
笹舟を [秋] 二〇三
さざめいて [夏] 一六八
山茶花の
—さざんくわと咲き [冬] 二四三
—白にさざなみ [以] 三五四
山茶花や [夏] 一七一
座敷から [夏] 一六三
座敷まで [葛] 四八
匙その他 [葛] 二四
誘はるゝ [観] 一三八
雑貨屋を [観] 一一五
五月晴と [観] 一三九
皐月富士 [以] 三三〇
札幌の [冬] 二七五
佐藤さん [以] 二九六・三三八
里山に [冬] 二五〇
実朝忌
—波の上なる [葛] 四一
—暮々までも [以] 二八九・三一九
さびしいか [以] 三一二
錆びて来る [観] 一一五
五月雨の [夏] 一四八
さゆるぎも [冬] 二三九
さら〳〵と [秋] 二三三
皿の上 [以] 三二七
さりげなく [冬] 二五八
さりさりと [以] 三〇二
百日紅 [以] 三三九
猿山の [秋] 二〇一
沢ぐるみの [夏] 一五四
残花散る [冬] 二五七
三月の
—雪欄干を [義] 八四
—雪こそかゝれ [観] 一二八
—噴水服の [秋] 一九五
—潮の満干 [以] 三五八
三月降る [葛] 一五
三月某日 [以] 三五九
残花なほ [冬] 二五四
残菊を [観] 一三五
サンシュユと [冬] 二五〇
山椒魚 [観] 一三三
残生や [秋] 二三九
残雪に [葛] 二五
燦然と [以] 三六三
三千七百二十一柱 [観] 一一二
三千ノ [冬] 二五七
三方に [夏] 一七〇
燦爛と [夏] 一五五
桟を渡る [葛] 一五
椎茸を
—供へて与一 [義] 九八
—売る店ばかり [観] 一〇八
ジーパンの [以] 三四七
叱られて [以] 三六二
只管打坐 [以] 二九一・三二七
時間のレール [以] 三三五
直送の [義] 七九
至近弾の [以] 三一九
シグナルの [葛] 一七
而シテ [以] 三六二
而して [秋] 二三一
地獄にも [葛] 二九
肉堅き [以] 二八二
紫宸殿 [観] 一二四
しづかさの [秋] 二二五
姿勢よく [夏] 一五〇

詩仙堂 [夏] 一六五
地蔵盆 [夏] 一六三
舌打で [観] 一〇六
下町の [秋] 二〇二
下萌や
—雀が食べる [観] 一三七
—無名の遺骨 [冬] 二五六
地団駄を [以] 三三〇
漆黒の [秋] 二一〇
自転車つづく [葛] 二〇
自転車に [観] 一三八
自転車の [観] 一四二
しどけなき [以] 二九六
しばらくは [以] 三五六
蕊の黄を [以] 二八七
注連飾り [葛] 三五
注連縄を [秋] 二三〇
霜白き [観] 一三五
霜柱 [以] 二八六・三一七
じゃが芋の [葛] 五〇
じゃが芋は [以] 三三六
著莪のはな [義] 八七
石楠花の [冬] 二五九
寂然たり [以] 三二一
芍薬に [以] 三〇二
芍薬の [以] 二九〇
車窓秋 [以] 三〇〇
車窓に反る [葛] 二七
洒落ていへば [冬] 二七二
秋海棠の [秋] 二一四
十月に [観] 一〇七
秋気澄む [冬] 二七〇
十五夜と [義] 六六
十五夜を [義] 六〇
十三束 [観] 一一三
十三夜
—赤い着物を [義] 六一
—掛軸の字の [観] 一二五
秋蟬の [義] 六二
重装備の [冬] 二六七
楸邨が [秋] 二〇五
楸邨忌 [冬] 二六三
秋天に [秋] 二三三
十二月
—八日でありし [夏] 一六九
—八日の空へ [冬] 二四六
—たらたら多摩の [以] 三〇七
十年を [以] 三〇六
十能で [夏] 一六八
出品の [冬] 二七二
須弥山に [秋] 一九五
須臾にして [観] 一四二
春寒料峭 [冬] 二五六
春空に [秋] 一九七
春空の [観] 一三七
春光を [以] 三六二
春日遅々 [以] 三三二
春愁や [秋] 二〇〇
春宵一刻 [冬] 二五七
春塵の [葛] 一三
春水に
—あばたの鐘を [夏] 一八六
—夕日の伸びる [夏] 一八七
春雪に [観] 一二八
春雪を [夏] 一八一
春潮の [冬] 二五一
春潮や [冬] 二五七
春泥に [義] 七六
春泥の
—乾きて鶏の [葛] 三三
—坂盤門へ [夏] 一八六
春濤に [秋] 一九九
淳仁帝に [夏] 一六八
純白の [冬] 二四二
春蘭に [以] 二八八
城下町 [観] 一一九
「正直」が [以] 二八四・三二二
少女期の
—真蒼な顔 [秋] 一九六
—ばらの横顔 [以] 三四二
上手とは [観] 一二三
肖像画 [夏] 一八六
浄土にも [冬] 二七三
少年来る [葛] 二〇
少年の [冬] 二四六
菖蒲田の [夏] 一四八
菖蒲田を [観] 一二三
菖蒲湯の [義] 八九
浄法寺 [秋] 二三四
昭和の子 [冬] 二六四
昭和経し [冬] 二五六
職人の [義] 六九
塩汁鍋 [以] 三五七
書を積んで [葛] 一三
白息の [葛] 四一
白魚の [以] 二九六・三三八
白魚を [以] 三一九
白菊の [冬] 二七二
白鷺の
—嘴水平に [冬] 二三九
—一足二足 [冬] 二六七
白玉を [葛] 一四
白波に [観] 一二二
白波の [夏] 一八三
白南風の [夏] 一四九
白萩へ [義] 六六
白浜や [義] 六四
白松が最中を [秋] 二〇一
白瓜を [夏] 一五六
白酒を [観] 一一九
白足袋の [観] 一〇九
白縮緬 [冬] 二六〇
白椿 [以] 三六七
白猫の [義] 六二
白むくげ
—燦爛として [観] 一〇五
—白無垢八月 [夏] 一六一
白木槿
—襟を正すと [以] 三四三
—後藤田正晴 [以] 三四七

真紅の薔薇 [以] 三六三
新月の [秋] 二二七
信号青 [観] 一一六
真言密 [義] 八六
信士信女 [観] 一一七
信州の [義] 九四
親切な [以] 三六四
心臓が [秋] 二二五
新蕎麦の [冬] 二七二
新聞は [以] 二八八
新聞を
—読む立冬の [義] 六九
—ひろげつぱなし [夏] 一八〇
神木の [以] 三三三
新羅三郎 [観] 一二三
新涼に [観] 一一四
新涼の
—胸くつろげて [義] 六〇
—子規堂小さき [秋] 二二三
—犬に言葉を [秋] 二一八
—富士黒々と [以] 三〇〇・三四八
西瓜食うて [葛] 二一
吸殻を [義] 七七
水光に [夏] 一七一
水仙に [以] 二八七
水仙の
—花立てて出る [義] 七一
—荷が飛ぶ赤い [観] 一一六
—荷がいま着きし [観] 一二六
ずいつと出す [以] 三四九
炊飯器 [秋] 一九七
水平線 [以] 三一四
水兵の [秋] 二一九
睡蓮の [観] 一一三
素謡に [義] 五九
すうと気を [以] 三一四
饐えやすき [義] 九二
すぐ落ちる [以] 二九七
すぐに止む [以] 三二一
スケートを [葛] 四一
少しおくれて [夏] 一五〇
鈴懸の [夏] 一八六
すゞしさの [秋] 二二二
涼しさは
—端の欠けたる [葛] 三七
—晴間見えたる [観] 一一四
涼しすぎぬ [観] 一四〇
すずらんは [以] 三〇二・三五三
ずつしりと [冬] 二五一
すつと立つ [以] 三四九
ストックを [秋] 一九八
砂肝の [観] 一二四
砂壇に [義] 六六
須磨寺は [冬] 二六一
隅鬼に [以] 三三七
炭竈の [葛] 四七
隅寺の [観] 一一一
墨と筆 [冬] 二六〇
炭斗も [以] 三四五
すみにけり [冬] 二四七
炭の塵 [義] 六七
墨刷いて [夏] 一五五
すみれの花 [夏] 一七九
すり寄りし [夏] 一四九
ずん胴に [以] 二八一
西湖まづ [観] 一四二
青春を [以] 三〇〇・三四七
正常に [冬] 二四五
成人の日に [義] 七二
背高き [観] 一〇八
青年は [観] 一三一
青年を [以] 三四二
精密なる [以] 二九九・三四五
清明に [義] 八三
清明の [義] 七八
西洋皿に [義] 七八
「蜻蛉」や [以] 二九五
セーノヨイショ [以] 三〇六
世界に共通な [葛] 三五
咳こぼす [観] 一三五
石柱の [観] 一〇九
石庭の [秋] 二二二
石塔に [秋] 二二〇
鶺鴒の [義] 六四
殺生を [冬] 二六六
節分に [冬] 二四二
瀬戸内の [冬] 二五二
蟬取る子 [葛] 三一
蟬の貌 [観] 一四〇
蟬を追ふ [葛] 一八
せりなづな [義] 六八
芹を摘む [夏] 一八五
千悔万悔 [冬] 二四九
戦艦の [観] 一一二
千剣の [夏] 一七一
潜航艇 [夏] 一五三
前後して [冬] 二七〇
全山の [以] 三二五
千手観音 [冬] 二五一
千手即 [秋] 一九七
浅春の
—風に柵々 [夏] 一八五
—星の匂ふや [以] 二八二・三〇八
蟬声と [観] 一二三
先生に [夏] 一七六
先生を [観] 一二三
洗濯屋 [観] 一〇六
洗濯屋の [夏] 一五三
禅寺あり [以] 二八二・三〇八
磚榻に [義] 八五
栓抜が [義] 五七
煎餅を [秋] 二一一
先憂も [冬] 二六二
千両は [以] 三〇八
早雲禅寺 [葛] 四九
雑巾を [夏] 一四八
掃除機が [秋] 二二五
葬式へ [以] 三三一
痩身の [以] 二九九
漱石忌 [冬] 二四七

草々と ［冬］ 二五六
層々と ［秋］ 二一五
蒼天や ［以］ 二九八
早梅の
―影をコートに ［夏］ 一八一
―枝くぐりたる ［冬］ 二四一
―すさまじき世に ［冬］ 二四九
其処此処に ［義］ 九二
そこらぢゆう ［義］ 八九
底を行く ［夏］ 一六一
そそくさと ［義］ 八一
そつと覗く ［以］ 三三一
蘇鉄咲く ［観］ 一三一
袖のやうに ［夏］ 一六一
祖に会へば ［観］ 一一六
その赤を ［冬］ 二四四
そのとほり ［以］ 三六五
その名や、 ［以］ 三五九
杣人と ［義］ 五九
空に咲く ［冬］ 二五九
そら豆の ［葛］ 二九
蚕豆の ［義］ 八九
蚕豆を
―むけといはれて ［夏］ 一五三
―とられし莢の ［以］ 三四二
空よりも ［以］ 二九〇・三三二
空をゆく ［義］ 六七
そろ〳〵と ［夏］ 一五一

た 行

大学生子規 ［義］ 八〇
大根一本 ［義］ 七一
泰山木 ［冬］ 二五九
橙を ［観］ 一三六
台所に ［以］ 三三八
体内に ［以］ 三六二
台風の ［夏］ 一五八
大佛の ［秋］ 二〇二
大佛へ ［義］ 七七
大佛を ［観］ 一三七
大木の ［秋］ 二〇九
大菩薩峠の ［以］ 三六四
大文字
―手摺に雨の ［葛］ 四五
―炎の映し ［以］ 三一五
太陽が ［秋］ 二二八
太陽と ［秋］ 一九七
太陽へ
―伸びる指 ［以］ 二八九・三三〇
―言葉をと ［以］ 三三〇
玉珧を ［観］ 一二三
大輪の ［以］ 三一〇
タオルケット ［以］ 三六六
高あがる ［以］ 二八四・三二一
高遠の ［義］ 八五
高波の ［夏］ 一五一
高みへと ［以］ 二九三・三三〇
高みより ［夏］ 一六〇
たかむらや ［葛］ 五〇
瀧好きの ［観］ 一〇八
瀧つ瀬は ［以］ 二九〇・三三四
手繰るごと ［義］ 六三
筍大事 ［観］ 一三〇
竹帚 ［夏］ 一六六
凧の尾を ［葛］ 三五
畳薦 ［以］ 三四七
畳に頭 ［秋］ 二二二
奪衣婆の ［冬］ 二三九
達谷宙遊 ［冬］ 二六三
達谷窟に ［秋］ 二一九
たてかけて ［義］ 七一
蓼の花 ［葛］ 三九
谷川に ［義］ 六八
たのしまず ［以］ 二九四
たばこの火 ［夏］ 一六七
束ねたる ［葛］ 二四
旅立ちの ［観］ 一三六
多福といふ ［以］ 三〇〇
椨に ［観］ 一二七
玉くしげ ［夏］ 一四七
玉杓子 ［夏］ 一八一
多摩の水 ［観］ 一二〇
為朝の ［夏］ 一八七
誰いふとなく ［義］ 九八
太郎黄菊 ［冬］ 二六九
太郎水漬き ［秋］ 二一七
丹沢の ［冬］ 二四二
誕生近し ［葛］ 二七
丹田へ ［夏］ 一六四
段二千 ［秋］ 二二一
探梅の ［秋］ 二三四
探梅や
―眉の濃き子を ［義］ 六九
―伏見の巫子の ［義］ 七五
―穴師の犬に ［観］ 一一〇
―人に後れて ［以］ 三五五
蒲公英や ［葛］ 三二
近くには ［以］ 三六七
近くまで ［以］ 三四八
地下女将軍へ ［観］ 一四〇
近々と ［以］ 二九一・三三七
近づけば ［葛］ 一七
地球儀が ［観］ 一〇七
地球儀の ［夏］ 一七六
地球儀を ［観］ 一三八
竹生島 ［夏］ 一六七
ちぢこまり ［秋］ 二二九
父と見し ［葛］ 二八
父の忌を ［葛］ 四二
父の箸 ［葛］ 二八
秩父嶺の ［観］ 一〇七
乳飲児の ［観］ 一二一
粽の盆 ［葛］ 五〇
茶の花の ［観］ 一〇九
茶柱や ［観］ 一二五
朝刊を ［冬］ 二六二
長城に ［観］ 一四一

蝶小さ [冬]二六八
蝶類の [葛]一六
ちよつちよつと [義]五八
ちよんとつく [冬]二四四
散りかゝる [秋]二三〇
塵はやき [義]八七
散るときの [冬]二五四
つひにゆく [冬]二六〇
終の雪 [秋]一九九
杖の先 [以]三三二
杖のわれ [以]三三八
月明り [葛]二二
月一輪 [以]二八七
月が出る [夏]一八八
月さすや [葛]三四
つぎつぎに [冬]二六一
次々に [冬]二五七
月の面を [葛]二六
月はまだ [冬]二七一
月待つと [葛]四九
月見草
—轍の水の [葛]二三
—腕の子の目に [葛]二七
月夜来し [夏]一六三
月を見て [夏]一七五
机あり [義]九〇
つくしんぼ [以]三五八
佃煮の [観]一三四
筑波嶺や [冬]二四〇
蔦茂る [冬]二六四
槌打つを [秋]二〇五
津々浦々 [冬]二四七
躑躅咲く [夏]一八〇
躑躅より [葛]一四
包みもつ [葛]三四
つながつて [夏]一八二
椿寺 [義]八一
つばひろき [夏]一五八
坪庭に [以]三三八
壺の口 [観]一〇五
壺焼の [以]三四〇
壺焼を [以]三三九
夫恋ふや [秋]二三六
爪先の [観]一二七
爪立ちて [観]一三〇
詰まつてゐた [夏]一六九
爪切りで [夏]一七六
爪染めて [葛]三六
梅雨明けの [以]三一一
梅雨寒の [以]二八九・三一〇
露世界 [葛]二三
梅雨の湖 [以]三一三
梅雨の雀 [冬]二六〇
梅雨の月 [観]一三一
露の原 [夏]一五八
梅雨晴間 [以]三〇三
露まみれ [秋]二二五
鶴歩む [葛]三〇
蔓薔薇は [夏]一四八
石蕗の葉の [観]一二六
泥眼や [冬]二六四
手押喞筒 [観]一一五
手鏡の
—やうな小港 [夏]一八八
—かたちに溶けて [秋]一九三
出かゝりし [観]一〇五
出たばかり [夏]一八二
鉄亜鈴と [夏]一六六
デッサンの [夏]一七八
てつせんと [以]二九七・三四二
鉄道草 [秋]二一七
出て遊べ [秋]一九九
掌に固き [夏]一八四
てのひらを [夏]一七一
手花火の [葛]三一
手袋の [夏]一七〇
でべらがれひ [以]三五五
寺町の [以]三〇五
照り曇り [以]三四一
手をあげて [観]一三三
掌を合せ [観]一二一
手をかざす [葛]四六
手を高く [以]二九八・三四五
手を通す [以]二八八
天球を [観]一三七
天空を [冬]二四七
点景の [以]二九二
天守無き [以]二九五
天台や [夏]一七四
天高し [冬]二七五
天壇の [観]一四一
点滴の [以]三六〇
点々と [夏]一八七
店頭の [葛]五〇
天に在り [冬]二五八
天人の [冬]二四三
天命を [観]一三五
天狼星へ [冬]二四八
電話かけ [夏]一六二
電話線 [冬]二五六
籐椅子が [夏]一五七
東欧の [夏]一七三
東海道
—みちのはづれに [義]八六
—ところところの [秋]二〇二
冬瓜の [夏]一六三
冬瓜一つ [義]六一
冬瓜を [夏]一六七
東経 [以]三三八
踏青や [以]三三九
燈台へ [葛]三八
堂塔を [夏]一八二
どうと落つ [義]九三
燈明や [冬]二六四
冬麗の
—水に翳や [秋]二二八
—玉と抱きあげ [冬]二四〇
冬麗や [冬]二四三
十重百重 [秋]二〇五
十あまり [秋]二〇四

遠き朝焼け [葛] 一八
遠花火 [以] 三〇四
通る人 [秋] 二〇八
戸隠山の [秋] 二二五
非時(ときじくの) [観] 一〇九
季節は五月 [秋] 二〇四
とぎれては [夏] 一八六
常磐木を [義] 八三
戸口まで [義] 五九
時計草 [夏] 一五五
時計二つ [葛] 五〇
常節を [秋] 一九五
床屋から [秋] 二二一
年つまる [葛] 三五
年々の [夏] 一八七
年の火の [秋] 二三九
戸締りの [義] 五八
土砂降りの [秋] 二二三
吶喊も [冬] 二七四
特攻機が [以] 二九二・三三〇
突堤に [夏] 一七三
とどまれば [義] 七〇
飛魚の [以] 二八三
跳び交ひも [夏] 一六二
翔ぶ如く [義] 六六
ともしびの [夏] 一四七
友達の [観] 一一八
共に年 [以] 三四八
土用波 [義] 九七
鶏が鳴く
―吾妻に欅 [観] 一二五
―東訛りの [以] 二九三
烏頭 [義] 六五
鳥兜 [以] 三三一
鳥雲に [観] 一二九
取り皿に [秋] 二三〇
鳥の影 [夏] 一五八
とりわきて [観] 一一八
黄蜀葵 [葛] 二一
とんがつて [以] 三二三
どんぐりが [夏] 一七三
どんぐりを [夏] 一六八
飛んで来て [夏] 一五七
どんと踏んで [冬] 二五三
丼も [葛] 一五

な 行

長崎の [秋] 二一七
長崎や [観] 一三三
中さんと [以] 三六〇
流し眼は [葛] 二四
長茄子の [観] 一三三
なかば日に [葛] 四八
流れ去る [夏] 一八四
鳴き出して [秋] 二〇二
鳴き止んで [以] 二九八・三四四
泣くやうに [夏] 一八八
梨食うて [夏] 一五七
梨の汁 [以] 三三二
薺打つ [以] 三六八
夏鶯 [以] 三二〇
夏了る [葛] 三四
夏神楽 [秋] 二一二
なつかしき [以] 三五四
夏河は [夏] 一五〇
夏座敷 [秋] 二〇九
夏寒き [冬] 二六五
夏潮を [秋] 二一二
納豆の [冬] 二四六
夏野の道 [葛] 一八
夏の果
―レールに空の [観] 一三三
―人形海へ [秋] 二一三
―南溟に雲 [秋] 二一三
夏萩や [夏] 一五五
夏萩を [冬] 二六一
夏帽子 [夏] 一五三
夏館 [夏] 一五〇
夏痩の [秋] 二〇九
七草の [義] 七一
七草のため [義] 六三
七十を [以] 三二五
なにがなし [観] 一〇六
何喰うて [秋] 二〇四
何これは [以] 三五〇
何に眼を [秋] 一九六
菜の花に [義] 八三
菜の花や [秋] 一九九
菜の花を [葛] 三二
菜畑の [夏] 一七一
鍋洗ふ [葛] 四六
鍋おとす [葛] 三六
鍋釜や [義] 八二
鍋の底に [以] 二八一
なまぐさし [秋] 一九六
海鼠あり [秋] 二三一
海鼠食ひし [葛] 四〇
生唾を [夏] 一四七
生々と [冬] 二六二
波かぶる [義] 九五
波たてて [義] 六八
波の音 [観] 一一七
南無八万 [秋] 一九六
並び跳ぶ [葛] 二〇
業平忌 [以] 三三三
何でも屋 [冬] 二七三
納戸色 [義] 六一
何となく
―飲みに連立ち [義] 七二
―ちよろぎをかしき [以] 三六一
何の音 [秋] 二二五
何の木に [葛] 五〇
匂ひやか [以] 三一〇
肉垂れを [冬] 二七二
濁つたる [義] 七四
二三歩で [秋] 二一一
虹の中に [秋] 二〇九
二艘行く [秋] 二三二

日光黄菅 [観] 一一二
日本一の [以] 三五二
日本語の [冬] 二四六
如意輪観音 [冬] 二四一
如意輪寺 [冬] 二五一
女体や、 [以] 三三六
庭下駄が [秋] 二二四
にはたづみ [葛] 四五
潦 [夏] 一七九
鶏に [秋] 二三〇
人間の [冬] 二六六
人間は [観] 一二六
仁和寺の [以] 三三一
糠味噌を [観] 一一四
抜け道に [義] 七八
抜け目なさ [冬] 二四四
布引の [義] 八五
塗椀が [秋] 二三三
濡れて付く [夏] 一六三
願はくは [以] 三〇九
ネクタリン [夏] 一五一
猫が好き [義] 九二
ねこじやらし [葛] 二四
猫じやらし
　—芒がまの穂 [秋] 二三〇
　—振り振り [以] 三六六
猫の足あと [義] 八一
猫の眼に [葛] 二六
ねずみもちの [義] 六七
涅槃図には [以] 三四〇
涅槃像
　—上へ上へと [義] 七六
　—色刷りなれば [義] 八〇
　—鳥獣わらふ [義] 八二
合歓の花 [夏] 一五五
年齢の
　—牡丹へかたむく [観] 一三九
　—吹かれてをりぬ [夏] 一五二
凌霄花
　—娘らは水 [葛] 二七
　—阿武隈川へ [義] 九五
　—花にかゝりて [秋] 二一〇
のうぜんや [夏] 一五〇
残る歯で [以] 三一〇
残る虫
　—耳鳴の虫が [夏] 一六四
　—仕舞湯おとす [以] 三四五
残る虫の [以] 二九二
後の月 [秋] 二一九
喉へ行く [以] 三三七
喉元の [夏] 一八〇
野に起り [秋] 二〇五
伸びあがり [以] 三〇四
伸びるだけ [以] 三三一
野牡丹と [秋] 二二一
蚤取粉 [夏] 一五六
飲み干して [夏] 一五〇
糊固き [葛] 四九
乗り捨てし [義] 八五
のろ〱と [以] 三四一

は行

俳諧史 [秋] 二一四
俳諧寺 [夏] 一五六
敗戦の
　—瓦礫ダリアが [冬] 二六六
　—年の真赤な [冬] 二七五
パイプから [冬] 二六六
蝿たたき [葛] 三六
蝿虎 [冬] 二六一
葉書一枚
　—颱風を来し [葛] 三三
　—青水無月の [以] 三三四
掃き清め [夏] 一五八
萩抱いて [夏] 一六五
麦秋の [秋] 二〇六
爆笑す [葛] 一九
白鳥たち [秋] 二三三
白鳥の [以] 三三四
白桃の
　—種ちかきまで [夏] 一六二
　—皮引く指に [秋] 二一四
白梅に [義] 七五
白梅の
　—ひともとゆゑに [夏] 一八五
　—老木や幹を [以] 三三八
白梅や
　—切れなが石田 [冬] 二五〇
　—幹はほろほろ
白牡丹 [以] 三〇一・三五一
白牡丹の [観] 一三〇
白木蓮 [以] 三四一
　—毛皮の苞を [以] 三〇九
　—莟の包む [以] 二九七・三四一
葉鶏頭 [以] 三四四
羽衣の [以] 二八五
葉桜の [以] 三〇二
葉桜も [秋] 二〇七
葉桜を出て [以] 三五三
箸置に箸
　—八十八夜 [義] 七八
　—八月 [秋] 二一七
箸が置く [冬] 二六九
はじめから [以] 二九二・三三〇
ぱしや〱と [夏] 一六八
芭蕉葉の [葛] 一九
走り出の [義] 八四
走る止まる [以] 三三八
蓮池に [義] 九四
定期（パス）財布 [冬] 二六四
裸木と [観] 一三五
裸木の [夏] 一七五
裸では [秋] 二三〇
旗薄 [葛] 三三
はたと遇ふ [義] 六〇
斑雪野を [夏] 一八五
八月尽
　—昭和二年の [以] 三三九

―白いハンカチ　［以］三四三
八月の
―思ひうすれて　［冬］二七〇
―煙の行方　［冬］二七三
―吐息の残る　［冬］二七四
―夜の白い波　［以］三四三
八月や　［以］三六七
八月逝く　［以］三一五
八月を
―送る水葬の　［秋］二一八
―呑んだる海の　［以］三一五
八畳の　［義］九一
初秋の
―水は京へと　［以］三一四
―颪は十万　［以］三一八
初秋や　［観］一一三
初嵐
―がらがらばんと　［秋］二一三
―眼を搏つて　［秋］二一七
初霞　［以］二九四・三三五
初烏　［以］三四八
初景色　［以］三一八
初桜　［以］三四〇
麨に　［葛］四四
初旅の　［秋］二三一
初蝶の
―はや突当　［義］七九
―綴りし三十三　［観］一一九
―やうに初蝶　［以］三四〇
初月と
―いひて響の　［冬］二六八
―ことばを仰ぐ　［以］三四九
初電話　［以］三一七
初凪に　［葛］二九
初凪や　［秋］二三〇
初の字は　［以］三五三
初萩と　［義］六〇
初花の　［以］二八八
初花や
―馬の水飲場　［秋］一九八
―枝を水へと　［以］二八三・三〇九
初春の
―袂行き交ふ　［以］三五五
―砂子のあがる　［以］三六一
初詣　［冬］二四五
初物の　［以］三〇三
初紅葉と　［観］一一五
初雪に　［観］一一七
初夢に　［以］三五七
初夢の　［冬］二四〇
パドックの　［冬］二五四
花杏　［葛］四二
花筏　［観］一二〇
花売らんかい　［義］八二
花菖蒲　［秋］二〇七
花着けと　［以］二八一
花どきの　［夏］一八三
花に来る　［秋］二三二
花の塵　［観］一三八
花野にて　［義］五八
花野の道　［冬］二七四
花のふた　［秋］二〇〇
花の毬　［秋］二三八
花の山　［夏］一八八
ハナハトマメ　［冬］二五七
花はみな　［以］三六三
花は桃　［観］一二九
花冷えの　［葛］四五
花一つ　［以］三〇四
花人を　［義］七七
花冷ゆる　［観］一二九
はなびらを　［観］一一五
はなぶさも　［葛］四三
花ふぶき　［葛］二〇
花祭り　［夏］一八三
はなみづき　［観］一三七
花も月も　［以］三四二
花屋といふ　［以］三五二
葉に交じる　［以］三五三
翅あたる　［秋］二一四
羽子の音　［以］三一九
羽の透く　［夏］一六一
羽の筋　［観］一一三
母に匂ひ　［冬］二四五
母の敷いて　［冬］二四〇
母の白い　［葛］一三
はびこれる　［義］九六
歯刷子で　［夏］一八六
葉牡丹が
―捨てられてゐる　［観］一一八
―丈を伸ばして　［夏］一八八
葉牡丹で　［観］一一七
はまなすの　［以］二九七
玫瑰の　［以］三一四
玫瑰や　［以］二九八
浜の子も　［葛］三九
はまひるがほ　［葛］三八
浜昼顔　［秋］二〇八
破魔矢の鈴　［葛］四〇
ハムサンド　［以］三一三
ばら色の　［以］三五一
薔薇園の
―しんかんとして　［秋］二〇五
―薔薇にまぎれし　［以］三二五
薔薇の実の　［以］三〇五
はら〳〵と　［秋］二三二
はらはらと　［以］二九六・三三九
腸も　［秋］二一六
針金を　［冬］二六五
張り出して　［冬］二六八
春浅く
―それぞれ光る　［以］三〇九
―笑顔を置いて　［以］三〇二
春浅し　［夏］一八一
春暑く　［観］一二一
春風に　［義］八一
春着の子
―抱いて道端　［葛］四七
―足袋の小鉤が　［以］三三五
春コート　［夏］一七七

春雨や［秋］二〇〇
春蟬の［以］二九〇
春の尾に［冬］二五五
春の潮［観］一二九
春の瀧［夏］一七九
春の旅へ［葛］二五
春の寺［観］一二八
春の鳶［葛］四九
春の夜の［夏］一八四
春の夜や［葛］四九
春日傘
—岬の道を［夏］一八四
—港の見える［冬］二五五
春彼岸［以］三六二
春深く［以］三六三
春深し［以］二九五
晴れぎはの［秋］一九九
はればれと［義］八九
晴れました［秋］一九五
ハンケチを［義］八七
万国旗［冬］二五五
磐石の［冬］二五八
万象の［観］一〇七
半身の［夏］一六五
晩年を
—過ぎてしまひし［以］三三〇
—隈なく照らす［以］三四四
榛の木の［葛］二九
斑猫の［義］九六
万緑いま［観］一四一
万緑に
—美男の僧を［観］一一三
—なりゆく朝の［観］一四二
—包まれ握手［観］一四二
万緑や［観］一四一
日脚伸ぶ［観］一二七
柊の
—花水桶は［義］七三
—老木や花を［以］三一六
—花の散り敷く［以］三三四
—老い木や花を［以］二九九・三四六
射干を［冬］二六一
日が差して［秋］一九四
干菓子あり［夏］一四八
彼岸鐘［義］八二
引売りの［冬］二五二
蜩の［以］三六六
日暮来る［義］九三
飛行機雲［観］一一六
膝揃へたる［義］五九
膝のやうな［夏］一七九
肱まくら［葛］二七
乾反葉の［義］七三
額に皺［観］一〇六
飛騨の奥［義］五九
一枝は［義］八八
一抱へ［以］二八三・三〇九
人影の
—かたまつてくる［義］六九
—萩に行き来や［秋］二一八
人影は［葛］二三
ひとしきり［観］一二九
一束や［秋］二三四
一つだけ［以］二九八
一つ一つ［秋］二二五
一つ一つに［夏］一八二
一つ芽に［秋］一九五
ひとところ［葛］二三
人丸忌［以］三五五
火点して［義］六五
一休み［冬］二五四
一人居の［夏］一七〇
一人買ひ［観］一四一
一人酒［観］一二〇
一人旅の［義］九二
一人離れて［夏］一八四
一人ゆく［以］三〇三
雛罌粟の［以］三一二
日向が好き［以］三六四
雛壇の［以］三五八
日に焦げて［義］八四
陽にさらす［葛］三八
燈の映る［観］一一九
陽の翳る［秋］二一七
日の暮れの［以］三〇五
火のそばに［観］一三五
日の照るや［以］三一〇
陽の道を［観］一三九
火の見の燈［葛］二八
火の山を
—煙が降りる［観］一四〇
—たつぷり濡らす［夏］一八〇
雲雀野に［以］三〇一・三五二
響きわたる［冬］二五一
火祭りの［秋］二一五
火まみれの［以］三一九
向日葵の
—村馬蹄形の［葛］四四
—にはかに色を［冬］二六六
向日葵や［葛］一六
緋毛氈の［秋］二〇〇
繙けば［秋］二三六
冷酒の［秋］二一〇
冷索麺［冬］二六五
ひよどりの［葛］四七
鵯の［義］六八
瓢の実に［夏］一六八
ひよんの実を［観］一二五
避雷針［葛］四四
ひるがへり［以］三三一
ひるがほの［葛］四四
昼蛙の［秋］二〇二
昼酒に［義］九四
昼月は［夏］一七七
昼寝覚め［観］一三九
昼寝より［義］九〇
昼の月
—眼のふち寒く［秋］二二七
—透いて二月の［以］三五一

昼の風呂 〔葛〕 四二
昼めしの 〔秋〕 一九六
ひろげたる 〔以〕 二九二
枇杷のある 〔葛〕 三三
枇杷の花
—糸を短く 〔秋〕 二二八
—新宿門を 〔以〕 二九九
枇杷の実の 〔観〕 一三九
日を受けて 〔以〕 二九五
燈を点けて 〔義〕 七四
吹いて飲む 〔冬〕 二五二
ふい〳〵と 〔秋〕 二一一
風神の 〔以〕 三三七
風鈴の 〔観〕 一三三
風鈴は 〔葛〕 三四
笛吹いて 〔観〕 一二〇
吹きすさびたる 〔冬〕 二四三
吹き飛んで
—野菊にかかる 〔葛〕 一六
—袋立ちたる 〔秋〕 二三一
吹き抜ける 〔義〕 九八
蕗の薹 〔観〕 一三六
「不許葷酒 〔以〕 三三〇
袋脱いで 〔以〕 二八二
節黒き 〔義〕 六三
藤の花 〔葛〕 五〇
藤の実の 〔冬〕 二七〇
藤袴 〔冬〕 二七四
不退寺の 〔観〕 一一一
二上山 〔観〕 一二八
二つ要る 〔義〕 九〇
二股の 〔観〕 一三八
二人来て 〔以〕 二九一
ふたりしづか 〔夏〕 一四七
二人して 〔義〕 八七
ぶち切つて 〔夏〕 一八二
ふつくらと
—由美子と申す 〔葛〕 四一
—茶の花蘂の 〔以〕 三四六
ふつくりと 〔秋〕 二一四
ぷつくりと 〔以〕 三三一
吹越と 〔以〕 三五七
佛生会 〔葛〕 四九
佛足石に 〔義〕 七五
佛壇に 〔夏〕 一六三
振つてみる 〔観〕 一二一
ふつと消ゆ 〔冬〕 二六五
ふつと手で 〔以〕 三四九
船足も 〔葛〕 三六
船津屋へ 〔夏〕 一五三
ふなむしの 〔義〕 九七
船のやうに 〔以〕 二八二・三〇八
踏みこんで
—零余子の雨に 〔冬〕 二七一
—武蔵鐙の 〔以〕 三三六
冬茜 〔冬〕 二四五
冬浅き 〔秋〕 二二七
冬霞 〔以〕 三五〇
冬銀河
—来し方も行く 〔以〕 二九五
—楸邨先生と 〔以〕 三五一
冬景色 〔夏〕 一七四
冬欅 〔葛〕 四八
冬桜
—おとがひのみな 〔夏〕 一七五
—水の匂ひの 〔以〕 二九九
冬すみれ
—腸よわく 〔義〕 七二
—富士が見えたり 〔夏〕 一七〇
—おのれの影の 〔夏〕 一七〇
—頭の影を 〔以〕 三五一
—ぽおつと阿弥陀 〔以〕 三五四
冬薔薇
—小さくおはす 〔冬〕 二四六
—紅を巻き 〔以〕 二八六
冬と云ふ 〔秋〕 二二七
冬に入る 〔以〕 二八五
冬の泉 〔以〕 二八七・三一七
冬の月 〔以〕 三四七
冬の星 〔以〕 三一六
冬の雷 〔冬〕 二四八
冬薔薇に 〔冬〕 二四二
冬晴れの 〔義〕 七二
冬日白く 〔以〕 二八六・三一八
冬深し 〔以〕 三五一
冬紅葉
—虫のまだ喰ふ 〔冬〕 二四三
—一人住まひの 〔以〕 三五六
冬山路 〔以〕 三五〇
降りはじめ 〔冬〕 二四一
フルートに 〔秋〕 二〇九
古鞄 〔夏〕 一六二
ふるふると 〔秋〕 二〇六
降る雪の 〔葛〕 二九
風呂敷に 〔義〕 六四
風呂吹の 〔冬〕 二四八
風呂吹を 〔以〕 三五七
ふはふはと 〔観〕 一二八
塀に石に 〔以〕 二九八・三四三
平明や 〔義〕 八〇
平林寺 〔冬〕 二四九
ページ繰る 〔秋〕 一九五
碧空へ 〔冬〕 二六七
紅うすく 〔冬〕 二五三
蛇穴に 〔義〕 六四
蛇穴を 〔以〕 三五八
蛇いちご 〔葛〕 一五
蛇苺
—五弁黄を濃く 〔秋〕 二〇一
—をさなとをさな 〔冬〕 二六二
蛇の絹 〔秋〕 二〇五
部屋に入る 〔義〕 九二
弁天へ 〔夏〕 一六七
鳳凰堂 〔夏〕 一七〇
方形や、 〔夏〕 一八七
坊さんが 〔夏〕 一八三
方寸に 〔秋〕 一九三
鳳仙花 〔義〕 六二
ぼうたんに
—腰をうづめて 〔観〕 一三〇

—四股を踏むなり　[秋]　二〇四
牡丹に　[義]　八九
牡丹の　[観]　一三九
庖丁で　[葛]　二六
庖丁の　[秋]　二三三
法然の　[観]　一二二
亡友は　[以]　二九三
ほほづきの　[夏]　一五七
朴の葉は　[義]　七三
朴の実の　[観]　一〇七
ぽかあんと　[以]　三六八
北緯六　[夏]　一五三
木瓜の枝　[葛]　四九
木瓜の実を　[秋]　二二五
穂先なき　[葛]　四八
干竿の　[義]　九一
星月夜　[葛]　三四
星飛んで　[冬]　二七〇
星の空　[以]　二八五
干物を　[夏]　一五六
細い葉を　[冬]　二六〇
臍もなき　[秋]　一九八
牡丹空　[以]　二八九
ほつそりと　[以]　三三四
ほつておく　[義]　六〇
ぽつと桜　[冬]　二五三
ほッ春筍　[秋]　二〇〇
ほとゝぎす　[夏]　一五三
時鳥　[以]　三三九
骨もまた　[秋]　二二七
海鞘つくる　[義]　九六
掘りたての　[観]　一二一
—筍の先　[以]　三〇三
—竹の子にある　[秋]　二三三
ほろほろと　[以]　三六一
盆栽の　[以]　三六〇
本日立冬　[義]　六二
盆過ぎて　[観]　一一八
本尊は　[観]　一三六
煩悩とも　[夏]　一五八
盆の月
盆花を　[葛]　一七
—摘む子等の声　[夏]　一六五
—摘むランニング　[冬]　二四七
本よりも

ま 行

まあいいか　[冬]　二六〇
前立の　[以]　三四九
真鴨小鴨　[夏]　一七三
真鯉の髭　[冬]　二四四
まづ海へ　[夏]　一五二
ますぐ立ち　[夏]　一六五
ませた鶯　[秋]　一九七
瞬いて　[秋]　二〇九
またまゐりました　[以]　二九四
街角の　[以]　三三四
町筋に　[秋]　二三一
町中や　[葛]　一九
松おちば　[葛]　四六
松落葉　[義]　八九
真黒な　[義]　九三
松過ぎの
—一日二日　[義]　七二
—浮世絵展が　[観]　一一七
まつすぐに
—菊に注ぎし　[葛]　三一
—雨が降るなり　[夏]　一五〇
真直に　[観]　一三七
松蟬の
—朗々と父　[葛]　二五
—遠く名告るや　[以]　三〇一
松の内
—軽く葬式の　[以]　三五七
—駅頭大きな　[以]　三六一
松の花　[葛]　一八
松虫草
—帽子の男　[葛]　一六
—手をあげて友　[秋]　二一八
松山城
—このもかのもに　[観]　一二五
—雪の飛白の　[冬]　二四二
松山と　[夏]　一六九
祀ること　[秋]　二三四
まとひつく　[観]　一二六
眼打つ　[夏]　一七八
まのあたり
—青葉若葉の　[夏]　一五三
—七月の海　[以]　三〇三
間引菜を　[義]　六三
幻の　[秋]　二一九
ままごとの　[葛]　三一
豆撒きの
—昔電燈　[観]　一三六
—鬼くにや〳〵と　[冬]　二四九
豆飯の　[観]　一二一
豆飯や　[冬]　二五九
眉勁し　[秋]　二〇五
眉のやうな　[夏]　一八二
檀の実　[葛]　四八
丸いまゝ　[秋]　二〇七
満開に　[義]　八三
満開の　[夏]　一八八
満月や　[義]　六〇
満月を　[義]　九六
金縷梅の　[夏]　一八一
金縷梅や　[義]　七六
饅頭を　[秋]　一九六
曼珠沙華
—ありなし雲の　[観]　一二五
—零戦一万　[秋]　二一九
曼珠沙華の　[観]　一二四
幔幕を　[義]　八五
まんまるい　[以]　三四四
御灯寒ム　[冬]　二四一
見え隠れ　[秋]　二三五
磨きあげし　[秋]　二三四
蜜柑山より　[観]　一一〇
幹濡れて　[夏]　一八五

神輿蔵　[冬]　二六三
岬あり　[夏]　一八三
岬の旅　[葛]　三八
短夜の　[以]　三三三
みづいろの　[観]　一二七
水打つて　[観]　一三三
みづうみが　[秋]　二一九
みづうみの　[秋]　二三九
みづうみへ　[義]　五七
水貝や　[冬]　二六六
水換ふる　[夏]　一四九
蹼で　[冬]　二五八
水影は　[以]　三〇二
水切りの
—水輪かさなる　[観]　一一四
—石沈みけり　[以]　二八五・三一六
水そそぐ　[以]　三三〇
水つ湊　[以]　三三七
水の町　[秋]　二三一
水辺より　[夏]　一四八
水枕　[以]　三六五
みづ雪を　[冬]　二五三
店二軒　[夏]　一八八
道端の　[葛]　三五
道々の　[観]　一〇六
密葬の　[秋]　二〇六
三椏の　[観]　一二〇
蜜豆は　[観]　一三三
蜜豆や　[秋]　二〇九
実の入るや　[秋]　二一六
身の内に　[以]　三二一
身のうちの　[観]　一二四
身の内の　[秋]　二二三
身の内を　[以]　三一九
蓑虫に　[観]　一〇六
身は飛花と　[冬]　二五四
みほとけの　[観]　一三三
見舞客　[以]　三六七
美作の
—春や藜の　[秋]　一九八
—春はねぶたし　[以]　三四一
蚯蚓鳴く　[義]　六一
耳成も　[義]　八六
三宅坂　[秋]　二〇七
都忘れ　[秋]　二〇二
明日は　[葛]　五一
身を出でし
—湧水に富士　[秋]　二二六
—形代奔る　[冬]　二六六
身を隠す　[義]　七三
身を空に　[冬]　二七六
身をちぢめ　[以]　三四六
実をつけて　[以]　三〇五
身をほろと　[以]　三三三
身をよぢる　[義]　五八
零余子散る　[義]　九九
昔スフの　[冬]　二六五
向きかへて　[観]　一四〇
麦飯や　[義]　九五
無月なる　[夏]　一六七
虫出づる　[冬]　二六四
虫食ひの　[以]　三五四
虫ごゑの
—千万の燈　[義]　九八
—海に出てをり　[冬]　二七五
虫声の　[夏]　一五九
虫出しに　[冬]　二五三
むせかへる　[秋]　二一〇
むつつりと　[義]　八〇
むつと息の　[夏]　一七八
むつとした　[観]　一三一
棟方志功　[以]　二八三・三〇九
胸のうち　[冬]　二四〇
胸の巾　[以]　三五一
胸の幅　[秋]　二〇〇
郁子の実や　[観]　一〇八
無憂院　[冬]　二七四
むらきもの　[冬]　二五三
むらぎもの　[秋]　二〇五
村正を　[冬]　二四八
群れてをる　[以]　三一三
室生寺の　[義]　八四
明月の　[義]　九八
めい〳〵の　[夏]　一八二
目覚めて冬　[以]　三一八
飯食うて　[冬]　二六〇
滅茶苦茶　[以]　三三九
目にも見よと　[以]　三三三
眼の前に　[義]　九五
目もとより　[義]　六七
面打の　[観]　一〇八
面倒臭さうなる　[夏]　一六四
面の鬚　[秋]　二二二
もう来たか　[以]　三五〇
木犀の　[観]　一三四
裳裾まで　[以]　三三六
もつれ行く　[冬]　二七二
もの、影　[夏]　一五一
ものの音澄む　[冬]　二七六
もののふの　[夏]　一五四
紅葉かつ
—散るをきらきら　[観]　一〇八
—散るを急ぎの　[夏]　一六〇
紅葉鮒　[観]　一〇七
紅葉より　[観]　一三四
桃活けて　[冬]　二五一
桃食ふか　[秋]　二一五
桃咲いて　[義]　八二
桃咲くや　[義]　七七
百千鳥
—なかに男の子の　[義]　七七
—月まだ色を　[観]　一二八
—灯の奥に　[以]　三一〇
百千鳥と　[義]　八〇
百鳥の　[以]　二八八
桃の咲く　[義]　八四
桃の花
—土間に漁師の　[義]　八二
—戸を開けたての　[観]　一二九
桃の花の　[葛]　三六

桃畑へ　[葛]　三三
盛りあげて　[夏]　一五四
森の昼　[葛]　一八
もろどりの　[義]　八二
もろもろの　[冬]　二五七
紋所　[以]　二八四・三二一

や行

八重桜
—学校裏は　[葛]　四二
—ルース・リーフの　[観]　一三〇
—日差が胸に　[秋]　二〇一
八重桜に　[秋]　二〇三
八木さんが　[以]　二八五
山羊の首　[葛]　三九
焼けし拳　[冬]　二四七
やごの貌　[観]　一三二
優しさは　[冬]　二五八
八塩折の　[義]　七〇
安いよ安いよ　[葛]　一六
谷々に　[観]　一三六
寄生木の　[夏]　一八七
屋根の上に　[以]　二八四
藪入に　[義]　七二
藪柑子
—一粒深大寺を　[冬]　二四四
—摩訶毘盧遮那の　[冬]　二四八
藪柑子の　[以]　三六三
破れ傘　[冬]　二六二
山独活に　[観]　一一九
山柿の　[葛]　四六
山城も　[夏]　一七七
大和坐　[観]　一一一
「大和」より　[義]　八一
山の墓　[秋]　二〇四
山の端の　[義]　八五
山吹の　[観]　一一二
山吹を　[葛]　二五
楊梅の　[冬]　二六二
山笑ふ
—二上山は　[観]　一一九
—功一洋子　[秋]　一九八
山姥の
—さびしと見する　[義]　五九
—里に来てをる　[義]　六五
やゝこしく　[夏]　一八三
やりすごす　[以]　三四六
破芭蕉
—仰ぐ十指を　[秋]　二二三
—静けき星の　[秋]　二二三
やはらかに
—八十八夜の　[秋]　二〇三
—指ひらきけり　[秋]　二〇四
やはらぐや　[冬]　二四九
維摩詰の　[秋]　二三五
夕明り　[葛]　四三
夕かけて　[葛]　二七
夕凪の　[観]　一一三
誘蛾燈の　[観]　一三三
夕刊が　[夏]　一五六
夕ぐれの　[夏]　一七八
夕桜　[観]　一三八
夕食後　[夏]　一八一
夕菅は　[以]　三一四
夕立の　[義]　九四
夕映の　[以]　二八二
夕映えは　[葛]　二五
夕映えや　[葛]　三三
夕もみぢ　[以]　三三六
夕焼けて
—指切りの指　[葛]　一五
—箱根芦の湖　[以]　三四三
夕焼けぬ　[葛]　四〇
夕焼の　[義]　九七
夕焼より　[義]　九七
遊覧船　[葛]　三七
浴衣にて　[葛]　三七
雪国へ　[葛]　三〇
雪雲の　[葛]　二二
雪来るか　[秋]　二二八
行き暮れて　[以]　二九三・三三一
雪景色　[夏]　一七二
雪解富士　[夏]　一五二
雪しづく　[以]　三三一
雪雫　[葛]　二〇
行きすぎて　[夏]　一六四
雪解け道　[葛]　一七
雪解や　[葛]　三二
雪の窓　[葛]　二四
雪烈し　[秋]　二三四
雪払ふ　[冬]　二五六
行平鍋を　[義]　七一
雪虫や　[葛]　二〇
雪ん子も　[冬]　二四五
行く秋の　[秋]　二二六
ゆく年の
—一夜明らむ　[葛]　二四
—雲山脈と　[葛]　四七
逝く年の　[葛]　三一
行く春や
—ぽつかり穴の　[以]　三四一
—チーズの味を　[以]　三〇二
—声の衰へ　[以]　三五九
行く春を　[冬]　二五二
柚子風呂に　[秋]　二二九
柚子湯です　[観]　一二六
夕立晴　[観]　一四〇
茹であげた　[冬]　二六二
湯に立つや　[葛]　四五
湯の街は　[葛]　四五
指先で　[夏]　一七九
指先に　[夏]　一五四
ゆびさきを　[夏]　一七二
ゆびのまた　[秋]　二三三
夢殿に　[観]　一三四
夢に溢れし　[葛]　二三
百合の心　[夏]　一五四
百合の束　[義]　八七

よき事を　[以]　二九七
よく冴えて　[葛]　四三
よく見れば　[観]　一〇七
横切らんと　[葛]　二六
横須賀線　[以]　三一二
夜桜の　[夏]　一七八
吉野よき　[冬]　二五一
捩りたる　[以]　三〇九
四手網　[以]　二八八
夜のうちに　[夏]　一五九
夜這星　[義]　六三
夜更しの　[冬]　二四五
読みぞめに　[夏]　一七〇
世も末の　[冬]　二七五
寄り離れ　[秋]　二三〇
寄る神か　[秋]　二一二
夜の秋　[秋]　二一二
夜の雨　[冬]　二五八
夜の眼の　[葛]　二三
よろこべば　[以]　三三二
万屋に　[葛]　一七

ら行

雷過ぎて　[葛]　二〇
落柿舎の　[観]　一一七
ラグビーは　[秋]　二三一
喇叭水仙　[冬]　二五五
柳絮飛び　[葛]　二一
柳絮飛ぶ　[以]　三一〇
龍の玉　[秋]　二二九
料峭や
　—伍子胥列伝　[夏]　一八六
　—松のみ高き　[秋]　一九八
寮生の　[義]　八〇
両の手を　[以]　三六八
両頬に　[秋]　二三一
林檎の花　[葛]　四二
輪蔵へ　[秋]　二三二
りんりんと　[以]　三二四
盧舎那佛の　[以]　三三七
盧舎那佛へ　[以]　三三七
レオナルド・　[観]　一二四
煉瓦造り　[冬]　二七一
煉瓦塀　[夏]　一七六
連翹の　[葛]　三三
老炎帝　[以]　二九二・三一九
老桜の
　—幹黒々と　[以]　三二一
　—分れたる幹　[以]　三二一
老鶯の
　—遠ざかるにや　[夏]　一四七
　—鳴き交はす中　[夏]　一五四
廊下より　[義]　七九
老漁夫の　[観]　一三六
老人が　[以]　三三〇
臘梅や
　—長谷観音は堂の中　[秋]　二三一
　—直なる枝を　[冬]　二四五
　—長谷観音は背高く　[以]　三三四
臘梅を
　—ポケットに入れ　[義]　六九
　—前にしばらく　[夏]　一七一
　—生け金襴を　[秋]　二三一
　—見に鎌倉へ　[以]　二八六・三一六
老夫人　[以]　三三二
六月や　[秋]　二〇八
露地露地を　[義]　七九
艪の折れを　[義]　七四
炉開きの　[義]　七三

わ行

若衆が　[観]　一一二
若楓　[義]　八六
若きらは　[以]　三三一
若葉見よ　[以]　三五六
若者には　[以]　三〇一
湧きやまぬ　[以]　二九三
惑星の　[秋]　二一四
わくら葉を　[観]　一一四
わすれては　[観]　一三二
忘れても　[観]　一一〇
忘れぬやう　[観]　一三九
わたされて　[以]　二九一
綿虫に
　—あるかもしれぬ　[冬]　二三九
　—一切を　[冬]　二四三
綿虫の　[以]　三三六
綿虫や　[以]　三一六
ワッフルと　[以]　三三二
侘助の　[冬]　二四〇
侘助を　[以]　三五〇
笑ひ声　[秋]　一九四
笑はせて　[観]　一二二
割箸の　[葛]　四一
吾亦紅　[秋]　二一六
吾亦紅の　[秋]　二一七
湾に入る　[義]　七四

季語別索引

○季語は『カラー図説日本大歳時記』（講談社）に拠る。同書にない季語については他の歳時記に拠った。
○季語の下の作品は発表年月順である。
○［　］内は句集名を示す。

［葛］＝『葛の葉』
［義］＝『義仲』
［観］＝『観音』
［夏］＝『夏』
［秋］＝『秋』
［冬］＝『冬』
［以］＝『冬』以後一・二

春

時候

春（はる）
春の旅へそれこれ雀らも起きて　［葛］二五
もろどりの春の岬となりにける　［義］八二
室生寺の春の石段やはらかき　［義］八四
春の寺漬物石が置いてある　［観］一二八
天球を春へ廻せる虚子ならん　［観］一三七
椅子一つ抛り込んだる春焚火　［夏］一七六
煉瓦塀炎まつすぐ春焚火　［夏］一七六
春の瀧肩から軽い布かばん　［夏］一七九
眉のやうな丘に段々春の宮　［夏］一八二
括られて並ぶ家鴨や春の市　［夏］一八七
寄生木の春のみどりの御社　［夏］一八七
須弥山に懸れる春の瀧ならん　［秋］一九五
現はれしタートルネック春の瀧　［秋］一九六
千手即春の翼の観世音　［秋］一九七
臍もなき大和島根に春の富士　［秋］一九八
美作の春や藜の杖の人　［秋］一九八
瀬戸内の雀可愛や春の寺　［冬］二五二
おもてうら春をひろげて孔雀です　［冬］二五四
春の尾につかまつたまゝ古稀の人　［冬］二五五
電話線電線碍子春の富士　［冬］二五六
棟方志功版画の臍から続々春　［以］二八三
クリーム色の帽子が見あげ春の瀧　［以］三三二
セーノヨイショ春のシーツの上にかな　［以］三〇六
初春（しょしゅん）
そつと覗く生まれたばかりの春だから　［以］三三一
二月（にがつ）
昼の月透いて二月の空のいろ　［以］三五一
立春（りっしゅん）
本尊は大日如来春立てり　［観］一一八
毛穴から立春大吉の日の光　［以］三六一
早春（そうしゅん）
裏声のいかにせよとの早春譜　［冬］二五三

春浅し（はるあさし）

春浅し寄せくる波も貝がらも　[夏]　一八一
浅春の風に珊々玉三つ　[夏]　一八五
酒折の宮のみてぐら春浅し　[秋]　一九四
浅春の星の匂ふや丸の内　[以]　二八二
春浅くそれぞれ光る墓所の墓　[以]　三〇九
春浅く笑顔を置いて逝かれけり　[以]　三〇二

冴返る（さえかえる）

とりわきて愛染明王冴え返る　[観]　一一八
台所に男が一人冴返る　[以]　三三八
冴返る胸の眼鏡も大声も　[以]　二九五
体内に磊塊の有り冴返る　[以]　三六二

春寒（はるさむ）

料峭や伍子胥列伝嚢中に　[夏]　一八六
料峭や松のみ高き五稜郭　[秋]　一九八
春寒料峭井伊直弼に手を合はす　[冬]　二五六

三月（さんがつ）

三月降る雪の白さに笑ひ出す　[葛]　一五
露地露地を出る足三月十日朝　[義]　七九
三月の雪欄干を濡らしけり　[義]　八四
三月の雪こそかゝれ竹帚　[観]　一二八
三月の噴水服の色いろ〳〵　[秋]　一九五
南無八万三千三月火の十日　[秋]　一九六
草々と書いて三月十日今日　[冬]　二五六
三月の潮の満干大鎧　[以]　三五八

如月（きさらぎ）

如月の水にひとひら金閣寺　[義]　八三

啓蟄（けいちつ）

啓蟄や万年筆の贈物　[義]　七九
啓蟄や等身像の鬚の穴　[観]　一二八
啓蟄や閻魔大王御手判寺　[以]　二八七
啓蟄の土に叩頭腕立て伏せ　[以]　三三九

彼岸（ひがん）

彼岸鐘嗽のこゑを大きくす　[義]　八二
春彼岸耳滓も亦大切に　[以]　三六二

清明（せいめい）

清明の軒に貌出す雀どち　[義]　七八

春の日（はるのひ）

鎌倉にかたむく春の日差かな　[義]　八〇
擬宝珠の如き春日みづうみに　[義]　八五
不退寺の春日滴る紅庇　[観]　一一一
赤き幣のいはれはしらず春日影　[観]　一一二
お多福の鼻の穴から春日差　[観]　一三〇
ページ繰る窓に春日濃かりけり　[秋]　一九五
うら〳〵と春日に舌ある如し　[秋]　一九八

春昼（しゅんちゅう）

響きわたる「花鳥」のフーガ春の昼　[冬]　二五一

春の夕（はるのゆう）

家の影家へかゝれり春の夕　[以]　三三一

春の暮（はるのくれ）

崖下の浜でがやがや春の暮　[夏]　一八四

春の宵（はるのよい）

春宵一刻博多の太か月が出た　[冬]　二五七

春の夜（はるのよ）
春の夜や皿洗はれて重ねられ　［葛］四九
春の夜のぬつと使はぬ手水鉢　［夏］一八四
暖か（あたたか）
雷過ぎてポストの口はあたたかし　［葛］二〇
眼打つ雨あたゝかしポストまで　［夏］一七八
寒太君と楸邨のこゑあたたかな　［冬］二五五
磐石の如く静かにあたたかく　［冬］二五八
遅日（ちじつ）
薄墨の富士にまみゆる遅日かな　［秋］一九九
春日遅々そこにおいでか懸衣翁　［以］三三一
花冷（はなびえ）
花冷えの髪整へておはせしを　［葛］四五
花冷ゆる東洋城の邸跡　［観］一二九
花時（はなどき）
鍋おとす音大きくて桜どき　［葛］三六
花どきの揺れに揺れつゝ艀ども　［夏］一八三
穀雨（こくう）
清明につづく穀雨のよき日かな　［義］八三
春深し（はるふかし）
春深し静石愛子星うるむ　［以］二九五
春深く猿に欠伸を貰ひけり　［以］三六三
八十八夜（はちじゅうはちや）
箸置に箸八十八夜にて　［義］七八
やはらかに八十八夜の雨亀趺に　［秋］二〇三
春暑し（はるあつし）
春暑く隣で鍋の落ちし音　［観］一一一
行く春（ゆくはる）
行く春を檻の中なる烏骨鶏　［冬］二五二
行く春やぽつかり穴のあいたまゝ　［以］三四一
行く春やチーズの味を食べ較べ　［以］三〇二
行く春や声の衰へ如何とも　［以］三五九
春惜む（はるおしむ）
糊固きワイシャツの人春惜む　［葛］四九
殻付きの南京豆で春惜しむ　［以］二八九

天文

春光（しゅんこう）
春光を胼皸にしたたらす　［以］三六二
春の空（はるのそら）
春空の顔をとこともをんなとも　［観］一三七
春空に笛や補陀落山の鳶　［秋］一九七
春の雲（はるのくも）
あけぼのや鉄床なせる春の雲　［観］一一九
万国旗きりんの旗は春の雲　［冬］二五五
春の月（はるのつき）
山の端の逃げて春月ただよへる　［義］八五
これぞこの在原寺の春の月　［観］一一一
大佛を春月のぼる立話　［観］一三七
胸の幅いつぱいに出て春の月　［秋］二〇〇
浮いてをる春の満月銅の色　［冬］二五八
叱られてゐる間はねむる春の月　［以］三六二
朧月（おぼろづき）
一人酒おぼろの月となりにける　［観］一二〇

朧（おぼろ）
朧夜の東西南北鬼瓦　［観］　一一
朧夜に拇のかたちおほぼとけ　［夏］　一七八
おぼろ夜の漁師の怒声それつきり　［夏］　一八四
歯刷子で示す会稽山おぼろ　［夏］　一八六
葉牡丹が丈を伸ばしてゐる朧　［夏］　一八八
優しさは手作りの味菓子おぼろ　［冬］　二五八

春の星（はるのほし）
風荒し春星ひとつ井の底に　［葛］　三六
天に在り地に在り春の二つ星　［冬］　二五八

春風（はるかぜ）
春風におぼつかなしや膝がしら　［義］　八一

東風（こち）
荒東風の押し戻すドア力こめ　［夏］　一七七

風光る（かぜひかる）
宛書はウインブルドン風光る　［秋］　一九五
風光る閑散として門司駅頭　［冬］　二五七
風光る三岸節子の赤い道　［以］　二九七

春疾風（はるはやて）
吸殻をまはして春の嵐かな　［義］　七七

春塵（しゅんじん）
春塵の昼をともして洋画集　［葛］　一三
去来像指で拭へば春の塵　［観］　一二九
パドックの砂塵たちまち春塵に　［冬］　二五四

霾（つちふる）
次々に黄砂を拭ふ帰り水　［冬］　二五七

春雨（はるさめ）
くろぐろと東寺はありぬ春の雨　［義］　八四
隅寺の築地がいたむ春の雨　［観］　一一一
春雨や小瀧の上にかゝる橋　［秋］　二〇〇
仁和寺の春雨雨になりにけり　［以］　三三一

春時雨（はるしぐれ）
晴れぎはのはらりきらりと春時雨　［秋］　一九九

菜種梅雨（なたねづゆ）
火の山をたつぷり濡らす菜種梅雨　［夏］　一八〇
大佛の無数の螺髪菜種梅雨　［秋］　二〇二

春の雪（はるのゆき）
口笛のぼうとかすれし春の雪　［葛］　二九
桑畑に春雪降りる揺れながら　［義］　七五
二上山より降りてくる春の雪　［観］　一二八
ふはふはと春の雪降る大ぼとけ　［観］　一二八
春雪に蚊のとまりたる雄ならん　［観］　一二八
足もとに来て春雪をはらふ犬　［夏］　一七七
春雪をつけて入りけり額縁屋　［夏］　一八一
一日に一度の正座春の雪　［夏］　一八五
吹いて飲む牛乳に膜春の雪　［冬］　二五二
船のやうに振子のやうに春の雪　［以］　二八二
身の内を突きあげて来る春の雪　［以］　三一九
観音の千手千眼春の雪　［以］　二九五

淡雪（あわゆき）
並び跳ぶ傘のぼた雪落さんと　［葛］　二〇
笑ひ声降つてやみけりぼたん雪　［秋］　一九四

斑雪（はだれ）
斑雪野を楽人の群れ通り過ぐ ［夏］一八五
雪の果（ゆきのはて）
終の雪いくさの日々は夢の夢 ［秋］一九九
春の霰（はるのあられ）
御所に降り嵯峨野にやみし春霰 ［義］八三
すぐに止むルラレと跳んで春霰 ［以］三二一
春の虹（はるのにじ）
七十を七ツ越えたり春の虹 ［以］三三五
春雷（しゅんらい）
鍋釜やころがりまはる春の雷 ［義］八二
饅頭を割る虫出しの雷のあと ［秋］一九六
虫出しにはつと天井睨んだる ［冬］二五三
鎖国派も虫出しに窓開くなり ［冬］二五三
どんと踏んでさつさと行けり春の雷 ［冬］二五三
霞（かすみ）
大和坐大国魂霞立つ ［観］一一一
点々と耕人の紺うすがすみ ［夏］一八七
歳月や地獄も霞む硫黄島 ［冬］二五六
陽炎（かげろう）
石段の陽炎をふむ卵売り ［葛］一四
少年来る道の陽炎わが膝まで ［葛］二〇
三千七百二十一柱かげろへり ［観］一一二
かげろふの有象無象の楽しけれ ［以］三四〇
鳥曇（とりぐもり）
幔幕を擦る指熱し鳥曇り ［義］八五
振つてみるアフガンの鈴鳥曇 ［観］一二一

地理

春の山（はるのやま）
下りて来る翁に逢へり春の山 ［夏］一七七
山笑う（やまわらう）
遠近や妻争ひの山笑ふ ［義］八四
山笑ふ二上山は笑はざる ［観］一一九
山笑ふ功一洋子夫婦箸 ［秋］一九八
春の水（はるのみず）
寮生の出て覗きけり春の水 ［義］八〇
春水にあばたの鐘を撞き鳴らす ［夏］一八六
春水に夕日の伸びる禹王陵 ［夏］一八七
百鳥の身を映しては春の水 ［以］二八八
水温む（みずぬるむ）
つながつてのぼりくる泡水温む ［夏］一八二
春の川（はるのかわ）
葉牡丹が捨てられてゐる春の川 ［観］一一八
春の波（はるのなみ）
岬あり春濤に斧入れし如 ［夏］一八三
観音の岸へ岸へと春の波 ［夏］一八八
春濤に箏を差し出したる岬 ［秋］一九九
春潮（しゅんちょう）
春の潮球を引き去り球を置き ［観］一二九
ガラス戸を距てて春の潮かな ［観］一三七
ガラス戸を開いて春の潮かな ［観］一三七
晴れました春潮四百五十の帆 ［秋］一九五
春潮の五百重なす波鎌倉へ ［冬］二五一

春潮や宙に鼓楼の浮かみたる　[冬] 二五七

春の土（はるのつち）

猫の足あと犬の足あと春の土　[義] 八一

春泥（しゅんでい）

春泥の乾きて鶏のくぐみ声　[葛] 三一
春泥に二つ落ちくる鳶の笛　[義] 七六
春泥の坂盤門へ人続く　[夏] 一八六

残雪（ざんせつ）

残雪に足跡はみな子供のもの　[葛] 二五
鬼さん鬼さん辻の残雪陽の色に　[葛] 二七
夕映えや残雪斧のかたちして　[葛] 三三

雪解（ゆきどけ）

雪解け道さがり眼の子の菓子袋　[葛] 一七
雪雫出羽の子の眉うつくしき　[葛] 二〇
雪解やぷりぷりとして桃の幹　[葛] 三三
押しくだる雪解水や諏訪の神　[夏] 一八七
雪しづく薬師瑠璃光如来像　[以] 三二一

薄氷（うすらい）

薄氷帰りは解くる伊賀の坂　[葛] 四八
薄氷についと落ちたる煙草の火　[義] 七六
昼月は空のうすらひ伊賀に入る　[夏] 一七七
薄氷の上にとゞまり雪つぶて　[秋] 一九三
薄氷をなぶらんとする棒の影　[秋] 一九三

氷解く（こおりとく）

手鏡のかたちに溶けて鴨の水　[秋] 一九三

生活

春外套（はるがいとう）

伎芸天に春のコートを脱ぎ見ゆ　[観] 二一一
春コート耳成山に登りけり　[夏] 一七七
虚子の墓春のコートを脱ぎにけり　[夏] 一八六
手を通す春のコートのひんやりと　[以] 二八八

春帽子（はるぼうし）

お帰りなさいクィーンズ＝イングリッシュ春帽子　[秋] 二〇三

春日傘（はるひがさ）

春日傘岬の道を降り登り　[夏] 一八四
春日傘港の見える花屋さん　[冬] 二五五

花菜漬（はななづけ）

うれしさの啄むやうに花菜漬　[冬] 二五二

木の芽和（きのめあえ）

時計二つ動く新婚の木の芽和　[葛] 五〇
白波の一線くづれ木の芽和　[夏] 一八三

胡葱膾（あさつきなます）

燈の映るものに胡葱膾かな　[観] 二一九

蜆汁（しじみじる）

新聞は子殺しの記事蜆汁　[以] 二八八

蒸鰈（むしがれい）

何に眼を寄せて若狭の蒸鰈　[秋] 一九六

干鰈（ほしがれい）

直送の縄鮮しき干鰈　[義] 七九
がらがらと持ちあげでびら鰈の輪　[夏] 一七九
一枚二枚空々寂々干鰈　[秋] 一九四

でべらがれひ味の加はる軒の下　[以]　三五五
木の小槌極上のでべらがれひかな　[以]　三五五

白子干（しらすぼし）
日の照るや七浦かけて白子干　[以]　三一〇

壷焼（つぼやき）
壺焼を食ひをはりたる淋しさよ　[以]　三三九
壺焼の生けるが如く沸騰す　[以]　三四〇

鶯餅（うぐいすもち）
今朝よりや鶯餅とはり出して　[義]　七八
喉元のつめたき鶯餅の餡　[夏]　一八〇

草餅（くさもち）
草餅の包みに掛けて赤い紐　[義]　七八
草餅についたる歯型それぞれの　[以]　三〇一

桜餅（さくらもち）
大学生子規うれしく食ひし桜餅　[義]　八〇
桜餅顔くろぐろと男まへ　[秋]　一九六
桜餅箱の柔きもよかりけり　[以]　二九七
而シテ見るだけなのだ桜餅　[以]　三六二

白酒（しろざけ）
白酒を飲めぬと頭ふりにける　[観]　一一九

菜飯（なめし）
おたがひに肱張つて食ふ菜飯かな　[観]　一二〇

春燈（しゅんとう）
とぎれては一燈江南の春燈　[夏]　一八六
手鏡のやうな小港春燈　[夏]　一八八

春障子（はるしょうじ）
いつの間に樟の影置く春障子　[秋]　一九九

春炬燵（はるごたつ）
このあたり魚山といへり春炬燵　[観]　一一〇
新聞をひろげつぱなし春炬燵　[夏]　一八〇

畑打（はたうち）
埼玉の畑打つ昔近衛兵　[秋]　一九四

海女（あま）
海女わらふ潜れば娘十八よ　[秋]　一九八

踏青（とうせい）
青きを踏む虚空の水の惑星の　[以]　二八三
踏青やころころ笑ふ老夫人　[以]　三三九

蕨狩（わらびがり）
為朝の左手長し蕨狩　[夏]　一八七

梅見（うめみ）
夕食後めあての梅へや、遠出　[夏]　一八一

花見（はなみ）
花人を憂しと墨烏賊うづくまる　[義]　七七
むつつりと上野の桜見てかへる　[義]　八〇
夕桜酔伏す猩々ゆりおこす　[観]　一三八
誘はる、勿来の関の花を見に　[観]　一三八

花守（はなもり）
満開に身を固うして桜守　[義]　八三

花疲（はなづかれ）
白松が最中をまへに花疲れ　[秋]　二〇一

凧（たこ）
凧の尾を引ずつて行く肉屋の子　[葛]　三五
狂ひさうになり連凧である一つ　[夏]　一八二

風車（かざぐるま）
胸中に一機火焔の風車　[以]　二九三
ぶらんこ（ぶらんこ）
乗り捨てしふらここの揺れ古墳群　[義]　八五
春眠（しゅんみん）
美作の春はねぶたし南無阿弥陀　[以]　三四一
春愁（しゅんしゅう）
春愁や石の裾曳く万治佛　[秋]　二〇〇
居並ぶや春の愁ひの大鎧　[冬]　二五二
卒業（そつぎょう）
雪雲の尾のめぐる空卒業す　[葛]　二三

行事

雛祭（ひなまつり）
風邪に寝て頬のあかるき雛祭り　[葛]　一九
ふつくらと由美子と申す雛の夜　[葛]　四一
雛壇の闇恐しきうしろがは　[以]　三五八
涅槃会（ねはんえ）
涅槃像上へ上へとやがて雲　[義]　七六
涅槃像色刷りなれば児が覗く　[義]　八〇
涅槃像鳥獣わらふ如く哭く　[義]　八二
昼めしのことを考へ涅槃像　[秋]　一九六
涅槃図には血の色を見ず手を合はす　[以]　三四〇
修二会（しゅにえ）
なまぐさし五体投地の修二会僧　[秋]　一九六
仏生会（ぶっしょうえ）
佛生会鎌倉のそら人歩く　[葛]　四九
花祭（はなまつり）
花祭り三十三間堂もかな　[夏]　一八三
御忌（ぎょき）
居眠りもよしと法然上人忌　[義]　七八
義仲忌（よしなかき）
こと旧りにたれどあはれは義仲忌　[以]　三五二
兼平忌（かねひらき）
日本一の剛の者兼平忌　[以]　三五二
実朝忌（さねともき）
実朝忌波の上なる女下駄　[葛]　四一
実朝忌暮々までも白い道　[以]　二八九
利休忌（りきゅうき）
肖像画口ゆるく締め利休の忌　[夏]　一八六
其角忌（きかくき）
其角忌と角々しきもさすがかな　[以]　三五九
人丸忌（ひとまるき）
もろもろの御霊の集ふ人丸忌　[冬]　二五七
人丸忌同じ日和泉式部の忌　[以]　三五五
鳴雪忌（めいせつき）
忘れてもえ、ぞない、え鳴雪忌　[観]　一一〇
お会ひせしことはなけれど鳴雪忌　[以]　二八二
虚子忌（きょしき）
紅うすく刷いて富士ある虚子忌かな　[冬]　二五三

動物

猫の恋（ねこのこい）
枯山水恋猫について来られても　[以]　三四〇

亀鳴く（かめなく）
この人に亀鳴くといふ宜なるかな　〔冬〕二五五
蛇穴を出づ（へびあなをいづ）
蛇穴を出でて寺町何番地　〔以〕三五八
蛙（かわず）
蛙鳴く在原寺へ一本道　〔観〕一一一
昼蛙の方へおみ足観世音　〔秋〕二〇二
先憂も後楽もなし牛蛙　〔冬〕二六二
春の鳥（はるのとり）
春の鳶観音堂より煙出づ　〔葛〕四九
百千鳥（ももちどり）
百千鳥なかに男の子の声すなり　〔義〕七七
百千鳥とおもふ瞼を閉ぢしまま　〔義〕八〇
百千鳥月まだ色をうしなはず　〔観〕一一八
淡海のうみは観音の胸百千鳥　〔冬〕二五〇
吉野よき人ら起きよと百千鳥　〔冬〕二五一
百千鳥灯の奥に鬼子母神　〔以〕三一〇
鶯（うぐいす）
鶯のこゑの飛び交ふ小家かな　〔義〕七九
明鴉すぐに鶯谷々に　〔観〕一一〇
うぐひすは大人の貌をしてゐたり　〔夏〕一七六
鶯や音もよろしき多武峰　〔夏〕一七七
うぐひすといふには拙まだ一寸拙　〔秋〕一九三
ませた鶯下手な鶯鳶も鳴き　〔秋〕一九七
うぐひすの昨日より今日声の丈　〔冬〕二五〇
菊戴（きくいただき）
かはゆさのあの世この世と松毟鳥　〔以〕三六二
雲雀（ひばり）
日に焦げて天平勝宝のひばり消ゆ　〔義〕八四
揚雲雀二本松少年隊ありき　〔観〕一二〇
めい〳〵の缶にストロー揚雲雀　〔夏〕一八二
千手観音遠近に揚雲雀かな　〔冬〕二五一
雲雀野に老人が佇ち去り行けり　〔以〕三〇一
燕（つばめ）
初の字は季節のひかり初燕　〔以〕三五三
残る鴨（のこるかも）
蹼で喉を掻きをり残る鴨　〔冬〕二五八
鳥雲に入る（とりくもにいる）
いくさぶねやまとのみたま鳥雲に　〔観〕一一三
鳥雲に踏みはづしたる梯子段　〔観〕一二九
囀（さえずり）
囀りの岬や波は高くとも　〔観〕一一三
囀りの岬となつてゐる目覚め　〔夏〕一八三
雀の子（すずめのこ）
子雀のへの字の口や飛去れり　〔義〕七七
古巣（ふるす）
うぐひすの巣のぬけがらを枕元　〔義〕九二
うぐひすの古巣を飾る枕もと　〔秋〕二〇二
桜鯛（さくらだい）
桜鯛水流したる俎に　〔義〕七七
桜鯛螺鈿の鱗こぼしけり　〔義〕八三
おもたさの唇厚き桜鯛　〔夏〕一七九
桜鯛兜割つたる一包み　〔夏〕一八四
桜鯛子鯛も口を結びたる　〔秋〕二〇一

ずつしりと海の暗みの桜鯛　［冬］二五一
匂ひやか刺身の色も桜鯛　［以］三一〇
残る歯で噛むやこきこき桜鯛　［以］三一〇

魚島（うおじま）

魚島を間近にしたる海のいろ　［観］一三八
魚島と宿の女の言葉にも　［観］一三八

眼張（めばる）

一尾づつ眼張の付きし夕べかな　［義］八二
如月の望月の頃の目張かな　［以］三五八
魚好きの寄つて来るなり黒目張　［以］三五九

鱵（さより）

西洋皿に二月の海の針魚かな　［義］七八

白魚（しらうお）

白魚を揚げをり水の惑星の　［以］三一九
四手網さざめく水は白魚かな　［以］二八八
白魚のシーラカンスの如き胴　［以］二九六

桜鯎（さくらうぐい）

流れ去る水うつくしやうぐひの眼　［夏］一八四

若鮎（わかあゆ）

鮎の子や鮎のにほひを手に残し　［夏］一八〇

花烏賊（はないか）

引売りの花烏賊墨を流したる　［冬］二五二

浅蜊（あさり）

浅蜊の斑みな褐色に食ひ了る　［葛］三一
玉杓子入る丶うれしき浅蜊汁　［夏］一八一
浅蜊よし味噌よし古い杓子よし　［以］三五八

常節（とこぶし）

常節を殻ごと煮付けたる五六　［秋］一九五

桜貝（さくらがい）

網走の色うすくとも桜貝　［葛］三〇
桜貝大和島根のあるかぎり　［夏］一八九
壊れやすきもののはじめの桜貝　［以］三六二

雲丹（うに）

管足の出し入れ海胆が歩くなり　［観］一二三

初蝶（はつちょう）

初蝶のはや突当曲りけり　［義］七九
初蝶の綴りし三十三観音　［観］一一九
あ初蝶こゑてふてふを追ひにけり　［秋］一九七
初蝶のやうに初蝶追ふ眼　［以］三四〇

蝶（ちょう）

蝶類のゆらゆら湧けり馬糞より　［葛］一六
落葉松より蝶の片羽根舞ひ降り来　［葛］二三

蜂（はち）

足長蜂の脚の行き交ひパンの刻　［葛］二二
長城に唸りぶつかる熊ん蜂　［観］一四一
上潮に足長蜂の出て戻る　［夏］一八三

虻（あぶ）

永平寺廻廊の虻くしやみで飛ぶ　［葛］四四
前生といふ言葉ふと虻の顔　［葛］四五

蝿生る（はえうまる）

そそくさと輪を画いて消え蝿生る　［義］八一
地球儀を廻し廻せば蝿生まる　［観］一三八

春蟬（はるぜみ）
松蟬の朗々と父焼かれゐて 〔葛〕 二五
鳴き出して春蟬の黒見えねども 〔秋〕 二〇二
全山の春蟬隣りの山もかな 〔以〕 三三五
春蟬の眼になつて聴く鳴いてをり 〔以〕 二九〇
松蟬の遠く名告るやがあらがら 〔以〕 三〇一

植物

梅（うめ）
道端の犬起き上る梅の花 〔葛〕 三五
なかば日に半は陰や城の梅 〔葛〕 四八
早雲禅寺梅に咳する人ありて 〔葛〕 四九
白梅に電話のベルのやがて止む 〔義〕 七五
葛城の神おはします夜の梅 〔義〕 八四
梅咲いてケースの中のお人形 〔観〕 一一九
城下町眼鏡に梅を映す人 〔観〕 一一九
梅の里水段々に落しけり 〔夏〕 一八五
白梅のひともとゆゑに崖の家 〔夏〕 一八五
梅の花鎌倉古道とぎれとぎれ 〔秋〕 一九四
紅白の梅や埼玉よき日和 〔秋〕 一九四
白梅や切れなが石田波郷の眼 〔冬〕 二五〇
紅の蕾びつしり臥龍梅 〔冬〕 二五〇
さりげなく大島紬梅日和 〔冬〕 二五八
禅寺あり紅白の梅散り敷いて 〔以〕 二八二
白梅の老木や幹を二股に 〔以〕 三三八
白梅や幹はほろほろ老い朽ちて 〔以〕 三〇一
盆栽の梅紅白の力あり 〔以〕 三六一

紅梅（こうばい）
紅梅や風の止みたる井戸の縁 〔葛〕 四一
紅梅のあげたる玉の日なりけり 〔義〕 七六
紅梅の干菓子に男瞬く 〔観〕 一一〇
紅梅の乾きかけたる幹に雨 〔観〕 一二八
紅梅にゆびさし入るゝごと日差 〔夏〕 一七七
紅梅に片寄せてあるオートバイ 〔夏〕 一八一
幹濡れて野の紅梅でありにけり 〔夏〕 一八五
方寸にあり紅梅の志 〔秋〕 一九三
紅梅の影を被いてをりしかな 〔秋〕 一九三
佐藤さんにはやつぱり紅梅がいい 〔以〕 二九六

椿（つばき）
たかむらや垣の椿の残り花 〔葛〕 五〇
鎌倉をこぼれ出でたる落椿 〔義〕 八〇
明けてくる静岡の空落ちつばき 〔義〕 八一
椿寺女真直入りにけり 〔義〕 八一
真直に椿の花を踏まず来る 〔観〕 一三七
赭土のここは滑るぞ落椿 〔夏〕 一七九
潦ながれだしたる落椿 〔夏〕 一七九
霰来と思へばやみぬ藪椿 〔夏〕 一八一
掌に固き幹のふくらみ落椿 〔夏〕 一八四
年々の椿を掃いて翁かな 〔夏〕 一八七
方形やゝ長めに椿捨てる穴 〔夏〕 一八七
日が差して白玉椿阿古父尉 〔秋〕 一九四
江の電は揺れて行きます落椿 〔秋〕 一九七
雪払ふ揺れや椿の紅落下 〔冬〕 二五六
夜の雨ばしやとまた落椿かな 〔冬〕 二五八

肉堅き椿の幹や落椿　［以］　二八二
捩りたる椿の幹や落椿　［以］　三〇九
北鎌倉道も狭に落椿かな　［以］　二八九
一杯の茶を飲む朝の藪椿　［以］　三三五
白椿一つ言葉を出すごとに　［以］　三六七

初花（はつはな）

初花や馬の水飲場でありし　［秋］　一九八
むらきもの心のさきの初桜　［冬］　二五三
初花や枝を水へとさし伸べて　［以］　二八三
初花の似合ふ丸顔その眼鏡　［以］　二八八
初桜無言館を出て無言　［以］　三四〇
三月某日曇初花これでよし　［以］　三五九

枝垂桜（しだれざくら）

多摩の水通ひし枝垂桜かな　［観］　一二〇
瘤々の幹二股や糸ざくら　［秋］　二〇一
老いさらばへ支柱に枝垂れ桜かな　［冬］　二五四

桜（さくら）

オメデタウレイコヘサクラホクジヤウス　［葛］　二七
かくまでも桜紅濃き発電所　［葛］　四二
走り出の山の桜のここと咲く　［義］　八四
布引の瀧へ桜を渡り入る　［義］　八五
高遠の桜をおもふ眉のうへ　［義］　八五
押し合うて海を桜のこゑわたる　［義］　八五
藍のかげふくみそめたる夕桜　［観］　一一二
大揺れのしづまる風の夕桜　［観］　一三〇
二股の根方に差す日夕桜　［観］　一三八
デッサンのかさなる丸が桜かな　［夏］　一七八
夜桜のみしみし揺る、まへうしろ　［夏］　一七八
奥宮へ風か桜を渡り行く　［夏］　一八八
月が出る大島桜濡れてゐて　［夏］　一八八
満開のにはかに冷ゆる桜花　［夏］　一八八
出て遊べ伊万里焼の童子桜かざし　［秋］　一九九
かぶさつて流れはやき夕桜　［秋］　二〇〇
ぽつと桜ぽつと桜の端山かな　［冬］　二五三
大癋見鞍馬の桜ゆさゆさと　［冬］　二五四
昭和経し身に冷え冷えと夕桜　［冬］　二五六
ずん胴に伐られて染井吉野かな　［以］　二八一
夕映の刻々染井吉野かな　［以］　二八二
一抱へ老木の染井吉野かな　［以］　二八三
弧状列島さくらの国の住民票　［以］　二八三
老桜の幹黒々と濡れゐたる　［以］　三三一
その名や、荒く大山桜かな　［以］　三五九

花（はな）

平明や「花」でをはりし虚子俳話　［義］　八〇
堂塔を花へ開けんと鍵の束　［夏］　一八二
泣くやうにはにかむ老師花のもと　［夏］　一八八
店二軒築地魚河岸花の翁　［夏］　一八八
花の山分け入る手力男命　［夏］　一八八
一休み浄土に花を鋤きこんで　［冬］　二五四
ハナハトマメ花と散れよと教へられ　［冬］　二五七
米処米沢四方の花霞　［以］　三六二

八重桜（やえざくら）

八重桜学校裏は風ばかり　［葛］　四二
夕風のぞつと冷えたる八重桜　［観］　一一三

八重桜ルース・リーフの罫の上　[観] 一三〇
八重桜日差が胸にひえびえと　[秋] 二〇一
八重桜になりゆく光このごろの　[秋] 二〇三

落花（らっか）
脚太くいそぐや出羽の花ふぶき　[葛] 一七
花ふぶき峡の仔牛がさびしがる　[葛] 二〇
枝ひろき染井吉野や散りはじむ　[義] 七七
花筏ながき日暮をいかんせん　[観] 一二〇
花の塵ならで形見の札小札　[観] 一三八
むつと息のつまりし桜吹雪かな　[夏] 一七八
猿山のこのもかのもに花の塵　[秋] 二〇一
鎌倉の空かき曇り散る桜　[秋] 二〇一
如意輪寺下れば落花深き宿　[冬] 二五一
身は飛花となり乾坤のひかりかな　[冬] 二五四
三千ノ骸屹立桜吹雪　[冬] 二五七
はらはらと洞へ花びら老桜　[以] 二九六

残花（ざんか）
夕ぐれの水ひろびろと残花かな　[夏] 一七八
残花なほ散りしきることありと知れ　[冬] 二五四
残花散る昭和の証言上下巻　[冬] 二五七
老桜の分れたる幹残花かな　[以] 三三一

桜蘂降る（さくらしべふる）
桜しべ踏んで散歩のブルドッグ　[冬] 二五五

山茱萸の花（さんしゅゆのはな）
サンシュユと内緒々々のやうにいふ　[冬] 二五〇
お湿りといふほどの雨山茱萸に　[以] 三五二

辛夷（こぶし）
風邪心地抜けゆく壺の辛夷かな　[葛] 四一
男の子と辛夷見に行く夕餉前　[葛] 四二
廊下より四十九日の夜の辛夷　[義] 七九
自転車に魚積んで来る辛夷かな　[観] 一三八
風の日は花が花打つ辛夷の木　[夏] 一七八
少女期の真蒼な顔幣辛夷　[秋] 一九六
里山に天上の籠辛夷咲く　[冬] 二五〇
願はくは辛夷の花を着けし下　[以] 三〇九

花水木（はなみずき）
はなみづき空にはやはり顔がある　[観] 一三七

三椏の花（みつまたのはな）
三椏の花や手鼻をかむ男　[観] 一二〇
みづ雪を付けて三椏一つ一つ　[冬] 二五三
坪庭に三椏の花雨雨雨　[以] 三三八

連翹（れんぎょう）
連翹の枝さしかはす別れかな　[葛] 三三

山桜桃の花（ゆすらのはな）
散るときの来てちらちらと梅桃　[冬] 二五四

桜桃の花（おうとうのはな）
桜桃の花の静けき朝餉かな　[葛] 二三

馬酔木の花（あしびのはな）
馬酔木咲く姉の匂ひのありやなし　[以] 三四一

躑躅（つつじ）
躑躅より地に着いて蜘蛛走り出す　[葛] 一四
躑躅咲く屋敷に闇の濃かりけり　[夏] 一八〇

小粉団の花（こでまりのはな）
自転車つづく朝の小手毬道へでて ［葛］二〇
声あげてこでまりの壺の置きどころ ［葛］三三
雪柳（ゆきやなぎ）
若衆が上げる鉄下駄雪柳 ［観］一一一
木蓮（もくれん）
疵のまま白木蓮となりぬべし ［義］七六
ひとしきりそらにみづおと白木蓮 ［観］一二九
白木蓮毛皮の苞を脱ぐところ ［以］三〇九
滅茶苦茶花のをはりの紫木蓮 ［以］三三九
しどけなき白木蓮の花ものの果て ［以］二九六
白木蓮蕾の包む白い影 ［以］二九七
藤（ふじ）
藤の花顔へ落ちくる鞍馬道 ［葛］五〇
何の木にかかりて高き藤の花 ［葛］五〇
常磐木を金縛りして藤の房 ［義］八三
下町の人の素顔に藤の影 ［秋］二〇二
東海道ところどころの藤の花 ［秋］二〇二
山吹（やまぶき）
山吹を捨てんと散らす梯子段 ［葛］二五
山吹のあたりにすぐに潦 ［観］一一二
老夫人すつと白山吹を手に ［以］三三二
桃の花（もものはな）
帰郷の荷桃畑へ出て汗拭ふ ［葛］一四
桃畑へ帽子を忘れきて遠し ［葛］三三
桃の花のもとに小さき置時計 ［葛］三六
桃咲くや蕾が枝をひきだして ［義］七七
桃の花土間に漁師のゴム長靴 ［義］八二
桃咲いて五右衛門風呂の湯気濛々 ［義］八二
桃の咲くそらみつ大和に入りにけり ［義］八四
乳飲児の握りしめたる桃の枝 ［観］一二一
桃の花戸を開けたての口答へ ［観］一二九
花は桃僧は法然と答へける ［観］一二九
指先で帽子をあみだ桃の花 ［夏］一七九
紙で包む枝の弾力桃の花 ［冬］二五〇
桃活けて翁と媼手を膝に ［冬］二五一
花屋といふ花屋に桃の蕾かな ［以］三五二
杏の花（あんずのはな）
花杏たひらに広き夜の雲 ［葛］四二
花着けとあんずへステッキ犀星さん ［以］二八一
林檎の花（りんごのはな）
うけ口の苹果の蕾マラソン過ぎ ［葛］三二
林檎の花色の黒きはまじめ妻 ［葛］四二
木の芽（このめ）
昼の風呂新芽の苞の散らばり来 ［葛］四二
鈴懸の芽吹く枝々卵売り ［夏］一八六
一つ芽に一つ雨粒けぶる山 ［秋］一九五
関八州赤城榛名も芽ぶくかな ［秋］一九七
天降り来し天之香具山芽吹くかな ［冬］二五一
金縷梅（まんさく）
金縷梅や帽を目深に中学生 ［義］七六
金縷梅の大木といふべかりける ［夏］一八一
木瓜の花（ぼけのはな）
木瓜の枝突込んである空の壺 ［葛］四九

磚榻に一枝を置けり木瓜の花　[義]　八五

松の花（まつのはな）
松の花瀬戸物市を開かんと　[葛]　一八

猫柳（ねこやなぎ）
あめつちが撓む猫柳を撓め　[義]　八一

柳絮（りゅうじょ）
柳絮飛び飛ぶ満月の人の中　[葛]　二一
柳絮飛ぶ鼻に付きたる柳絮かな　[以]　三一〇

木苺の花（きいちごのはな）
木苺の花に朝日が瀧のごと　[観]　一二〇

通草の花（あけびのはな）
爪立ちてなぶつて通草の花を過ぐ　[観]　一三〇

竹の秋（たけのあき）
抜け道に鈴落ちてゐて竹の秋　[義]　七八

春の筍（はるのたけのこ）
ほッ春筍買ふまいぞ買ふまいぞ　[秋]　二〇〇
緋毛氈の上に春筍の籠　[秋]　二〇〇

三色菫（さんしきすみれ）
走る止まるタイヤばかり見てパンジー　[以]　三三八

喇叭水仙（らっぱすいせん）
太陽と烏と喇叭水仙と　[秋]　一九七
喇叭水仙のぞくものではありません　[冬]　二五五

紫羅欄花（あらせいとう）
ストックを家族で仕分け吠える犬　[秋]　一九八

諸葛菜（しょかつさい）
一人離れて金管楽器諸葛菜　[夏]　一八四

勿忘草（わすれなぐさ）
この河の水は北へと勿忘草　[夏]　一八〇
空よりもワスレナグサの空の色　[以]　二九〇

アネモネ（あねもね）
風の花アネモネを提げて来る　[夏]　一八〇
アネモネの花には午前に会ひませう　[以]　三三二

チューリップ（ちゅーりっぷ）
笛吹いてすぐにやめけりチューリップ　[観]　一二〇
筋肉のひらききつたるチューリップ　[秋]　二〇〇
赤黄白まつすぐだからチューリップ　[冬]　二五〇

エリカ（えりか）
花売らんかいとエリカの垣の外　[義]　八二

都忘れ（みやこわすれ）
都忘れ朔太郎忌の近きころ　[秋]　二〇二
今日見しと都忘れを眠るまへ　[秋]　二〇二
いたいほど開いて都忘れかな　[冬]　二五二

菜の花（なのはな）
菜の花を大きくくるみ膝の上　[葛]　三二
菜の花に松傘軽う飛び来る　[義]　八三
膝のやうな菜の花の丘人が出て　[夏]　一七九
炊飯器には菜の花がよく似合ふ　[秋]　一九七
菜の花や山嶽稜々むらさきに　[秋]　一九九

大根の花（だいこんのはな）
大佛へ人足繁き花大根　[義]　七七

豆の花（まめのはな）
そら豆の花海へ向き海の声　[葛]　二九

葱坊主（ねぎぼうず）

袋脱いで花となりけり葱坊主　［以］二八二

茎立菜（くきたちな）

茎立をいま浅漬にするところ　［以］二八九

菠薐草（ほうれんそう）

赤い根のところ南無妙菠薐草　［秋］一九四

春大根（はるだいこん）

出たばかりやすく／＼おろす春大根　［夏］一八二

独活（うど）

山独活に少ししびれし口の端　［観］一一九

ぶち切つて山独活を突きつけにけり　［夏］一八二

慈姑（くわい）

慈姑食ふことの少なくなりしかな　［義］七一

一つ一つに庖丁の跡慈姑　［夏］一八二

うれしさのくわゐ／＼と出てくるわ　［以］三三七

青麦（あおむぎ）

青麦の突込んである鉛筆立　［義］七九

下萌（したもえ）

下萌や雀が食べる猫の飯　［観］一三七

下萌や無名の遺骨整然と　［冬］二五六

雀隠れ（すずめがくれ）

靴入れて雀隠れでありにけり　［以］三〇一

菫（すみれ）

「大和」よりヨモツヒラサカスミレサク　［義］八一

すみれの花咲く頃の叔母杖に凭る　［夏］一七九

足ばやに西行北へ菫艸　［以］三〇九

紫雲英（げんげ）

紫雲英田の沖の白波一つ見ゆ　［葛］三〇

薺の花（なずなのはな）

月待つと薺花咲くほどの集ひ　［葛］四九

蒲公英（たんぽぽ）

蒲公英や日傘ころげて仰向けに　［葛］三二

土筆（つくし）

かみしめて名まへを食べるつくしんぼ　［以］三五八

つくしんぼ音の似てゐる通信簿　［以］三五八

桜草（さくらそう）

喜々として素焼の鉢の桜草　［秋］二〇一

一日中風がばらばら桜草　［以］三五六

二輪草（にりんそう）

花のふた一つ開けたる二輪草　［秋］二〇〇

蕨（わらび）

戦艦の骨箱にして蕨萌ゆ　［観］一一二

芹（せり）

クレヨンの沈んでをりし芹の水　［義］七六

芹を摘む風にときどき海の音　［夏］一八五

犬ふぐり（いぬふぐり）

いぬふぐり兼好さんの森は其処　［葛］四七

コートのひと其処此処踞み犬ふぐり　［義］七九

腰曲りたる婆速し犬ふぐり　［観］一一〇

友達の影やはらかく犬ふぐり　［観］一一八

犬ふぐりの浄土より足はみ出せり　［観］一一八

山城も大和も径の犬ふぐり　［夏］一七七

坊さんが佇つ一面の犬ふぐり　［夏］一八三

犬ふぐり太陽軽く渡るなり　[冬] 二四九
犬ふぐり寂滅為楽と横たはる　[以] 三五二

春蘭（しゅんらん）
春蘭に屈んで二つ膝小僧　[以] 二八八

蝮蛇草（まむしぐさ）
やゝこしく葉を出しかけの蝮蛇草　[夏] 一八三

金鳳花（きんぽうげ）
キンポウゲ青空だけがあればよい　[以] 三三五

一人静（ひとりしずか）
忘れぬやう一人静にやる水を　[観] 一三九

二人静（ふたりしずか）
ふたりしづかひとりしづかよりしづか　[夏] 一四七

蕗の薹（ふきのとう）
靴先の土にめり込む蕗の薹　[義] 七六
蕗の薹粗目の雪をもたげたる　[観] 一三六

片栗の花（かたくりのはな）
かたくりは耳のうしろを見せる花　[観] 一二九

武蔵鐙（むさしあぶみ）
踏みこんで武蔵鐙の花はこれ　[以] 三一六

夏

時候

夏（なつ）
草田男の夏釉子さんの未来図　[秋] 二一〇
炎帝の風まで殺しけり無音　[冬] 二六三
老炎帝マーロン・ブランドの柩　[以] 二九二

初夏（しょか）
笹舟を男の子と流す夏はじめ　[秋] 二〇三

五月（ごがつ）
季節は五月ひとことで切れ「幸に」　[秋] 二〇四
おしつこを高く五月の金太郎　[以] 三三三

立夏（りっか）
定期財布ハンカチ小銭入立夏　[冬] 二六四

薄暑（はくしょ）
影たまる類人猿の檻薄暑　[観] 一三三
雑巾を固く絞りたる薄暑　[夏] 一四八

麦の秋（むぎのあき）
麦秋の道を来る人上着を手に　[秋] 二〇六

六月（ろくがつ）
波かぶるまま六月の燈浮標　[義] 九五
六月や海坂を陽はのぼりつゝ　[秋] 二〇八
一塊の六月甲斐駒ヶ岳　[以] 二九〇

梅雨寒（つゆさむ）
梅雨寒の大日如来堂の中　[以] 二八九

夏至（げし）
夏至の日のさても暮れたり膝頭　[観] 一二一
飯食うていぶせき夏至の日暮かな　[冬] 二六〇

七月（しちがつ）
まのあたり七月の海だけがある　[以] 三〇三

水無月（みなづき）
高あがる護摩の炎や青水無月　[以] 二八四
葉書一枚青水無月の輪中あて　[以] 三二四

梅雨明（つゆあけ）

檻の雉子頬赤く梅雨明けにけり　〔葛〕四三
沖縄は浮かぶ花束梅雨明ける　〔秋〕二〇八

冷夏（れいか）

夏寒き大本営の壕の口　〔冬〕二六五

短夜（みじかよ）

明け易くむらさきなせる戸の隙間　〔葛〕四一
真言密根本道場明け易し　〔義〕八六
密葬の壺を身近に明易く　〔秋〕二〇六
短夜の額に腕を置きしまゝ　〔以〕三三三

暑し（あつし）

暑し暑し昼餉の瓜と醬油差し　〔葛〕一三

涼し（すずし）

涼しさは端の欠けたる僧の下駄　〔葛〕三七
涼しさは晴間見えたる有為の山　〔観〕一一四
涼しすぎぬ薩摩硝子の涼しさよ　〔観〕一四〇
少しおくれて涼しき人の入り来る　〔夏〕一五〇
瞬いて涼し弦楽四重奏　〔秋〕二〇九
骨壺は涼しきがごと墓に入る　〔秋〕二一〇
漆黒の大日如来涼しけれ　〔秋〕二一〇
面の鬚すゞしき御神入の舞　〔秋〕二一二
すゞしさの鈴や岩戸の鶏の舞　〔秋〕二一二
朝涼のしばらく胸をはだけたる　〔以〕三一八
朝涼の身の衰へは如何とも　〔以〕二九六

夏の果（なつのはて）

櫂を焼く夏の終りの雨ばらつき　〔葛〕三三
夏了る欅の枝に月透きて　〔葛〕三四
石山に夏了へて鳴く油蟬　〔義〕八八
会釈して夏の限りの水を撒く　〔義〕九一
夏の果レールに空のいろを置き　〔観〕一三三
夏の果人形海へ流れ出て　〔秋〕二一三
夏の果南溟に雲立並び　〔秋〕二一三
つぎつぎに雲を掃き捨て夏の果　〔冬〕二六一

夜の秋（よるのあき）

駒下駄を突つかけて出る夜の秋　〔義〕九一
水切りの水輪かさなる夜の秋　〔観〕一一四
白波にかぶさる波や夜の秋　〔観〕一三三
そろ〳〵と畳を風が夜の秋　〔夏〕一五一
煎餅を缶のまゝ出す夜の秋　〔秋〕二一一
夜の秋跳ねたる鯉の響かな　〔秋〕二一二
燈明や禽獣虫魚夜の秋　〔冬〕二六四

天文

雲の峰（くものみね）

雲の峰置いては捧げコップ酒　〔義〕九六
大穴牟遅神の負ひたる雲の峰　〔秋〕二一一
坂の上に坂入道雲にも坂　〔冬〕二六三

夏の月（なつのつき）

海界をはなれて速き夏の月　〔義〕九六
玉くしげ箱根のあげし夏の月　〔夏〕一四七
大木の葉のこまごまと夏の月　〔秋〕二〇九
須磨寺は砂美しく夏の月　〔冬〕二六一

梅雨の月（つゆのつき）

梅雨の月傘をさす人ささぬ人　〔観〕一三一

お、明治梅雨の月へと駆け抜けし　[以]　二八三
画用紙をはみだしたまま梅雨の月　[以]　三六六

南風（みなみ）
大南風黒羊羹を吹きわたる　[義]　九五

黒南風（くろはえ）
黒南風や蘭渓道隆結跏趺坐　[秋]　二〇七

白南風（しろはえ）
白南風の上着飛ばさんばかりかな　[夏]　一四九

青嵐（あおあらし）
金泥の仁王の乳首あをあらし　[義]　九三
青嵐上潮の波吹き飛ばす　[義]　九六
青嵐龍の襖と虎の襖　[観]　一三一
青嵐岳王廟を吹きまくる　[観]　一四二
生唾をのんで待ち受け青嵐　[夏]　一四七
青嵐顱頂の薄毛神父様　[夏]　一五四
野に起り野となりし王青嵐　[秋]　二〇五
楸邨が佇つじゆうわうの青あらし　[秋]　二〇五
眉勁しそのラケットより青嵐　[秋]　二〇五
顔打つて川瀬のしぶき青嵐　[冬]　二五九

走り梅雨（はしりづゆ）
もののふの千本松原走り梅雨　[夏]　一五四

梅雨（つゆ）
干菓子あり隣近所の梅雨の屋根　[夏]　一四八
鎖ごと抱きかゝへけり梅雨の犬　[夏]　一四九
昆布巻や梅雨もをはりに近き頃　[夏]　一四九
炎帝の錦旗北上梅雨鬱王　[秋]　二〇八
梅雨の雀つゆのすゞめと鳴きにけり　[冬]　二六〇
神輿蔵日吉の神輿梅雨ごもる　[冬]　二六三
神木の崩えたる梅雨の御社　[以]　三一三
梅雨の湖夕映えの紅ありやなし　[以]　三一三
雨戸網戸ガラス戸障子梅雨籠り　[以]　三六三
燦然と梅雨夕焼の金魚金魚　[以]　三六三

青梅雨（あおつゆ）
青梅雨の帽子が帽子掛けにある　[夏]　一四九

五月雨（さみだれ）
五月雨の小さき橋を渡りけり　[夏]　一四八

送り梅雨（おくりづゆ）
墨刷いて多摩の横山戻り梅雨　[夏]　一五五

夕立（ゆうだち）
夕立の空傾けて妙義山　[義]　九四
夕立晴煎餅が残つてゐたださう　[観]　一四〇

虹（にじ）
この駅や虹ものがたり木のベンチ　[葛]　四四
虹の中に虹を見てをりしが消えぬ　[秋]　二〇九

梅雨雷（つゆかみなり）
いましがた出かけられしが梅雨の雷　[秋]　二一〇

五月闇（さつきやみ）
すり寄りし犬の肋や五月闇　[夏]　一四九

梅雨晴（つゆばれ）
梅雨晴間膝を崩して坐りたる　[以]　三〇三

五月晴（さつきばれ）
五月晴といふには淡きもの、影　[観]　一三九

朝曇（あさぐもり）
朝曇り礫と発ちて雀ども　[義]　九四

夕焼（ゆうやけ）
夕焼けて指切りの指のみ残り　［葛］　一五
魚屋のまへ夕焼を見しこころ　［葛］　二三
夕焼より頭上の夜に眼を移す　［義］　九七
夕焼の火の飛んで来る周防灘　［義］　九七
夕焼けて箱根芦の湖ひちりめん　［以］　三四三

西日（にしび）
巨きな人西日の森の奥に住む　［葛］　一八
大西日柱の脇に人佇つて　［夏］　一五七

炎天（えんてん）
炎天のひと日終へたり皿に桃　［葛］　三三
炎天になりゆく空や蜘蛛の糸　［義］　九四
炎天を百骸九竅運ぶなり　［観］　一一三
炎天や影つけて売れ壺一つ　［夏］　一五六
炎天へ打つて出るべく茶漬飯　［秋］　二一〇

片蔭（かたかげ）
片蔭へ子を入れ若き母が入る　［観］　一一三
天壇の丸い片蔭童子出づ　［観］　一四一

地理

夏の山（なつのやま）
湯に立つや青嶺に礼をする如く　［葛］　四五

五月富士（さつきふじ）
墨と筆一気呵成に皐月富士　［冬］　二六〇
皐月富士ぬつといつものところかな　［以］　三二〇
裳裾まで黒の優しき皐月富士　［以］　三三六

富士の雪解（ふじのゆきげ）
雪解富士銜へ煙草をついと立て　［夏］　一五二

夏野（なつの）
夏野の道風のかたちの娘達　［葛］　一八

夏の川（なつのかわ）
夏河は洲の白水の浅葱かな　［夏］　一五〇

卯波（うなみ）
腕組みの男へばさと卯波かな　［義］　九五
卯浪より抜錨うしほおとしつゝ　［夏］　一五二

土用波（どようなみ）
土用波戸板一枚上げにけり　［義］　九七

夏の潮（なつのしお）
寄る神か夏潮の穂か日御碕　［秋］　二二一
夏潮をうしろに和服姿かな　［秋］　二二二

青葉潮（あおばじお）
青葉潮舳先を高く進めつゝ　［観］　一三一
青葉潮潮の流れの走水　［秋］　二〇六

泉（いずみ）
クレヨン一本曾我兄弟の泉の中　［葛］　四九
二人してしづかに泉にごしけり　［義］　八七

清水（しみず）
生き死にを清水のふちに蟹赤し　［葛］　三七

滴り（したたり）
耳成も滴る山となりにけり　［義］　八六

噴井（ふけい）
暗きより水もみもみと噴井かな　［秋］　二〇七

滝（たき）
森の昼小瀧に濡れて馬通る　［葛］　一八
天くだる一筋の瀧十方空　［観］　一〇三
鬱々と翳昇りゆく瀧の水　［観］　一三一
掛軸の瀧水盤にたぎり落つ　［夏］　一五一
男の瀧へ小瀧のしぶき散りかゝり　［夏］　一五五
男の瀧は直に女瀧は滾つなり　［夏］　一五六
瀧好きの男の後姿かな　［以］　二九〇

生活

更衣（ころもがえ）
ともしびの明石の宿で更衣　［夏］　一四七
男ぶり将門公の更衣　［秋］　二〇六
昔スフのズボンの折目更衣　［冬］　二六五

夏衣（なつごろも）
簡単な文字を忘れて夏衣　［秋］　二〇六

浴衣（ゆかた）
浴衣にて鍵をしめをり古物商　［葛］　三七

サングラス（さんぐらす）
パイプから戦後のけむりサングラス　［冬］　二六六

日傘（ひがさ）
母の白いパラソル降りるドックの街　［葛］　一三

夏帽子（なつぼうし）
借りて振る海の娘の麦藁帽　［葛］　三八
一人買ひ次々に買ひ麦藁帽　［観］　一四一
夏帽子大国主命かな　［夏］　一五三

衣紋竹（えもんだけ）
衣紋竹片側さがる宿酔　［義］　九一

汗拭い（あせぬぐい）
ハンケチを捩ぢて憩へり高山寺　［義］　八七

茄子漬（なすづけ）
糠味噌をよごす紫なすを抜く　［観］　一一四

梅干（うめぼし）
梅を干す女の顔ぞおそろしき　［義］　九一

鱧の皮（はものかわ）
京都駅下車迷はずに鱧の皮　［義］　八六

晒鯨（さらしくじら）
割箸のうれしきさらしくぢらかな　［葛］　四一

水貝（みずがい）
水貝や畳に風の出でて来し　［冬］　二六六

夏料理（なつりょうり）
大皿のむかしの藍に冷し物　［義］　九七
まつすぐに雨が降るなり夏料理　［夏］　一五〇

鮓（すし）
中さんと一寸楽しいちらし鮨　［以］　三六〇

豆飯（まめめし）
豆飯の豆より飯のうつくしき　［観］　一二一
豆飯や彗星世紀の彼方へと　［冬］　二五九

麦飯（むぎめし）
麦飯や潮の縞の濃く薄く　［義］　九五

飯饐える（めしすえる）
饐えやすき猫の御飯におろおろす　［義］　九二

冷索麺（ひやそうめん）
冷索麺懐しき人皆透ける　［冬］二六五
葛饅頭（くずまんじゅう）
漉餡を舌にとゞめて葛桜　［夏］一五一
葛桜男心を人問はば　［秋］二〇六
葛桜くず冠りたる餡の形　［以］三二七
ゼリー（ぜりー）
ふるふるとゆれるゼリーに入れる匙　［秋］二〇六
蜜豆（みつまめ）
蜜豆は豪華に豆の数少な　［観］一三二
姿勢よく蜜豆を待つ老夫妻　［夏］一五〇
蜜豆やころころ笑ふ総婦長　［秋］二〇九
水羊羹（みずようかん）
青年は膝を崩さず水羊羹　［観］一三一
皿の上線すつきりと水羊羹　［以］三二七
粽（ちまき）
粽の盆胸の高さに六年生　［葛］五〇
十あまり五つをかぞへ笹粽　［秋］二〇四
柏餅（かしわもち）
まづ海へ眼をやつてより柏餅　［夏］一五二
柏餅拳拳服膺の四字をふと　［冬］二六五
柏餅男ことばの姉妹　［以］三三三
麨（はったい）
麨に匙置かれをり人気なし　［葛］四四
心太（ところてん）
高波の夜目にも見ゆる心太　［夏］一五一

清涼飲料水（せいりょういんりょうすい）
岬の旅ラムネの玉に陽が散つて　［葛］三八
氷水（こおりみず）
お婆さんお元気でまた氷宇治　［葛］三七
氷菓（ひょうか）
土砂降りの雨となりけりシャーベット　［秋］二一三
冷酒（ひやざけ）
冷酒のおりる段々咽にあり　［秋］二一〇
喉へ行く冷酒舌を包みたる　［以］三三七
古茶（こちゃ）
古茶新茶古茶を淹れんと懇ろに　［以］二九〇
のろ〳〵と古茶にこだはりをりしかな　［以］三四一
夏館（なつやかた）
夏館直情径行の人しづか　［夏］一五〇
夏座敷（なつざしき）
船津屋へ水満々と夏座敷　［夏］一五三
夏座敷棺は怒濤を蓋ひたる　［秋］二〇九
悪筆は悪筆のまゝ夏座敷　［冬］二六三
革蒲団（かわぶとん）
熱き茶の一口よけれ革座布団　［以］二九〇
籠枕（かごまくら）
畳に頭あつちへやつて籠枕　［秋］二一二
葭戸（よしど）
ものゝ影長くかゝりし葭障子　［夏］一五一
籐椅子（とういす）
籐椅子が廊下にありし国敗れ　［夏］一五七

蠅叩（はえたたき）
蠅たたき海のにほひの集会所　〔葛〕三六
蚊遣火（かやりび）
一夜庵厠に渦巻線香の灰　〔葛〕三七
蚤取粉（のみとりこ）
蚤取粉一茶の蔵になかりけり　〔夏〕一五六
団扇（うちわ）
赤黒黄高麗の厄除団扇かな　〔観〕一四一
江戸団扇こころ涼しく使ひけり　〔以〕三六四
風鈴（ふうりん）
風鈴はひとり遊べり夜道へ出て　〔葛〕三四
風鈴の舌をおさへてはづしけり　〔観〕一三三
朝茶の湯（あさちゃのゆ）
飲み干して天の色なる夏茶碗　〔夏〕一五〇
虫干（むしぼし）
お虫干兜に付けし阿弥陀佛　〔以〕三三三
撒水車（さんすいしゃ）
威風堂々埃をたて丶撒水車　〔以〕二九一
早乙女（さおとめ）
早乙女も影となる田の薄茜　〔葛〕二〇
干瓢剝く（かんぴょうむく）
干瓢のすだれの端のゆれて止む　〔秋〕二一一
鵜飼（うかい）
鵜舟待つ橋の袂に時計店　〔葛〕三七
人間の業の鵜篝美しき　〔冬〕二六六
殺生をあやつる鵜縄おもしろや　〔冬〕二六六

納涼（すずみ）
渦潮や燈にまみれたる納涼船　〔葛〕三七
ヨット（よっと）
紋所明智か疾走するヨット　〔以〕二八四
サーフィン（さーふぃん）
ウインドサーフィン帆の脇一つづつ真顔　〔秋〕二二二
花火（はなび）
遠花火見えるよ見えるよお母さん　〔以〕三〇四
線香花火（せんこうはなび）
手花火の煙もくもく面白や　〔葛〕三一
水機関（みずからくり）
あの世から子規の欲しがる水からくり　〔以〕三二四
金魚玉（きんぎょだま）
京の雨午前に止みぬ金魚鉢　〔葛〕五〇
蛍籠（ほたるかご）
わたされてこんなにかるい螢籠　〔以〕二九一
草矢（くさや）
草矢打つ身を削られし武甲山　〔夏〕一五五
ふつと消ゆ草矢を競ひをりし子等　〔冬〕二六五
裸（はだか）
八畳の間にちちははのなき裸　〔義〕九一
端居（はしい）
フルートになりし男の端居せる　〔秋〕二〇九
汗（あせ）
書を積んで汗して眠る夢は何　〔葛〕一三
汗の眼にあらゆる蓋のある蓋屋　〔観〕一四二

昼寝（ひるね）
昼寝よりあぎとふ魚の如く覚む　［義］九〇
昼寝覚め枯山水をのぼる猫　［観］一三九
晩年を過ぎてしまひし昼寝覚　［以］三三〇
夏痩（なつやせ）
夏痩の雀それこれして去りぬ　［秋］二〇九
夏休（なつやすみ）
木豇豆の青にはじまる夏休み　［義］九〇

行事

菖蒲湯（しょうぶゆ）
菖蒲湯の熱きに後頭まで漬る　［義］八九
薪能（たきぎのう）
泥眼や瞋恚の炎薪能　［冬］二六四
パリ祭（ぱりさい）
干物を男が入れる巴里祭　［夏］一五六
夕刊が濡れて届きし巴里祭　［夏］一五六
鬼燈市（ほおずきいち）
玄関にほほづき市がやつて来た　［以］三一九
祭（まつり）
猫が好き金魚が好きで陰の祭　［義］九二
大男と祭りが晴れて別れけり　［義］九四
夏越（なごし）
急ぎ来て茅の輪をくぐる指の反り　［義］九一
ありあまる黒髪くぐる茅の輪かな　［夏］一四九
身を出でし形代奔るおそろしき　［冬］二六六
夏神楽（なつかぐら）
夏神楽風の如くにたぢからを　［秋］二一二
四迷忌（しめいき）
北緯六東経九十二四迷の忌　［夏］一五三
業平忌（なりひらき）
男享年五十六業平忌　［義］九〇
つひにゆく心余りて業平忌　［冬］二六〇
心灯る百二十五段業平忌　［以］三一三
業平忌月やあらぬの月もなく　［以］三三三
花も月もなき業平の忌なりけり　［以］三四二
楸邨忌（しゅうそんき）
楸邨忌お水を墓の頭より　［冬］二六三
鷗外忌（おうがいき）
石見の人顴骨高く鷗外忌　［夏］一五六
鷗外忌近寄りがたき喉仏　［以］三一四

動物

山椒魚（さんしょううお）
山椒魚去年と同じ位置ならん　［観］一三一
守宮（やもり）
こんばんは守宮の喉に喉仏　［冬］二六三
蜥蜴（とかげ）
朝の石からだを曲げてゐる蜥蜴　［夏］一五〇
蛇衣を脱ぐ（へびきぬをぬぐ）
蛇の絹不老の瀧のありといふ　［秋］二〇五
時鳥（ほととぎす）
ほと、ぎす瀬枕大きに瀧鳴つて　［夏］一五三

時鳥ムサシアブミも花のとき　[以]　三二九

青葉木菟（あおばずく）
日暮来る檻の升目に青葉木菟　[義]　九三

老鶯（おいうぐいす）
老鶯の遠ざかるにや近づくにや　[夏]　一四七
老鶯の鳴き交はす中アンジェラス　[夏]　一五四
夏鶯人に遅れて切る十字　[以]　三三〇
近々と来し老鶯の声の丈　[以]　二九一
命なり夏うぐひすの声の丈　[以]　三〇三

三光鳥（さんこうちょう）
何喰うて三光鳥は月日星　[秋]　二〇四

夏燕（なつつばめ）
眼の前にひるがへる瑠璃夏燕　[義]　九五
三宅坂赤坂見附夏つばめ　[秋]　二〇七
貴様と俺足痛腰痛夏つばめ　[冬]　二六五

鯰（なまず）
雨粒来鯰を押へたる石に　[観]　一二二
あとずさりしつゝわたしは鯰です　[観]　一二三

鮎（あゆ）
鮎の腸口をちひさく開けて食ふ　[義]　八八
風干しの風の通りし鮎のいろ　[以]　三〇四

金魚（きんぎょ）
遊覧船金魚の水の大ゆれに　[葛]　三七
むつとした顔を金魚の水の上　[観]　一三一
水換ふる金魚をゆるく握りしめ　[夏]　一四九

熱帯魚（ねったいぎょ）
エンゼル・フィッシュ床屋で眠る常識家　[葛]　三六

飛魚（とびうお）
飛魚の刺身のしなふ箸の先　[以]　二八三

虎魚（おこぜ）
寂然たり背を割られたる虎魚の眼　[以]　三一二

穴子（あなご）
床屋から出て来た貌の穴子かな　[秋]　二二一

章魚（たこ）
東経一三五度の章魚柔らかき　[以]　三一八

蝦蛄（しゃこ）
盛りあげて指痛口痛蝦蛄礼讃　[夏]　一五四

蟹（かに）
二つ要る眼鏡を蟹の如く置く　[義]　九〇

船虫（ふなむし）
ふなむしの走り散つたるまま止まる　[義]　九七

海鞘（ほや）
海鞘つくる男の苦み走つたる　[義]　九六

夏の蝶（なつのちょう）
羽の筋つまんで放す揚羽蝶　[観]　一一三
須臾にして逆光のジャンク黒揚羽　[観]　一四二
薄き羽ほろ〱もつれ梅雨の蝶　[夏]　一五四
黒揚羽とまる烈しき翅づかひ　[秋]　二〇三
射干をつかんでは下げ黒揚羽　[冬]　二六一
りんりんと青筋揚羽蝶たち放水　[以]　三三四

蛾（が）
肱まくら蛾の歩みよる見つつをり　[葛]　二七
誘蛾燈の色に染まりて飛ぶ蛾かな　[観]　一二二

蛍（ほたる）
今生のひかり往き交ふ蛍かな　[以]　二八四
兜虫（かぶとむし）
生々と角の感触兜虫　[冬]　二六二
斑猫（はんみょう）
斑猫の寺海近き砂地かな　[義]　九六
水馬（あめんぼ）
足足腰残る力やあめんぼう　[以]　三六四
蝉生る（せみうまる）
この穴や地下女将軍より蝉出づる　[観]　一四〇
代る代る蝉の穴見る老夫妻　[夏]　一五五
俳諧寺一茶も見たり蝉の穴　[夏]　一五六
蝉（せみ）
蝉を追ふ雀の眼まるく見ゆ　[葛]　一八
エゾハルゼミと教へてくれし事務の人　[葛]　二三
にはたづみ蝉の落ちたる光悦寺　[葛]　四五
新羅三郎義光と鳴く蝉あり　[観]　一二三
蝉声と声明三井の怒り節　[観]　一二三
蝉の貌この威や天下大将軍　[観]　一四〇
地下女将軍へ一切の蝉落つる　[観]　一四〇
観念の念にもあらず蝉時雨　[夏]　一五七
飛んで来て蝉の墜ちたる能舞台　[夏]　一五七
いろいろあらーな夏の終りの蝉の声　[以]　三六六
空蝉（うつせみ）
空蝉が空蝉を追ひつめる杭　[冬]　二六二
蜻蛉生る（とんぼうまる）
やごの貌一切を見て見てをらぬ　[観]　一三二
川蜻蛉（かわとんぼ）
鉄漿蜻蛉のひらひら翅の四枚かな　[以]　二八五
ががんぼ（ががんぼ）
ががんぼの左右相称四肢と二肢　[秋]　二〇八
蟻地獄（ありじごく）
蟻地獄寂滅為楽の鐘の下　[義]　八七
親切な少年の飼ふ蟻地獄　[以]　三六四
蟻（あり）
蟻と蟻と蟻争へり掻きまぜる　[義]　九〇
達谷宙遊居士の塔婆を蟻上下　[冬]　二六三
蟻の道飯盛女合埋碑　[以]　三一二
蜘蛛（くも）
机あり蠅虎の軌跡あり　[義]　九〇
向きかへて蠅虎の鬱と跳ぶ　[観]　一四〇
蠅虎古事類苑が好きらしく　[冬]　二六一
風神の顔に驚く蠅虎　[以]　三一七
蛞蝓（なめくじ）
燦爛としてなめくぢの跡交叉　[夏]　一五五
蝸牛（かたつむり）
梅雨明けの富士へ眼を張り蝸牛　[以]　三一一
地団駄を踏んで泣く子へ蝸牛　[以]　三三〇
只管打坐大寺静もる蝸牛　[以]　二九一

植物

余花（よか）
阿弥陀佛に残る金箔余花の里　[秋]　二〇四
葉に交じる余花を見せたる老い木かな　[以]　三五三

葉桜（はざくら）
葉桜も雀も鳩も三回忌　[秋]　二〇七
葉桜を出て葉桜へ降り歩道橋　[以]　三五三
葉桜の季節となりぬ歩道橋　[以]　三〇二

薔薇（ばら）
稿の辺に朝の影あり薔薇沈む　[葛]　一三
蔓薔薇は火のテーブルとなれり浮く　[夏]　一四八
十重百重薔薇大輪の晴居かな　[秋]　二〇五
薔薇園のしんかんとして岬かな　[秋]　二〇五
薔薇園の薔薇にまぎれし老い佇てる　[以]　三三五
一瞬黒き薔薇園の薔薇太陽も　[以]　三四二
少女期のばらの横顔ばらの中　[以]　三四二
真紅の薔薇真紅の闇を解きつつ　[以]　三六三

牡丹（ぼたん）
牡丹に招かれて行く靴を履く　[義]　八九
白牡丹雨粒のあとありやなし　[観]　一三〇
ぼうたんに腰をうづめて老夫婦　[観]　一三〇
年齢の牡丹へかたむくにやあらん　[観]　一三九
牡丹のにほひよしといひ悪しといふ　[観]　一三九
陽の道を柄に花かごの牡丹園　[観]　一三九
大仰に色紙裂いたる牡丹かな　[夏]　一五二
年齢の吹かれてをりぬ牡丹園　[夏]　一五二
ぼうたんに四股を踏むなり襁褓の児　[秋]　二〇四
むらぎもの心くだけし牡丹かな　[秋]　二〇五
観音のひらきかけたる白牡丹　[冬]　二五九
虫出づる牡丹は住み憂かりけん　[冬]　二六四
大輪の牡丹触れあふやざわざわと　[以]　三一〇
牡丹空まのあたり是火の牡丹　[以]　二八九
白牡丹の蘂粗々となりにけり　[以]　三四一
多福といふ牡丹開くひらきけり　[以]　三〇〇
命の匂ふあるいは臭ふ夕牡丹　[以]　三五六
しばらくは身を燻蒸す夕牡丹　[以]　三五六

紫陽花（あじさい）
紫陽花の瑠璃に面伏せ匂ひなし　[葛]　一四
紫陽花のいろなき水をしたゝらす　[観]　一三九
紫陽花に置いたる五指の沈みけり　[夏]　一四九
朝刊をとる紫陽花を除けながら　[冬]　二六二
さびしいか恋川春町濃紫陽花　[以]　三一二
二人来て静かに去りし濃紫陽花　[以]　二九一
朝の雨払つて活けし濃紫陽花　[以]　三三九
濃紫陽花ゆすつて落とす朝の雨　[以]　二九六

石南花（しゃくなげ）
石楠花のみ寺となりぬ如意輪像　[冬]　二五九

百日紅（さるすべり）
一枝はすぐ立ち風のさるすべり　[義]　八八
青い実の玉をまばらに百日紅　[以]　二八四
百日紅白さるすべり百日紅　[以]　三三九

泰山木の花（たいさんぼくのはな）
どうと落つ泰山木のはなを手に　[義]　九三
火車加速泰山木の花に沿ひ　[観]　一四二
泰山木鬱気を花へ放ちけり　[冬]　二五九

額の花（がくのはな）
屈まずに使ふ靴べら額の花　[義]　八六
真黒な夜雲散りゆく額の花　[義]　九三

雨つけしまゝ剪らせたる額の花　[観]　一三一
水辺より夕風の立つ額の花　[夏]　一四八
鎌倉や額紫陽花を傘に入れ　[秋]　二〇八
額の花坐り机が置いてある　[冬]　二六五
おのづから息のとゝのふ額紫陽花　[以]　三一七
額の花テーブルに伊勢物語　[以]　三四二
額あぢさゐ今朝の雨粒鏤めて　[以]　三〇三

夾竹桃（きょうちくとう）

お辞儀交すお向ひ白い夾竹桃　[以]　二八四

凌霄の花（のうぜんのはな）

阿武隈川のうぜんかづら夜の眼に　[葛]　二一
夕映えは水に流れて凌霄花　[葛]　二五
凌霄花娘らは水越えてゆき　[葛]　二七
凌霄花阿武隈川へ懸りたる　[義]　九五
のうぜんやさがりてのぼる花の数　[夏]　一五〇
凌霄花花にかゝりて落ちにけり　[秋]　二一〇
咲いてゐる落ちてゐる朝凌霄花　[以]　三一三
老人が箒塵取り凌霄花　[以]　三二〇

時計草（とけいそう）

時計草見てゐる女時計草　[夏]　一五五

野牡丹（のぼたん）

野牡丹と腹に晒布の男かな　[秋]　二一一
あるときは野牡丹の色こころかな　[以]　二九一

石榴の花（ざくろのはな）

石榴の花の彫りの深さよ造物主　[以]　三六四

青梅（あおうめ）

青梅をぶつつけ合ふや唇噛んで　[義]　九三
青梅の散らばつてをる上り口　[義]　九三

青柿（あおがき）

青柿をつけし若木でありにけり　[冬]　二六〇

青胡桃（あおくるみ）

信州の気の鬱として青ぐるみ　[義]　九四
青ぐるみ枝先漬る濁り川　[義]　九四
とんがつてくつつきあつて青胡桃　[以]　三一三

青無花果（あおいちじく）

ふい〳〵と枝を出て来る青いちじく　[秋]　二一一

木苺（きいちご）

懸鉤子を牛の見てゐる前で食ふ　[義]　九三

楊梅（やまもも）

楊梅の味忘れめや餓鬼の舌　[冬]　二六二

桜桃の実（おうとうのみ）

影印本伊勢物語桜坊　[義]　九〇
昼酒に笊ごと置いて桜坊　[義]　九四
丸いまゝしばらく含む桜坊　[秋]　二〇七
さくらんぼが照らす子供の口の中　[以]　三六三

杏子（あんず）

杏の実ありあり見えて月のぼる　[葛]　二五

枇杷（びわ）

枇杷のある店頭親子言葉交す　[葛]　三三
雀斑よし枇杷の包みに陽を除けて　[義]　九〇
をみなごの話しづかや枇杷の種　[観]　一二一
枇杷の実の青々として半僧坊　[観]　一三九
通る人枇杷に面を照らしては　[秋]　二〇八
初物の枇杷も点れる仏の灯　[以]　三〇三

バナナ（ばなな）
慰霊塔バナナ頬張る小学生　〔葛〕三九
若葉（わかば）
父の忌を忘れて過ぎし窓若葉　〔葛〕四二
よく冴えて若葉の頃のひとかは眼　〔葛〕四三
やはらかに指ひらきけり椽若葉　〔秋〕二〇四
よき事をよき名に加へ窓若葉　〔以〕二九七
青葉（あおば）
青葉どきの夕飯家族顔浮いて　〔葛〕三〇
青葉冷え鎌倉小町通りにて　〔義〕八八
先生を青葉の雨が濡らします　〔観〕一二三
潜航艇青葉茂れる夕まぐれ　〔夏〕一五三
洗濯屋の前通りけり青葉冷　〔夏〕一五三
まのあたり青葉若葉の九十翁　〔夏〕一五三
槌打つをゆるめて青葉若葉かな　〔秋〕二〇五
ハムサンド奈良の青葉に包まれて　〔以〕三一三
青葉若葉灯の瀧なせる副都心　〔以〕二九六
若葉見よ青葉見よとて支へらる　〔以〕三五六
青葉冷え楸邨先生ご在宅　〔以〕三五六
青葉冷え中さんはもうゐないのか　〔以〕三六〇
万緑（ばんりょく）
万緑に美男の僧を点じたる　〔観〕一一三
万緑や正午鳴り出す時計台　〔観〕一四一
江南の万緑釦一つ外す　〔観〕一四一
万緑いま西湖を玉と抱き眠る　〔観〕一四一
西湖まづ覚め万緑を目覚めしむ　〔観〕一四二
万緑になりゆく朝の太極拳　〔観〕一四二
万緑に包まれ握手掌で包む　〔観〕一四二
樟若葉（くすわかば）
楠若葉東寺まつすぐ抜けにけり　〔夏〕一五二
若楓（わかかえで）
若楓京に在ること二日かな　〔義〕八六
風に浮き浮きあがりては若楓　〔秋〕二〇四
病葉（わくらば）
わくら葉を燃やす火のいろありにけり　〔観〕一一四
常磐木落葉（ときわぎおちば）
松おちば洋梨を置く廊下にも　〔葛〕四六
松落葉父の命日過ぎにけり　〔義〕八九
鬱然たる樟の歳月葉を落す　〔冬〕二六一
卯の花（うのはな）
卯の花や日暮れておろす鳥の籠　〔葛〕四二
卯のはなが散らばる海女の通り道　〔義〕九六
卯の花に多摩の早瀬のしぶき哉　〔秋〕二〇三
今日一事バイカウツギの花を見し　〔以〕三一六
茨の花（いばらのはな）
ひとところ野薔薇散り敷く谷の道　〔葛〕二三
誕生近し野薔薇もつとも明け易く　〔葛〕二七
桐の花（きりのはな）
桐の花群何して父はおはすらむ　〔葛〕一四
東海道みちのはづれに桐の花　〔義〕八六
一人旅のハンケチを出す桐の花　〔義〕九二
桐の花お骨の残り拾ひけり　〔夏〕一五二
山の墓そばに高々桐咲けり　〔秋〕二〇四
空に咲く待つとなけれど桐の花　〔冬〕二五九

身の内にはらはら散るや桐の花　［以］三一一
青年を打つて落ちけり桐の花　［以］三四二

胡桃の花（くるみのはな）
沢ぐるみの花はロザリオ囲壁内　［夏］一五四

棕櫚の花（しゅろのはな）
掌を合せ垂る、いくつも棕櫚の花　［観］一二

水木の花（みずきのはな）
照り曇り水木の花のこまごまと　［以］三四一

アカシアの花（あかしあのはな）
はなぶさもにせあかしやと申すなり　［葛］四三
アカシアの花利利さんをかへりみる　［観］一四一

えごの花（えごのはな）
えごの花見るとき散らず散り敷ける　［葛］四三
えごの花二つ落ちゆく遠目にも　［葛］四三
えごの花忘られしごと乳母車　［葛］四三
そこらぢゅう乳母車にもえごの花　［義］八九

合歓の花（ねむのはな）
夕明り消えてしばらく合歓の花　［葛］四三
合歓の花本流へ舟ゆらぎ出づ　［夏］一五五

沙羅の花（しゃらのはな）
咲くからに縁はちゞみの夏椿　［秋］二〇七
すぐ落ちる白いフリルの夏椿　［以］二九七

蘇鉄の花（そてつのはな）
蘇鉄咲く開国の海見はるかし　［観］一三一

玫瑰（はまなす）
指先にはまなすの刺異教徒にて　［夏］一五四
玫瑰の沖を見つめてゐたりけり　［以］三一四
水平線より玫瑰に眼を戻す　［以］三一四
はまなすの蕾ほぐる、棘の上　［以］二九七
玫瑰や今もといひて口つぐむ　［以］二九八

桑の実（くわのみ）
桑の実の落ちては日陰汚しけり　［秋］二〇七

梧桐（あおぎり）
青桐の花しやんしやんと鳴る如し　［義］八九

若竹（わかたけ）
今年竹おのおのの揺れもどしをり　［義］八七
あをあをと妬心打つべき今年竹　［義］八九

篠の子（すずのこ）
其処此処に篠の子と名を冠り出づ　［義］九二

杜若（かきつばた）
かきつばた耳に指あて見てをりぬ　［葛］一八
かきつばた欠伸して眼の濁りたる　［葛］四三
烏帽子は高く馬は小さくかきつばた　［義］八七
かきつばた剣山を水のぼりくる　［義］八八

あやめ（あやめ）
遠き朝焼けあやめは知らず咲いてをり　［葛］一八

花菖蒲（はなしょうぶ）
菖蒲田を剪られたる花はなれ来る　［観］一一三
十三束三伏の花菖蒲哉　［観］一一三
菖蒲田の舳先の如くなりて尽く　［夏］一四八
花菖蒲蕾するどき一抱へ　［秋］二〇七
水影はささやいてをり花菖蒲　［以］三〇二

菖蒲（しょうぶ）
塵はやき菖蒲の水の落し口　［義］八七

著莪の花（しゃがのはな）
著莪のはな犬を叱りに尼の出て　[義]　八七
あたらしき柄杓が置かれ著莪の花　[夏]　一四七
芍薬（しゃくやく）
芍薬の切口を差し向けらる、　[以]　二九〇
芍薬にポンプの力花のため　[以]　三〇二
グラジオラス（ぐらじおらす）
まあいいか少しうるさいグラジオラス　[冬]　二六〇
ダリア（だりあ）
咲き残るポンポンダリヤ海の端　[観]　一二三
敗戦の瓦礫ダリアが咲いてゐた　[冬]　二六六
向日葵（ひまわり）
向日葵や木片の屋根はそり返り　[葛]　一六
向日葵の村馬蹄形の道の下に　[葛]　四四
向日葵のにはかに色を失ひし　[冬]　二六六
黄蜀葵（おうしょっき）
黄蜀葵昼寝の主まだ覚めず　[葛]　二一
このごろの疲れやすさよ黄蜀葵　[以]　二九八
雛罌粟（ひなげし）
崖の端のひなげし浅間山さやうなら　[葛]　一五
雛罌粟のはなといふはな風の皺　[以]　三一二
夏菊（なつぎく）
横須賀線大事にフランス小菊かな　[以]　三一二
矢車草（やぐるまそう）
朝の風矢車菊のいろいろな　[以]　三一三
カーネーション（かーねーしょん）
細い葉をくるつとカーネーションのお洒落　[冬]　二六〇
睡蓮（すいれん）
部屋に入る睡蓮の絵に入るごとく　[義]　九二
睡蓮の水白日を浮かべつつ　[観]　一一三
百合（ゆり）
車百合畑の穴に子が眠る　[葛]　一六
百合の束担いで谷を落ち行けり　[義]　八七
百合の心ルルドの水を酌む仲間　[夏]　一五四
むせかへる草の中より百合の塔　[秋]　二一〇
霧に見え山百合の塔傾ける　[以]　三一四
小鬼百合父の書斎でお勉強　[以]　三一七
花はみな菩薩鬼百合小鬼百合　[以]　三六三
大菩薩峠の百合をこそ想へ　[以]　三六四
梱包を解くや笹ゆり風集ふ　[以]　三六五
松葉牡丹（まつばぼたん）
干竿の影濃き松葉牡丹かな　[義]　九一
火の山を煙が降りる松葉牡丹　[観]　一四〇
日日草（にちにちそう）
はじめから飽いてゐるのに日日草　[以]　二九二
青鬼燈（あおほおずき）
「正直」が青鬼灯となりにけり　[以]　二八四
花一つ残せる青鬼灯の鉢　[以]　三〇四
鉄線花（てっせんか）
てつせんと名を響かせて咲きにけり　[以]　二九七
京鹿子（きょうがのこ）
日向が好き日陰も好きよ京鹿子　[以]　三六四
玉巻く芭蕉（たままくばしょう）
言葉のやうに太陽へ玉解く芭蕉　[以]　三一二

太陽へ伸びる指玉巻く芭蕉　［以］二八九
太陽へ言葉をと玉解く芭蕉　［以］三一〇

苺（いちご）
大女業平様へいちご籠　［観］一一一

南瓜の花（かぼちゃのはな）
満月を南瓜の花が揚げにけり　［義］九六

夕顔（ゆうがお）
白縮緬ゆふがほの花浮かみ出で　［冬］二六〇

馬鈴薯の花（じゃがいものはな）
じやが芋の花のわき通る大股に　［葛］五〇
じやが芋は真面目な花を咲かせます　［以］三一六
畝ごとにじやが芋の花祈れよと　［以］三一六

豌豆（えんどう）
さりさりと残る歯で噛む莢豌豆　［以］三〇二

蚕豆（そらまめ）
蚕豆の莢の暗きをいかんせん　［義］八九
はればれと蚕豆を茹で上げにける　［義］八九
蚕豆をむけといはれてむきにけり　［夏］一五三
茹であげた空豆だけが晴れてゐる　［冬］二六二
昭和の子食うても食うてもそら豆　［冬］二六四
蚕豆をとられし莢のフランネル　［以］三四二

筍（たけのこ）
風の渦筍売りの去りてより　［義］八八
掘りたての筍の先風呂敷より　［観］一二一
筍大事筍大事の僧遷化　［観］一三〇
阿弖流為の裔の兵竹の子たち　［以］三三三
阿弖流為の裔の竹の子口に媚びず　［以］三三三
掘りたての竹の子にあるこの重み　［以］三〇三

蕗（ふき）
切口を揃へて蕗の煮付かな　［義］九二

甜瓜（まくわうり）
わすれては夢かとぞ思ふ真桑瓜　［観］一三二

胡瓜（きゅうり）
自転車の少女把手より胡瓜立て　［観］一四二
疣いがいが太く曲れる胡瓜かな　［冬］二六一

越瓜（しろうり）
白瓜を提げて越路の女子衆　［夏］一五六

茄子（なす）
長茄子のどこまで伸びて行くことか　［観］一三三
水そそぐ巾着茄子のぷりぷりに　［以］三三〇

夏大根（なつだいこん）
籠の中とびきり高き夏大根　［義］九一

茗荷の子（みょうがのこ）
一怒すれば一老とかや茗荷の子　［冬］二六三

蓮（はす）
蓮池におくれて着きし女たち　［義］九四

帚木（ははきぎ）
命の木とんぶりを待つ箒草　［以］三六七

青蔦（あおつた）
蔦茂る酒場にルオーのキリストが　［冬］二六四
青蔦の館鳥焼く聖者たち　［冬］二六四

青蘆（あおあし）
青芦にすつと入れたる舳かな　［秋］二〇八

夏萩（なつはぎ）
青萩が花を着けしと掬ひけり　［夏］一五一
夏萩や勉強せよと叱られし　［夏］一五五
夏萩を帽子の少女通り過ぐ　［冬］二六一
藪柑子の花（やぶこうじのはな）
藪柑子の花はこれだよこれだこれ　［以］三六三
竹煮草（たけにぐさ）
笑はせて笑はせられて竹煮草　［観］一二三
鈴蘭（すずらん）
すずらんはすずらん空を見ることなく　［以］三〇二
浜昼顔（はまひるがお）
はまひるがほ空が帽子におりて来て　［葛］三八
浜昼顔三角の影一花づつ　［秋］二〇八
昼顔（ひるがお）
ひるがほの咲くにそひゆく郵便車　［葛］四四
針金を巻いて昼顔手に葉書　［冬］二六五
月見草（つきみそう）
月見草轍の水のしんと冷え　［葛］三三
月見草腕の子の目にある涙　［葛］二七
擬宝珠の花（ぎぼうしのはな）
擬宝珠の花雨垂れの穴大小　［観］一三〇
河骨（こうほね）
河骨の水にもありし昼の月　［夏］一四八
河骨の花になりたき心かな　［以］三四二
菱の花（ひしのはな）
大樽の漬りたる水菱の花　［義］九三
灸花（やいとばな）
二三歩で捨てる日暮の灸花　［秋］二一二
萱草の花（かんぞうのはな）
萱草の花や金気の浮きし水　［観］一三二
十薬（じゅうやく）
石垣の下の十薬月明り　［義］九五
破れ傘（やぶれがさ）
破れ傘ですよですよと葉をもたげ　［冬］二六二
茎立て、花もあるぞと破れ傘　［以］三三六
螢袋（ほたるぶくろ）
首長き少女の持てる螢袋　［夏］一四八
一つだけ莟のままのホタルブクロ　［以］二九八
一つ葉（ひとつば）
群れてをる一つ葉一つづつなれど　［以］三一三
梅鉢草（うめばちそう）
こころいま梅鉢草の五弁かな　［秋］二一一
ぷつくりと莟ぱつちり梅鉢草　［以］三三一
蛇苺（へびいちご）
蛇いちご山羊の降りくる繫がれて　［葛］一五
幼子の隠れ遊びや蛇苺　［観］一四〇
蛇苺五弁黄を濃く草の中　［秋］二〇一
蛇苺をさなとをさな密か事　［冬］二六二
夕菅（ゆうすげ）
夕菅は胸の高さに遠き日も　［以］三一四
時間のレール夕菅といふ無人駅　［以］三三五
一人ゆく径夕菅の花ひらく　［以］三〇三

日光黄菅（にっこうきすげ）

日光黄菅後姿の夏を見き　[観]　一二二

猪独活の花（ししうどのはな）

伸びるだけ伸びて猪独活花のとき　[以]　三三一

きんぎんなすび（きんぎんなすび）

はびこれるきんぎんなすび海女の留守　[義]　九六

秋

時候

秋（あき）

シグナルのがらがら降りる峡の秋　[葛]　一七
拳の如き雲の横切る峡の秋　[葛]　一九
エリザベス一世の夜着秋のほこり　[葛]　三四
歳時記は秋を入れたり旅かばん　[葛]　三六
秋の湾人の疎らな食器売場　[葛]　四六
栓抜が畳のうへに秋の家　[義]　五七
戸締りの一度戸を開け秋の闇　[義]　五八
錦繍の秋鰐口は嘆くなり　[義]　五九
手繰るごと来て過ぎ行けり秋の犬　[義]　六三
秋の蛾の張りつく万霊供養塔　[観]　一〇六
夢殿におりてゐる秋かへりみる　[観]　一三四
秋の闇花火が一つあがりけり　[夏]　一五九
高みよりしぶきをひろげ秋の瀧　[夏]　一六〇
跳び交ひもしてゐる秋のあめんぼう　[夏]　一六二
一本の脚顫はせて秋の蜘蛛　[夏]　一六七
竹生島忽と消えたり秋の闇　[夏]　一六七
黒揚羽七堂伽藍秋の影　[秋]　二一六
木瓜の実をまはして捥いで秋一つ　[秋]　二二五
かどの店「ぽるが」に秋の影うごく　[冬]　二七一
肉垂れを振つてほろほろ鳥の秋　[冬]　二七二
もつれ行く黄蝶や枯山水の秋　[冬]　二七二
きらきらとスクランブル交差点秋　[冬]　二七三
秋の宿はつと良寛の二字「無藝」　[冬]　二七四
忽然と空に懸れる秋の瀧　[冬]　二七五
八木さんがどつかと胡坐浄土秋　[以]　二八五
黒揚羽さつと来て去り秋の街　[以]　三三二
杖の先秋の動きの女郎蜘蛛　[以]　三三二
またまゐりました唐招提寺秋　[以]　二九四
車窓秋甲斐駒ヶ岳摩利支天　[以]　三〇〇
タオルケット一枚加へ僕の秋　[以]　三六六

初秋（はつあき）

初秋や源家ゆかりの園城寺　[観]　一二三
初秋の水は京へと雲ヶ畑　[以]　三一四
初秋の風は十万億土より　[以]　三一八

八月（はちがつ）

八月を送る水葬のやうに　[秋]　二一八
八月の思ひうすれて老いゆくか　[冬]　二七〇
八月の吐息の残る西の空　[冬]　二七四
逆光の八月やがて沈むなり　[以]　三一五
八月を呑んだる海の豊旗雲　[以]　三一五
黒潮の遥かに柩八月の　[以]　二九一
特攻機が墜ちるモノクロの八月　[以]　二九二

八月の夜の白い波黒い波　[以]　三四三
黒い帆がゆく八月の胸の海　[以]　三四三
八月や有為のおくやま今日越えて　[以]　三六七

立秋（りっしゅう）
万屋に秋は来にけり棒束子　[葛]　一七
蝉取る子貝殻骨に秋は来ぬ　[葛]　三一
いなりずし湖に秋たちにけり　[義]　六五
湖の波禽獣虫魚秋に入る　[観]　一三三
長崎やちろりの影も秋に入る　[観]　一三三
腸も老いてぶつぶつ秋に入る　[秋]　二一六

残暑（ざんしょ）
無憂院杉田久女之墓秋暑　[冬]　二七四

新涼（しんりょう）
新涼の胸くつろげてありにけり　[義]　六〇
新涼に雲丹の丹を塗る朝御飯　[観]　一二四
新涼の子規堂小さき机ある　[秋]　二一三
新涼の犬に言葉をかけにけり　[秋]　二一八
新涼の富士黒々とありにけり　[以]　三〇〇

二百十日（にひゃくとおか）
ほつておく二百十日の百日紅　[義]　六〇

八月尽（はちがつじん）
八月逝く船首は天をさせるまゝ　[以]　三一五
八月尽昭和二年の生れにて　[以]　三一九
火まみれの船を送るや八月尽　[以]　三一九
八月尽白いハンカチ空に振られ　[以]　三四三

九月（くがつ）
爆笑す君も九月の藁帽子　[葛]　一九
砂肝の熱きを嚙んで九月かな　[観]　一二四

白露（はくろ）
煉瓦造り残る東京駅白露　[冬]　二七一

秋彼岸（あきひがん）
喜々として後の彼岸の輪投げかな　[義]　六一
傘提げて後の彼岸の海のいろ　[義]　六四
風呂敷に名を知らぬ華秋彼岸　[義]　六四
香煙にけぶる近江路秋彼岸　[義]　九九
秋彼岸湧いて玉なす水の音　[夏]　一五九
秋彼岸袂ひろげて飛ぶ雀　[夏]　一六三

十月（じゅうがつ）
十月に入るしづけさの向山　[観]　一〇七

秋の日（あきのひ）
秋の陽の鱗片を煮る静かな海　[葛]　一五
青桐の幹や秋日の照り返し　[葛]　二八
鶴歩む秋日に羽を二つ搏ち　[葛]　三〇
秋の陽に涙脆さは右眼より　[葛]　四〇
秋の陽の差込む油絵の鰈　[義]　六〇
秋の陽に煮えたぎる沖直江津の　[義]　六五
秋の日に炒られて膝の旅鞄　[観]　一一四
秋日差ことに黒胴置ける廊　[観]　一二四
飴色の竹の物差秋日差　[夏]　一六六
衣川秋の日差の濃紫陽花　[秋]　二一九

秋の昼（あきのひる）
秋の昼ガラスの中の金色堂　[秋]　二一八

秋の暮（あきのくれ）
黒鯛を黙つてつくる秋の暮　[観]　一二六

秋のくれ皿いつぱいに茄子の絵　[夏]　一六〇

秋の夜（あきのよ）

吸引の空気が割れる秋の夜　[以]　三六五

夜長（よなが）

飛騨の奥話に落ちのつく夜長　[義]　五九

そのとほり言はれるとほりです夜長　[以]　三六五

秋澄む（あきすむ）

身を出でし湧水に富士秋澄める　[秋]　二二六

秋澄むや水切り名人若からぬ　[冬]　二七二

ものの音澄む齢の澄むといふことも　[冬]　二七六

秋気（しゅうき）

秋気澄む町は昔の名を残し　[冬]　二七〇

爽か（さわやか）

ひろげたる未来図の線爽やかに　[以]　二九二

冷やか（ひややか）

穂先なき槍の四五本伊賀の冷え　[葛]　四八

佛足石に賽銭を置く冷えまさり　[義]　七五

さら〳〵と砂の雲出て秋の冷　[秋]　二三三

起きるまで額に拳ひやゝかに　[冬]　二七五

秋深し（あきふかし）

秋深き猫がゐるわといふ声も　[観]　一二六

行く秋（ゆくあき）

行く秋の水たひらかに河の面　[秋]　二二六

天文

秋晴（あきばれ）

秋晴れも午後となりたる玻璃の色　[葛]　三一

秋の声（あきのこえ）

湖底に数多の壺や秋の声　[夏]　一六八

みづうみがあげた流木秋の声　[秋]　二一九

秋の声そつと煎餅割る音も　[冬]　二六八

秋の声末社の鈴の紐ひけば　[冬]　二七一

吶喊も鬼哭も秋の声なのか　[冬]　二七四

秋の空（あきのそら）

雄の瀧の秋の空より懸りけり　[観]　一三四

秋天に独逸の頭蓋穹窿なす　[秋]　二三三

秋空の底に鍋蓋洗ひ物　[以]　三六七

秋高し（あきたかし）

誰いふとなく巴寺秋高し　[義]　九八

秋高しきらり〳〵と蝶ながれ　[夏]　一五九

カステラの語源に諸説秋高し　[夏]　一六四

秋高し関をつかんで二位の杉　[秋]　二一六

秋高し涙飲みこみ韓民族　[秋]　二二〇

石塔に風鐸の穴秋高し　[秋]　二三〇

秋高し鯰が鯉のあとにつく　[秋]　二三一

秋高し那須の黒羽四千戸　[秋]　二三四

浄法寺何がしとゐて秋高し　[秋]　二三四

繙けば壺中の天の高きこと　[秋]　二三六

大雲取山小雲取山秋高し　[冬]　二六九

天高し瓦礫の町に床屋でき　[冬]　二七五

痩身の率ゐる一誌秋高し　[以]　二九九

十年を三つ重ねて秋高し　[以]　三〇六

秋の雲（あきのくも）

竹帚飛行機雲も秋の雲　[夏]　一六六

秋の雲はやし毛越寺跡の池　〔秋〕二一八

鰯雲（いわしぐも）
さざなみの夕べの雲に父の艦　〔葛〕二五
鰯雲つつかけて出る女下駄　〔観〕一三四
札幌の平日の朝鰯雲　〔冬〕二七五

月（つき）
オホーツクの藻に櫂は触れ月丸し　〔葛〕三〇
翔ぶ如く月の大和に佇める　〔義〕六六
冴え渡る月の面より鼓の音　〔夏〕一六〇
座敷から月夜へ輪ゴム飛ばしけり　〔夏〕一六三
月夜来し人は背高のつぽかな　〔夏〕一六三
水の町郡上八幡月に濡れ　〔秋〕二三一
段二千四百月の羽黒山　〔秋〕二三一
月はまだレモンのかたち恋人たち　〔冬〕二七一
月光か神の光か氏の窺しもの　〔以〕二八八

盆の月（ぼんのつき）
盆の月一座の顔に昇りけり　〔夏〕一五八

初月（はつづき）
初月といひて響のよかりけり　〔冬〕二六八
初月とことばを仰ぐ夕べかな　〔以〕三四九

弓張月（ゆみはりづき）
草に入る片割月の重たげに　〔義〕五八

名月（めいげつ）
包みもつ父はななめや満月を　〔葛〕三四
明日は満月といふ越後湯沢　〔葛〕五一
満月やうちひらけたる眉の間　〔義〕六〇
十五夜を絵本のやうに泣きに泣く　〔義〕六〇
十五夜と声のきこゆるお茶の水　〔義〕六六
明月の鞍馬にちかく守る少女　〔義〕九八
剃刀をさつとあてられ今日の月　〔秋〕二三一
町筋に疾風の残る今日の月　〔秋〕二三一
今日の月三体浮くや金色堂　〔冬〕二七五
今日の月二千里外を照らすのみ　〔以〕三三二
打ち出でて水の近江の今日の月　〔以〕三四三
晩年を隈なく照らす今日の月　〔以〕三四四
まんまるい溜息浮かぶ今日の月　〔以〕三四四
「ウッソウ」と誰か声あげ今日の月　〔以〕三四四
いつもの店芋名月をふところに　〔以〕三四四
ふつと手で払つてみたる今日の月　〔以〕三四九

良夜（りょうや）
洗濯屋良夜へ蒸気あげにける　〔観〕一〇六

無月（むげつ）
無月なる動物園の鳥獣　〔夏〕一六七

十六夜（いざよい）
杣人と共に十六夜静かな　〔義〕五九
十六夜のよせてはかへす浜一里　〔義〕六三
十六夜の水の市ヶ谷飯田橋　〔秋〕二三一
十六夜の月を待つ湖ささら波　〔以〕三〇六
十六夜の光の湖となりにけり　〔以〕三〇六

宵闇（よいやみ）
青桐も土用終へたり宵闇に　〔葛〕二五

後の月（のちのつき）
十三夜赤い着物を出せといふ　〔義〕六一
十三夜掛軸の字の読めぬまゝ　〔観〕一二五

酒盛りの一人声高十三夜 ［夏］ 一六〇
さざめいて四五人が行く十三夜 ［夏］ 一六八
後の月戦艦大和のドックにて ［秋］ 二一九
祀ることなくて澄みけり十三夜 ［秋］ 二二四
くろぐろと沖波あがる十三夜 ［冬］ 二六九
何でも屋早う戸をたて十三夜 ［冬］ 二七三
水切りの石沈みけり十三夜 ［以］ 二八五

星月夜（ほしづきよ）

星月夜山一つ越え電話線 ［葛］ 三四
頭から足の先まで星月夜 ［冬］ 二七〇

天の川（あまのがわ）

天の川水車は水をあげてこぼす ［葛］ 一九
天の川戸一つ残す八百屋の燈 ［葛］ 二六
天の川息をしづかに峠越え ［葛］ 三八
天の川放ちし亀も眠るらん ［葛］ 三八
家ごとに漁師が居りぬ天の川 ［義］ 六三
あまのがは船首は波をかぶりたる ［夏］ 一六五
天の河海の男がすぐそばに ［秋］ 二一四
天の川岬は黒く海へ入る ［冬］ 二七〇
亡友は長身なりし天の川 ［以］ 二九三
天の川前生もなく後生なし ［以］ 三四三
海の男の静かな寝息天の川 ［以］ 三五九

流星（りゅうせい）

夜這星陰々として神の楠 ［義］ 六三
星飛んでモノレールといふ弥次郎兵衛 ［冬］ 二七〇
水枕とろりとあをき流れ星 ［以］ 三六五

秋の初風（あきのはつかぜ）

九秋のはじめの風を今宵かな ［冬］ 二七三

秋風（あきかぜ）

きらきらと時計をぬけて秋の風 ［葛］ 一三
秋風や地図を鉛筆ころげでて ［葛］ 二一
浜の子も乙女さびたる秋の風 ［葛］ 三九
はたと遇ふ秋風の眼の緬甸僧 ［義］ 六〇
納戸色秋風母の羽織より ［義］ 六一
巫の額てらてら秋の風 ［義］ 六六
秋風をしきりにおくる一角獣 ［義］ 六六
吹き抜ける粟散辺土秋の風 ［義］ 九八
身のうちの鳴るや鈴鹿の秋の風 ［観］ 一二四
佃煮の残りいろいろ秋の風 ［観］ 一三四
弁天へ秋風波をたてまつる ［夏］ 一六七
秋風の立ちどまりたるや禅師像 ［秋］ 二二二
石庭の石も靡くや秋の風 ［秋］ 二二二
秋風の身に添ふ町の漬物屋 ［秋］ 二二四
海溝図藍深きより秋の風 ［秋］ 二二六
秋風のうしろ姿をかへりみる ［冬］ 二七四
あらためて生きてゐるから秋の風 ［以］ 三一五
葬式へ行く秋風に身を立てて ［以］ 三三一
秋風にもまれ五六歩十歩ほど ［以］ 三三二
秋風によろけて一人笑ひかな ［以］ 三〇四

色無き風（いろなきかぜ）

姥ひとり色なき風の中に栖む ［義］ 五八

爽籟（そうらい）

羽衣の表紙爽籟に置く一誌 ［以］ 二八五

初嵐（はつあらし）
市振の松こそよけれ初嵐　［夏］一六六
犬猫も眼をほそめてや初嵐　［秋］二一三
初嵐がらがらばんと竹林　［秋］二一三
初嵐眼を搏つて鳥の影　［秋］二一七

野分（のわき）
植木鉢とズックが野分の水溜めて　［葛］三四
佛壇に野分の過ぎし朝の水　［夏］一六三
ワッフルと野分立ちたる朝の景　［以］三三二
伊吹山麓を走る野分見ゆ　［以］三六五

颱風（たいふう）
葉書一枚颱風を来し細字がき　［葛］三三
台風の名残の風や常の山　［夏］一五八

秋の雨（あきのあめ）
片づけぬま丶の皿鉢秋の雨　［義］六一
義経堂木の根に溜まる秋の雨　［義］九八
裸では寒い秋雨天邪鬼　［秋］二二〇

秋時雨（あきしぐれ）
秋しぐれ上着を銀に濡らしける　［義］六二
掃除機が部屋を経めぐり秋しぐれ　［秋］二二五

稲妻（いなずま）
手をあげて遠のくものや稲光　［観］二三三
いなづまのにはかにふえし沼向う　［夏］一五八

秋の虹（あきのにじ）
秋の虹姫路の空に立ちにけり　［冬］二七一

霧（きり）
大鋸を奉納の宮霧うごく　［夏］一六〇
朝霧を脱ぎかけてゐる蝶ヶ岳　［秋］二一五

秋霞（あきがすみ）
秋霞うなばらへ伊豆島々も　［夏］一六〇
秋霞よりオムレツに眼を移す　［夏］一六四

露（つゆ）
露世界つるみし犬に脱帽す　［葛］二三
露の原大きな息をおとしけり　［夏］一五八
古鞄露けしと今いひしかや　［夏］一六二
電話かけさうになりしが露の人　［夏］一六二
くるぶしの露けき頃となつてをり　［夏］一六六
露まみれ毛虫の黒黄伸びちゞみ　［秋］二一五
大露のなき数に入るまた一人　［秋］二一七
親へ子へシャベルが動く露びつしり　［秋］二一八
大露の濡れたる貌をむけて犬　［秋］二二〇
蜘蛛の囲は露の重みの左右相称　［冬］二六八
共に年経にける郵便受けに露　［以］三四八

秋の夕焼（あきのゆうやけ）
秋夕焼やがて樫鳥緘かな　［義］九八
秋夕映その名も赤城山榛名山かな　［冬］二七六

地理

秋の山（あきのやま）
薄闇が煙のやうに秋の山　［夏］一六八
何の音粧ふまへの秋の山　［秋］二二五

秋の野（あきのの）
杖のわれあつてもなくても野路の秋　［以］三一八
点景の人物消えし野路の秋　［以］二九二

花野（はなの）

近づけば黙る花野の岩いしころ　［葛］一七
花野にてすれ違ひたる郵便夫　［義］五八
かほがあるやうな花野のうへの空　［観］一〇五
手押喞筒花野の水のつめたさよ　［観］一一五
鳥の影つぎつぎ花野の水を過ぎ　［夏］一五八
碧空へ花野の帯をかかげたる　［冬］二六七
花野の道黄泉の道その下に　［冬］二七四
若きらは先へ先へと大花野　［以］三三一
行き暮れて花野の石となりにけむ　［以］二九三
手を高く花野の色にまぎれけり　［以］二九八

秋の水（あきのみず）

吹き飛んで袋立ちたる秋の水　［秋］二三一
白鷺の一足二足水の秋　［冬］二六七

秋の川（あきのかわ）

秩父嶺の藍より出でし秋の川　［観］一〇七

秋の海（あきのうみ）

秋の波の一線眼の端より崩る　［葛］三九
秋の波打つてひろがる何もなし　［葛］四〇
避雷針流れてやまぬ秋の海　［葛］四四
秋の波替へし眼鏡に溢れしむ　［葛］四六
秋の波つぎつぎに椐雎鳥羽　［義］九八
石を巻く秋の高波がぼごぼがぼ　［夏］一六六
ぱしや〳〵と塩津菅浦秋の波　［夏］一六八

秋の潮（あきのしお）

前後して競ふ帆柱秋の潮　［冬］二七〇

生活

菊膾（きくなます）

菊膾昼のあかりを点しけり　［秋］二二四
菊膾微震に箸を置きにけり　［以］三三五

裂膾（さきなます）

節黒き指のすばやく裂膾　［義］六三

新蕎麦（しんそば）

新蕎麦の太々としてぶつきら棒　［冬］二七二

枝豆（えだまめ）

うまいから形不揃ひだだちゃ豆　［以］三一四

とんぶり（とんぶり）

板の間に置くとんぶりの摘物　［義］六五

干柿（ほしがき）

ころ柿が豊作の村赤子哭く　［夏］一六九
この里の干柿一つ食べけり　［以］三〇五

菊の酒（きくのさけ）

丹田へとく〳〵そそぐ菊の酒　［夏］一六四
身の内のこきと音して菊の酒　［秋］二二三

秋の燈（あきのひ）

秋の燈に鯵の焦目の美しき　［冬］二六九
傷んだる辞書を抱きあげ秋燈下　［冬］二七三

秋の蚊帳（あきのかや）

赤ん坊の片目大きく秋の蚊帳　［葛］二八

秋扇（あきおうぎ）

大阪や秋の扇子をポケットに　［夏］一六七

秋団扇（あきうちわ）
あらあらと紺ながれたる捨団扇 [義] 五七
おどろいて草を飛びゆく秋団扇 [義] 六二
尼寺や置いては使ふ秋団扇 [観] 一二四

秋簾（あきすだれ）
一枚に日は照りつけて秋簾 [義] 五七

添水（そうず）
身を空に心空にと添水哉 [冬] 二七六

月見（つきみ）
お月見の芒をかつぐ八重歯にて [義] 六三

菊花展（きくかてん）
半身の影を濃く入れ菊花展 [夏] 一六五
出品の菊に仕へて鞠躬如 [冬] 二七二

茸狩（たけがり）
頂ならぶ越の雪山きのこ取り [葛] 二八

紅葉の賀（もみじのが）
十能で火種を運ぶ紅葉の賀 [夏] 一六八

秋思（しゅうし）
カステラを厚く切つたる秋思かな [以] 二八五

休暇明（きゅうかあけ）
白玉を掬へば果つる夏休み [葛] 一四

行事

終戦記念日（しゅうせんきねんび）
店頭の鮎を見てをり終戦日 [葛] 五〇
水打つて桑戸八月十五日 [観] 一三三
白むくげ白無垢八月十五日 [夏] 一六一
箸置に箸八月十五日 [秋] 二一七

体育の日（たいいくのひ）
地球儀が覗く体育の日の二階 [観] 一〇七

七夕（たなばた）
夕かけて藍のときめく星迎へ [葛] 二七
牽牛織女文字間違へてそよぎをり [葛] 四四
屋根の上に星合ひの空寝に就く [以] 二八四

盆花（ぼんばな）
盆花を摘む子等の声やまびこも [葛] 一七
盆花を摘むランニングシャツの子と [夏] 一六五

盆（ぼん）
原野にてみたままつりの生花展 [葛] 三〇
盆過ぎて何をたよりの竹煮草 [義] 六二

茄子の馬（なすのうま）
太郎水漬き次郎草生し茄子の馬 [秋] 二一七

大文字（だいもんじ）
大文字手摺に雨の名残ある [葛] 四五
たばこの火大文字待つ人の顔 [夏] 一六七
八月の煙の行方大文字 [冬] 二七三
大文字炎の映し出す煙 [以] 三一五

踊（おどり）
踊りの輪山から闇の流れ出て [夏] 一六三

吉田火祭（よしだひまつり）
火祭りの火の粉木花之佐久夜毗売 [秋] 二二五
きらきらと吉田火祭りをみなの眼 [秋] 二二五

地蔵盆（じぞうぼん）
地蔵盆用意の男くぎかなづち [夏] 一六三

西鶴忌（さいかくき）
世も末の十日の月や西鶴忌 [冬] 二七五
子規忌（しきき）
夜のうちに子規絶命の時刻過ぐ [夏] 一五九
而して淡泊平易獺祭忌 [秋] 二二一
桂郎忌（けいろうき）
剃刀のその切れ味の桂郎忌 [以] 三二三

動物

蛇穴に入る（へびあなにいる）
蛇穴に入る前山のうすけむり [義] 六四
達谷窟にさがる秋の蛇 [秋] 二一九
渡り鳥（わたりどり）
あげさげの羽ひかるなり渡り鳥 [夏] 一六〇
天の端ひも延べ垂らし渡り鳥 [秋] 二一九
燕帰る（つばめかえる）
ひるがへりつつ秋燕の弧の交叉 [以] 三三一
鶺鴒（せきれい）
鶺鴒の一滴跡を汚しけり [義] 六四
鶉（うずら）
風の出て鶉うりますと拙き字 [義] 五七
落鮎（おちあゆ）
落鮎に裂く割箸の白さかな [義] 五八
火点して落鮎なれど熱き間に [義] 六五
落鮎のはたり〳〵とたなごころ [夏] 一五九
落鮎のぶあつき皮を箸で行る [秋] 二二三
紅葉鮒（もみじぶな）
紅葉鮒伊吹の山が削られて [観] 一〇七
鱸（すずき）
戦船の如き鱸を庖丁す [義] 九七
秋鰹（あきがつお）
なにがなしひつそりと食ふ秋鰹 [観] 一〇六
箸が置くもどり鰹を舌の上 [冬] 二六九
秋鯖（あきさば）
秋鯖の脂に諸手濡れにけり [観] 一〇六
秋鯖の底知れぬ眼を通り過ぐ [夏] 一六四
秋鰺（あきあじ）
秋鰺によごれてをみなごの箸も [義] 六一
秋鰺をなんときれいに食べたこと [冬] 二六九
秋の蚊（あきのか）
秋の蚊の膝にまつはる急ぎ物 [義] 六一
秋の蚊の身をそばだてゝ刺しにけり [観] 一〇五
秋の蠅（あきのはえ）
ちよつちよつと貌なめに来る秋の蠅 [義] 五八
秋の蝶（あきのちょう）
秋蝶の黄を追ふホームの端の人も [葛] 三一
雑貨屋を慌てゝ出でし秋の蝶 [観] 一一五
レオナルド・ダ・ヴィンチ号より秋の蝶 [観] 一二四
秋蝶の紅鮮しき山路かな [夏] 一六六
秋の蝶互に翅をひろげては [秋] 二一四
寄り離れ扶蘇山城趾秋の蝶 [秋] 二三〇
秋蝶の大きくひらく翅の筋 [冬] 二七一
高みへと黄の点滅や秋の蝶 [以] 二九三

秋蝶の空気を切つてまつすぐに　[以]　三〇五

秋の蟬（あきのせみ）

秋蟬の鳴きやみしま丶海の照り　[義]　六二
砂壇にうらがへりたる秋の蟬　[義]　六六
秋の蟬松根に斧入れしま丶　[夏]　一六一
翅あたる音してやがて秋の蟬　[秋]　二一四
『木の声』の一巻読了秋の蟬　[秋]　二一六

蜩（ひぐらし）

かなかなや子規全集を積み崩し　[葛]　三三
こまごまと朝蜩に旅仕度　[葛]　四五
一切経蜩の声立ちにけり　[観]　一一三
朝蜩ふつとみな熄む一つ鳴く　[観]　一一三
羽の透くひぐらし数多杉林　[夏]　一六一
陽の翳るたびに蜩兵の墓　[秋]　二一七
かな〳〵からかな〳〵へ懸け蔓橋　[冬]　二六七
朝ひぐらし鏡の如き湖面かな　[以]　三一一
朝蜩の声明湖を渡るなり　[以]　三一五
朝蜩しづかに滑り出すエイト　[以]　三一五
朝蜩の声いつせいに園城寺　[以]　三四九
生きて蜩僕がゐなくても蜩　[以]　三六五
聴いてごらん朝ひぐらしが鳴いているよ　[以]　三六六
蜩の椅子と名付けて腰掛ける　[以]　三六六

つくつく法師（つくつくほうし）

すうと気を抜いてはつくつく法師かな　[以]　三一四
曇り空遠くにつくつく法師かな　[以]　三三〇
日の暮れの遠くにつくつく法師かな　[以]　三〇五

蜻蛉（とんぼ）

手をかざす蜻蛉といふはよき言葉　[葛]　四六
戸隠山の幾重の襖鬼やんま　[秋]　二一五
層々と雲巌禅寺鬼やんま　[秋]　二二五
「蜻蛉」や一誌清麗二十年　[以]　二九五

虫（むし）

虫ごゑの千万の燈みちのくに　[義]　九八
虫声の海が枕を引きに来る　[夏]　一五九
虫ごゑの海に出てをり仰臥のま丶　[冬]　二七五

残る虫（のこるむし）

残る虫耳鳴の虫が聴いてをり　[夏]　一六四
ほろほろと炎立て丶は残る虫　[秋]　二三三
残る虫のひげを思へり雌のひげも　[以]　二九二
残る虫仕舞湯おとす栓を抜く　[以]　三四五

蟋蟀（こおろぎ）

蟋蟀の貌の出てくるにぎりこぶし　[夏]　一六二
こほろぎの身はやはらかし祖の貌　[夏]　一六二

邯鄲（かんたん）

邯鄲を聞くそばがらの枕かな　[夏]　一五九
邯鄲や胡弓編笠小人数　[冬]　二六八
星の空邯鄲のふと鳴きやみし　[以]　二八五

草雲雀（くさひばり）

鳴き止んで籠の涼しき草雲雀　[以]　二九八

鉦叩（かねたたき）

舌打で音をあはせて鉦叩　[観]　一〇六

螽蟖（きりぎりす）

幻の平等院やきりぎりす　[秋]　二一九

禁煙の男と籠のきりぎりす　[以]　三一四
前立の千手観音きりぎりす　[以]　三四九

蟷螂（とうろう）
紫宸殿南廂の下蟷螂老ゆ　[観]　一二四
逆光に透く蟷螂がこちら向く　[夏]　一六七

蚯蚓鳴く（みみずなく）
蚯蚓鳴くバット大振り受験生　[義]　六一

蓑虫（みのむし）
桟を渡る蓑虫に燈が冷たくなる　[葛]　一五
蓑虫に亀石までの道を聞く　[観]　一〇六

放屁虫（へひりむし）
頭かくす三井寺歩行虫コウヤとも　[義]　八八
亀虫も出て南無大悲観世音　[冬]　二七六

植物

木犀（もくせい）
木犀の香の消えてゐるいつもの道　[観]　一三四

木槿（むくげ）
ままごとの木槿の花や散らかれる　[葛]　三一
白むくげ燦爛として午前九時　[観]　一〇五
高野へと心急かる、白木槿　[観]　一一四
長崎の木槿は胸にひらきけり　[秋]　二一七
白木槿襟を正すといふことを　[以]　三四三
白木槿後藤田正晴死去の報　[以]　三四七

芙蓉（ふよう）
はなびらを風にたゝまれ酔芙蓉　[観]　一一五
鉄亜鈴と揺れの大きな白芙蓉　[夏]　一六六
動きあり芙蓉の花の頽る、　[以]　三〇四
寺町の一寺一寺の芙蓉かな　[以]　三〇五

秋薔薇（あきばら）
塀に石に秋薔薇の影濃かりけり　[以]　二九八

藤の実（ふじのみ）
藤の実の棚よりたらりたらりらと　[冬]　二七〇

桃の実（もものみ）
船足も軽くデッキに桃の籠　[葛]　三六
ネクタリン切れながの眼の姉妹　[夏]　一五一
白桃の種ちかきまで歯を入る、　[夏]　一六二
白桃の皮引く指にや、ちから　[秋]　二一四
桃食ふか食へよ戸隠の鬼の衆　[秋]　二一五

梨（なし）
月さすや洋梨の荷の開けられて　[葛]　三四
梨食うてうすむらさきにけぶるかな　[夏]　一五七
梨の汁古い肋の隅々へ　[以]　三三二

青蜜柑（あおみかん）
いつのまに海はやつれて青蜜柑　[義]　六四

柿（かき）
山柿の渋残る口からす鳴き　[葛]　四六
柿の実と風にふかれて関ヶ原　[観]　一〇七
柿店に釣竿も置く日が差して　[観]　一〇八
柿の実の張つて四角にならんとす　[秋]　二二三
混雑の机に置けり柿一つ　[以]　三一八

熟柿（じゅくし）
詩仙堂熟柿が落ちてくしや〳〵に　[夏]　一六五

葡萄（ぶどう）
惑星の重さ葡萄の房の重さ　[秋] 二一四
栗（くり）
栗煮ゆる間を蝶類の図鑑かな　[葛] 三五
無花果（いちじく）
ガラス器に無花果を盛る濡れしまゝ　[観] 一一五
無花果の割るといふにはやはらかき　[秋] 二二三
無花果に大満足の一座かな　[以] 三五六
石榴（ざくろ）
維摩詰の方丈を割る石榴かな　[秋] 二三五
柚子（ゆず）
万象の影卓上の柚の影に　[観] 一〇七
鬼柚子をもらひそこねし手ぶらかな　[冬] 二六九
鬼柚子の大に小添ふめでたさよ　[以] 三五〇
金柑（きんかん）
金柑や年寄り順に消ゆる島　[冬] 二七三
榠櫨の実（かりんのみ）
一つ一つ榠櫨は癒すもののかたち　[秋] 二三五
紅葉（もみじ）
暗闇に覚めて昼見し紅葉山　[葛] 一九
月明りこだまこだまの紅葉山　[葛] 二二
猫の眼に紅葉は見えずうづくまり　[葛] 二六
父と見し紅葉の極み鬼面川　[葛] 二八
素謡にたふれかさなるもみぢ山　[義] 五九
戸口まで紅葉してをる鼠捕　[義] 五九
白猫の通りぬけする庭紅葉　[義] 六二
瀧つ瀬は滾りて白き紅葉川　[観] 一〇八
錆びて来る武蔵は欅もみぢより　[観] 一一五
祖に会へば佛に会へばと紅葉山　[観] 一一六
鶏が鳴く吾妻に欅もみぢあり　[観] 一二五
濃紅葉の憑いたる眼もてあます　[観] 一二五
紅葉を塗りつぶしたる夜の窓　[観] 一二五
茶柱や京の紅葉を見ずじまひ　[観] 一二五
紅葉より紅葉へ女瀧見え隠れ　[観] 一三四
天命を総身で知る欅もみぢ　[観] 一三五
底を行くよどみの紅葉うらがへり　[夏] 一六一
心臓がひとりひとりに紅葉山　[秋] 二三五
枝々の黒美しき夕紅葉　[冬] 二六九
紅葉の真ッ只中の力うどん　[以] 三三三
夕もみぢ金色堂の現はるゝ　[以] 三三六
一本の瀧の卒塔婆紅葉山　[以] 二九九
濃紅葉の谷深々と暮れにけり　[以] 三〇四
初紅葉（はつもみじ）
初紅葉といひて面をあげにける　[観] 一一五
朝夕の径にきりりと初紅葉　[以] 三四五
天地の大輪動く初紅葉　[以] 三四九
薄紅葉（うすもみじ）
膝揃へたる前山の薄紅葉　[義] 五九
紅葉かつ散る（もみじかつちる）
紅葉かつ散るをきらきら昇る蝶　[観] 一〇八
紅葉かつ散るを急ぎの鞍馬道　[夏] 一六〇
洒落ていへば紅葉かつ散る齢にて　[冬] 二七二
雑木紅葉（ぞうきもみじ）
淳仁帝に仕ふる雑木紅葉かな　[夏] 一六八

櫨紅葉（はぜもみじ）
松山城このもかのもに櫨紅葉　［観］一二五
桜紅葉（さくらもみじ）
面倒臭さうなる桜紅葉かな　［夏］一六四
桐一葉（きりひとは）
幼児の持つておもたき桐一葉　［冬］二七四
銀杏散る（いちょうちる）
銀杏散る幹の瘤にも葉を重ね　［観］一三五
色変えぬ松（いろかえぬまつ）
色変へぬ松をかまへて御師の家　［秋］二三六
色変へぬ安宅の松のたたずまひ　［冬］二七六
新松子（しんちぢり）
白浜や藻屑の中に新松子　［義］六四
木の実（このみ）
青桐の紅さす莢や陽もまばら　［葛］二四
匙その他漬けしままなり木の実降る　［葛］二四
朴の実（ほおのみ）
朴の実の赤きにあはす双眼鏡　［観］一〇七
団栗（どんぐり）
上路越青い団栗何になる　［夏］一六六
どんぐりを踏み割り保良の御社　［夏］一六八
檀の実（まゆみのみ）
檀の実鍵屋の辻を通り来て　［葛］四八
橘（たちばな）
非時香果が小包に　［観］一〇九
橘中の碁打休んでゐるらしき　［観］一〇九

銀杏（ぎんなん）
学問の窓並ぶぎんなん臭き道　［葛］一三
紫式部（むらさきしきぶ）
うしろ手に一寸紫式部の実　［義］六四
何これは痩せても枯れても式部の実　［以］三五〇
木豇豆（きささげ）
木豇豆の蔭で眼鏡の人体操　［観］一一六
実をつけて木ささげの木の静かさよ　［以］三〇五
瓢の実（ひょんのみ）
ひょんの実を机に英文学者留守　［観］一二五
瓢の実にもてあそばれし心かな　［夏］一六八
皂角子（さいかち）
皂角子の実と俳諧寺一茶かな　［以］三四五
薔薇の実（ばらのみ）
薔薇の実の赤く色づく日の歩み　［以］三〇五
花水木の実（はなみずきのみ）
いいでせうアメリカ山法師の実　［以］三〇五
通草（あけび）
山姥のさびしと見する通草かな　［義］五九
大伯母の通草を提げて入り来たる　［観］一〇八
竹の春（たけのはる）
伸びあがり伸びあがりして竹の春　［以］三〇四
破芭蕉（やればしょう）
芭蕉葉の破れて煙草ふかしをり　［葛］一九
白足袋のひたひたと来る破芭蕉　［観］一〇九
破芭蕉仰ぐ十指を組合せ　［秋］二二二
破芭蕉静けき星の夜なりけり　［秋］二二二

カンナ（かんな）
心ときに日の照りつけるカンナかな　［以］三五

朝顔（あさがお）
朝顔を仰ぐ手もとを少女抜け　［葛］二
朝顔のみな空色に日向灘　［葛］四〇
朝顔や役者の家はまだ覚めず　［葛］四四
朝顔や背に生毛の渦ありて　［夏］一六五
朝顔のをはりの白を海士の家　［秋］二二三
咲き残る朝顔二十瓶覗　［以］三四八
朝顔は水の精なり蔓上下　［以］三六六

鶏頭（けいとう）
鶏頭を毛ものの如く引ずり来　［義］五八
鶏頭の下鶏頭を抜きし穴　［観］一一六
鶏頭に鶏頭ごつと触れゐたる　［観］一三四
掃き清められし砂より鶏頭花　［夏］一五八
鶏頭の鬼々しくぞなりにける　［以］三〇〇

葉鶏頭（はげいとう）
かまつかやガラス戸のうち留守らしき　［葛］四六
五六本翁さびたる葉鶏頭　［義］六四
道々のかまつかに風渡岸寺　［観］一〇六
背高き雁来紅を簾越し　［観］一〇八
面打の家の中まで葉鶏頭　［観］一〇八
葉鶏頭郵便物のなき日なり　［以］三四四

コスモス（こすもす）
コスモスの一つくるくる慰霊塔　［葛］三九
コスモスで終る片側町波々　［秋］二一六

白粉花（おしろいばな）
白粉花平家都を落ち果てぬ　［義］九七
咲きついでこぼれて白粉花の反り　［秋］二二四

鳳仙花（ほうせんか）
爪染めてすぐに飽きたる鳳仙花　［葛］三六
湯の街は端より暮るる鳳仙花　［葛］四五
鳳仙花部屋にこもるやあにいもと　［義］六二

鬼燈（ほおずき）
ほほづきの軸まで赤し青きもあり　［夏］一五七

秋海棠（しゅうかいどう）
秋海棠の花ことごとく雨雫　［秋］二一四

菊（きく）
まつすぐに菊に注ぎし水の跡　［葛］三一
菊食うて燈を明るしと思ひをり　［葛］三四
上手とはいへぬ厚物咲遺す　［観］一三三
太郎黄菊多江子白菊ふくよかに　［冬］二六九
男ありき菊にうき身を窶したる　［冬］二七二
白菊の香りを高く逝かれけり　［冬］二七二

残菊（ざんぎく）
残菊を括りあげたるよい天気　［観］一三五

紫苑（しおん）
束ねたる紫苑の空の遠くなりぬ　［葛］二四
身をよぢる如くに束ねられ紫苑　［義］五八
花に来る蝶蜂蜻蛉風紫苑　［秋］二二三
夫恋ふや紫苑の空の夕焼けて　［秋］二二六

西瓜（すいか）
安いよ安いよ西瓜に朝の鐘鳴らし　［葛］一六

西瓜食うて声変りをり中学生 〔葛〕二
燈台へ横目で過ぎる西瓜市 〔葛〕三八
法然の頭と西瓜合掌す 〔観〕一二三

冬瓜（とうがん）
冬瓜一つかぼちや二つに馴染まざる 〔義〕六一
板敷に冬瓜と時をすごしけり 〔観〕一一五
冬瓜の粉吹く子規の面がまへ 〔夏〕一六三
冬瓜を提げて五條の橋の上 〔夏〕一六七

秋茄子（あきなす）
秋茄子に入れし庖丁しめらざる 〔観〕一三四

馬鈴薯（じゃがいも）
姉妹夕餉のじやが芋煮ゆるとき 〔葛〕一六

芋（いも）
父の箸母の箸芋の煮ころがし 〔葛〕二八

零余子（むかご）
零余子散るいざ鎌倉の切通し 〔義〕九九
踏みこんで零余子の雨にあたりたる 〔冬〕二七一

間引菜（まびきな）
間引菜を両手に受ける出入口 〔義〕六三

唐辛子（とうがらし）
薬買ひに行く道端の唐がらし 〔葛〕三九
歌舞伎座の裏の細道たうがらし 〔義〕六六
足もとを飛び交つてゐる唐辛 〔夏〕一六一
渾々と水晶の水唐がらし 〔秋〕二三〇
青いのと真赤と笊のたうがらし 〔冬〕二六八
敗戦の年の真赤な天井守 〔冬〕二七五

生姜（しょうが）
ずいつと出す谷中の生姜コップ酒 〔以〕三四九

黍（きび）
黍の風にはかに殖えしつばくらめ 〔葛〕一七

蕎麦の花（そばのはな）
袖のやうに畑一枚そばの花 〔夏〕一六一

新大豆（しんだいず）
実の入るやがちやの作るだだちや豆 〔秋〕二一六

煙草の花（たばこのはな）
青空の煙草の花に濁り来し 〔葛〕四五

草の穂（くさのほ）
陰晴や草の絮飛ぶ小谷城 〔冬〕二七一

萩（はぎ）
夢に溢れし萩を流しの窓近く 〔葛〕二三
火の見の燈萩のうねりの合間より 〔葛〕二八
初萩と吹かるる沓脱石を降り 〔義〕六〇
あふらるる一粒萩の咲きはじめ 〔義〕六二
白萩へ一夜泊りの障子かな 〔義〕六六
みほとけの一粒萩を織りはじめ 〔観〕一三三
つばひろき帽子を萩に冠せたる 〔夏〕一五八
押し分けてこぼるゝ萩の寺無住 〔夏〕一六一
板塀も萩も暮れたり海女の道 〔夏〕一六二
濡れて付く佛足石に萩の塵 〔夏〕一六三
萩抱いて童女の化粧逝かれけり 〔夏〕一六五
人影の萩に行き来や七回忌 〔秋〕二一八
蝶小さほろほろ萩にまつはれる 〔冬〕二六八

薄（すすき）
町中や冷たさ見ゆる薄の穂　〔葛〕一九
帰る道は言葉すくなし薄原　〔葛〕二一
旗薄人屯して動かざる　〔葛〕三三
出かゝりし油のやうな薄の穂　〔観〕一〇五
駆けまはる風のくるまや芒原　〔夏〕一五九
浄土にもすゝきかるかやをみなへし　〔冬〕二七三

刈萱（かるかや）
刈萱の風より雨を待つふぜい　〔観〕一〇五

泡立草（あわだちそう）
七草のため背高泡立草を攘つ　〔義〕六三
風が強すぎるよ秋の麒麟草　〔以〕二九三

葛（くず）
葛の葉の日当るを人わけ登る　〔葛〕五一
葛の葉を掻きわけてすぐ日本海　〔義〕六五

葛の花（くずのはな）
陽にさらす娘の顔や葛の花　〔葛〕三八
みづうみへこころ傾く葛の花　〔義〕五七

郁子（むべ）
郁子の実や一人の姉を狂はせて　〔観〕一〇八
鬼柚子に添へて郁子の実蔓のまゝ　〔以〕三一八

美男葛（びなんかずら）
行きすぎて戻りて美男葛の実　〔夏〕一六四
庭下駄がひんやり美男葛の実　〔秋〕二三四

鉄道草（てつどうぐさ）
鉄道草赤い夕日に照らされて　〔秋〕二一七

藪からし（やぶからし）
懐中電燈げらげら笑ふ藪がらし　〔葛〕二一

野菊（のぎく）
吹き飛んで野菊にかかる夏帽子　〔葛〕一六

磯菊（いそぎく）
これは何これは磯菊しづかな海　〔秋〕二三三

貴船菊（きぶねぎく）
すつと立つ秋明菊に杖の人　〔以〕三四九

狗尾草（えのころぐさ）
ねこじやらし人の足もと暮れかかる　〔葛〕二四
猫じやらし芒がまの穂皇龍寺　〔秋〕二三〇
猫じやらし振り振り膀胱癌の話　〔以〕三六六

藤袴（ふじばかま）
藤袴虫もしづかにしてゐるか　〔冬〕二七四

秋薊（あきあざみ）
「不許葷酒入山門」秋薊　〔以〕三三〇

曼珠沙華（まんじゅしゃげ）
馬の影みるみる伸びる曼珠沙華　〔観〕一一五
曼珠沙華の蕊全円をなせり皆　〔観〕一二四
曼珠沙華ありなし雲のあらはれて　〔観〕一二五
曼珠沙華零戦一万四百余　〔秋〕二一九
張り出して全円の蕊曼珠沙華　〔冬〕二六八

桔梗（ききょう）
桔梗も馬の尻毛も靡く野ぞ　〔葛〕一六
桔梗のはなびらの線佛頭に　〔観〕一〇五
ふつくりと桔梗のつぼみ角五つ　〔秋〕二一四
俳諧史いま桔梗の志　〔秋〕二一四

一本の桔梗となりし男はや　[秋]　二一八

女郎花（おみなえし）

をみなへしといへばこころやさしくなる　[葛]　一一

刈干に結び込まれし女郎花　[義]　五七

一本立ちあとはたふれてをみなへし　[秋]　二一五

草のなか花に段差のをみなへし　[冬]　二六七

男郎花（おとこえし）

男郎花あらをとこへしと女子衆　[冬]　二六七

吾亦紅（われもこう）

山姥の里に来てをる吾亦紅　[義]　六五

来るはずの人待つてゐる吾亦紅　[夏]　一五八

吾亦紅あたりに微塵立ちにけり　[秋]　二一六

吾亦紅の弾幕などといふ勿れ　[秋]　二一七

苔桃（こけもも）

コケモモの鉢に奮発して来た顔　[以]　三六四

こけももの鉢にもやもや尊けれ　[以]　三六五

龍胆（りんどう）

壺の口いつぱいに挿し濃龍胆　[観]　一〇五

杜鵑草（ほととぎす）

咲きはじめはや生臭き杜鵑草　[夏]　一六二

松虫草（まつむしそう）

松虫草帽子の男飯食ひに　[葛]　一六

ますぐ立ち茎まがり立ち松虫草　[夏]　一六五

松虫草手をあげて友来るごとし　[秋]　二一八

重装備のリュックの青年松虫草　[冬]　二六七

蒼天や松虫草を飛ぶ時間　[以]　二九八

鳥兜（とりかぶと）

鳥頭すなはち帽のかざりとす　[義]　六五

鳥兜めがねの塵をよく拭ひ　[以]　三三一

思草（おもいぐさ）

額に皺よせて南蛮煙管かな　[観]　一〇六

蓼の花（たでのはな）

蓼の花南溟へ飛び去りし人　[葛]　三九

赤のまんま（あかのまんま）

犬蓼にちりちりと陽が谷底まで　[葛]　一八

山羊の首見えて大犬蓼の花　[葛]　三九

烏瓜（からすうり）

よく見れば蠅のついたる烏瓜　[観]　一〇七

水草紅葉（みずくさもみじ）

しづかさの水ゆれ浮草紅葉ゆれ　[秋]　二三五

見え隠れ茎も水草紅葉かな　[秋]　二三五

茸（きのこ）

よろこべば茸が生える杖の先　[以]　三三二

椎茸（しいたけ）

鮮しき椎茸に歯を養ひぬ　[義]　五九

椎茸を供へて与一地蔵尊　[義]　九八

椎茸を売る店ばかり日が沈む　[観]　一〇八

冬

時候

冬（ふゆ）

冬と云ふ口笛を吹くやうにフユ　[秋]　二三七
太陽が月の如しや冬の寺　[秋]　二二八
丹沢の稜線劃然として冬　[冬]　二四二
本よりも親しき冬の綿ぼこり　[冬]　二四七
村正を誰が納めし冬の寺　[冬]　二四八
湧きやまぬ水の耀き冬の森　[以]　二九三
盧舎那佛へ冬の埃のぞろぞろと　[以]　三三七
盧舎那佛のうしろへ冬の埃たち　[以]　三三七

初冬（はつふゆ）

新月のうしろのくらき冬はじめ　[秋]　二三七
少年の鈴を振る声冬はじめ　[冬]　二四六
牛乳にすぐできる膜冬はじめ　[以]　三五四

十一月（じゅういちがつ）

新しきナイフとフォーク十一月　[夏]　一六四
純白の富士をたまはる十一月　[冬]　二四二
赤いスカーフ十一月の晴れた日の　[以]　二九二

立冬（りっとう）

新聞を読む立冬の目玉焼　[義]　六九
納豆の粘りのつよく今朝の冬　[冬]　二四六
冬に入るリの日とこそ思へ　[以]　二八五
目覚めて冬リの日でありにけり　[以]　三一八
本日立冬冬将軍の厚い胸　[以]　三六〇
見舞客立冬の影やはらかに　[以]　三六七

小春（こはる）

浮かみでて雲もあそぶや小六月　[観]　一三五
これはこれは百万石の小春日和　[冬]　二四三
この日和女名前の小春かな　[以]　三一六
苔乾く小春日和の石仏　[以]　三一八

冬浅し（ふゆあさし）

冬浅き靴の埃を払ひけり　[秋]　二二七

十二月（じゅうにがつ）

口紅のほどよき十二月八日朝　[義]　七〇
美しき入日を日々に十二月　[観]　一〇九
十二月八日でありし靴を履く　[夏]　一六九
突堤にゐる犬十二月はじめ　[夏]　一七三
十二月八日の空へ朝雀　[冬]　二四六
天空を白日の歩々十二月　[冬]　二四七
十二月たらたら多摩の大夕焼　[以]　三〇七

冬至（とうじ）

犬の眼に冬至の赤い日が二つ　[葛]　三五
空をゆく鏡のごとき冬至の日　[義]　六七
とどまればとどまる白き冬至の日　[義]　七〇
燈を点けて冬至の海の貨客船　[義]　七四
信号青冬至の人の群うごく　[観]　一一六
頑として冬至のかぼちゃも会津かな　[以]　三五七

師走（しわす）

靴大きな船員師走の坂のぼる　[葛]　四六

年の暮（としのくれ）

年つまる頰刺の鰺南より　[葛]　三五

小松原海を見に出る年の暮　[義]　六八
行平鍋を抱へて帰る年の暮　[義]　七一
たてかけて年は暮れ行く竹帚木　[義]　七一
焼けし拳摺鉢山に年果つる　[冬]　二四七
至近弾の訃報相次ぐ年の暮　[以]　三一九

数え日（かぞえび）

数へ日の一つを置いて来し小島　[観]　一一七

年の内（としのうち）

石蕗の葉のつやつやとして年の内　[観]　一二六

行く年（ゆくとし）

ゆく年の一夜明らむ水の音　[葛]　二四
逝く年の顔残りたるおでんの燈　[葛]　三一
ゆく年の雲山脈と同じ色に　[葛]　四七

大晦日（おおみそか）

買物のメモに水仙大晦日　[以]　二九九

冬の日（ふゆのひ）

谷川に冬日にはかや黄粉餅　[義]　六八
落柿舎の外の日向や人を待つ　[観]　一一七
冬日白く千喜良英二をうしなへり　[以]　二八六

冬の暮（ふゆのくれ）

狛犬の相寄らぬまゝ冬の暮　[秋]　二三三

短日（たんじつ）

人間は管より成れる日短　[観]　一二六

寒し（さむし）

おゝ寒むと杓子売る店とざしける　[義]　七五
鳳凰堂さむき頭で入りにけり　[夏]　一七〇
石垣に寒く蝶を提げし影　[夏]　一七二

観音の囲むみづうみ寒くとも　[夏]　一七三
この朝は昔の寒さ膳につく　[夏]　一七五
昼の月眼のふち寒くなりにけり　[秋]　二三七
御灯寒ム六つの腕如意輪像　[冬]　二四一
如意輪観音寒き蹠あはせられ　[冬]　二四一
平林寺寒ムや本来無一物　[冬]　二四九
ケース寒ム近くて遠い鑑真様　[以]　三三七

冱つる（いつる）

朝熊山金剛證寺凍てにけり　[義]　七四

冬深し（ふゆふかし）

正常に心臓の音冬深し　[冬]　二四五
冬深し満天の星ぎらぎらと　[以]　三五一

日脚伸ぶ（ひあしのぶ）

日脚伸ぶ蠟石の絵を見てゐる子　[観]　一二七
地球儀の包みをほどく日脚伸び　[夏]　一七六

春近し（はるちかし）

何となく飲みに連立ち春隣　[義]　七二
石垣に影のゆきかひ春隣り　[観]　一二七
谷々にゐる犬や猫春隣り　[観]　一三六
真鴨小鴨のどで押す水春近し　[夏]　一七三
先生に来てとまる虫春隣　[夏]　一七六
爪切りで頁をおさへ春隣　[夏]　一七六

節分（せつぶん）

節分に現はれし雲の行方かな　[冬]　二四二

天文

冬晴（ふゆばれ）
冬晴れの微塵となりし母の愚痴　［義］七二
冬麗の水に鬠や流れをり　［秋］二二八
寒晴や松本深志同窓生　［秋］二三三
冬麗の玉と抱きあげ赤ん坊　［冬］二四〇
冬麗やバイトの巫女の赤と白　［冬］二四三
寒晴や天上天下杖一つ　［以］三〇〇

冬の月（ふゆのつき）
ガラス戸に磨かれし跡冬の月　［義］七一
移りけり冬の満月高みへと　［秋］二三九
おづおづと冬満月へ手を伸ぶる　［秋］二三三
明るすぎる冬の満月昇るなり　［以］二八七
冬の月湖の波ばしやばしやり　［以］三四七
胸の巾寒満月が真向ひに　［以］三五一
ありありと灰色の隈寒満月　［以］三五一

冬の星（ふゆのほし）
冬の星少年のわれと見てゐたり　［以］三一六
冬銀河来し方も行く末もなし　［以］二九五
冬銀河楸邨先生と胸にこゑ　［以］三五一

天狼（てんろう）
天狼星へ跳ぶ剝製の狼たち　［冬］二四八

冬凪（ふゆなぎ）
寒凪や御手洗の水たひらかに　［義］六八
寒凪を音立てて石船の群れ　［義］七四

凩（こがらし）
起抜にこがらし父の夢なりし　［葛］二六
凩のルーズソックス楽しけれ　［冬］二四三
吹きすさびたる凩の背番号　［冬］二四三

空風（からかぜ）
隅鬼に会ひに上野へ空つ風　［以］三三七

時雨（しぐれ）
目もとより時雨の晴るる庵主さま　［義］六七
職人の二人しぐるゝ畳針　［義］六九
身を隠す時雨の浅間隠山　［義］七三
狛犬や碓氷の神のしぐれける　［義］七三
消ゆるまで時雨に赤き一位笠　［観］一三六
奪衣婆の時雨に胸をはだけたる　［冬］二三九

冬の雨（ふゆのあめ）
夜更しの音となりけり冬の雨　［冬］二四五

霰（あられ）
霰降る隣の戸口顔が出て　［義］七〇
霰敷く干満珠寺をたもとほる　［観］一一六
はら〳〵と一笑の寺玉あられ　［秋］二三二

初霜（はつしも）
艦名にありし初霜道いそぐ　［義］七〇

霜（しも）
霜白き武蔵の国衙跡を踏む　［観］一三五
残生や霜は心の陣営に　［秋］二三九

初雪（はつゆき）
初雪に蝙蝠傘の行くことよ　［観］一一七

雪（ゆき）

青桐は莢振り鈴の雪降りくる 〔葛〕一九
夜の眼のしばたたくゆゑ小雪くる 〔葛〕二三
きしきしとひるがへる鳩雪くる前 〔葛〕二四
雪の窓紅花染めは影ふくむ 〔葛〕二四
月の面をひた走る雪あとしらず 〔葛〕二六
青桐の莢さわぐなり雪来ると 〔葛〕二八
子が泣きやみ雪国の雪降りはじむ 〔葛〕二八
降る雪の迷ひを晴らし給へとや 〔葛〕二九
地獄にも雪降るものか父の頭に 〔葛〕二九
榛の木のものいひたげに雪ン中 〔葛〕二九
雪国へ眼を開けしまま姫だるま 〔葛〕三〇
夕焼けぬ櫟は雪をつけしまま 〔葛〕四〇
鍋洗ふ日を重ねてや雪の空 〔葛〕四六
お茶の水駅にすぼめる雪の傘 〔義〕六九
大雪の蓋を開ければ煮ころがし 〔観〕一一八
雪景色多摩の横山美しき 〔夏〕一七二
雪来るか佐野坂三十三観音 〔秋〕二三八
塗椀が都へのぼる雪を出て 〔秋〕二三二
輪蔵へいま掻かれたる雪の道 〔秋〕二三二
勝臼が隅に置かれて雪の寺 〔秋〕二三二
雪烈し一滴の琥珀胸の間 〔秋〕二三四
小雪舞ふ石標「女人高野山」 〔冬〕二四一
松山城雪の飛白のうへにかな 〔冬〕二四二
雪ん子も這入りたい木のおもちゃ館 〔冬〕二四五
金箔に透けて金沢雪の小路 〔以〕二八一

風花（かざはな）

横切らんと思ふ刈田が風花す 〔葛〕二六
風花す末社の神はさびしかろ 〔観〕一一〇
甲斐に風花北岳は白い爪 〔秋〕二三八
風花やきらきらことば散つて来る 〔以〕三〇一

吹越（ふっこし）

吹越と頬に力をこめていふ 〔以〕三五七

冬の雷（ふゆのらい）

冬の雷にや皺腹の応ふるにや 〔冬〕二四八

冬霞（ふゆがすみ）

防人の多摩の横山冬霞 〔観〕一一八
国中を動きはじめし冬霞 〔冬〕二四一
冬霞富士もうすむらさきにかな 〔以〕三五〇

冬の靄（ふゆのもや）

菜畑の菜がうまさうな冬の靄 〔夏〕一七一

冬夕焼（ふゆゆうやけ）

冬茜五色の糸にみちびかれ 〔冬〕二四五
街角の冬の夕映えこの世かな 〔以〕三三四
消えていく胸いつぱいの冬夕焼 〔以〕二九四

地理

冬の山（ふゆのやま）

車窓に反る手の美しや雪の山 〔葛〕二七
冬山路雑木の幹と幹の影 〔以〕三五〇

山眠る（やまねむる）

石柱の山乃神佇ち山眠る 〔観〕一〇九
松山と火照りて眠る櫟山 〔夏〕一六九

枯野（かれの）
尾を高く巻きたる犬の尻枯野　［夏］一七四
冬景色（ふゆげしき）
冬景色奥山大臼歯の如く　［夏］一七四
冬の水（ふゆのみず）
どんぐりが敷きつめられて冬の水　［夏］一七三
白鷺の嘴水平に冬の水　［冬］二三九
冬の泉（ふゆのいずみ）
苔青く冬の泉の底うごく　［冬］二三九
真鯉の髭緋鯉の髭や冬泉　［冬］二四四
冬の泉水を離れて鳴るこころ　［以］二八七
霜柱（しもばしら）
やはらぐやさゝと倒れし霜柱　［冬］二四九
霜柱人柱幾百万柱　［以］二八六
歌舞伎座の裏に始まる霜柱　［以］三〇六
氷（こおり）
厚氷割つたる歓喜童子かな　［義］六九
国宝の氷の寺となりにけり　［観］二一七
爪先の凍れる九品浄土かな　［観］二一七
氷柱（つらら）
庖丁で氷柱をおとす二階より　［葛］二六
千剣のつらゝ一剣の赤不動　［夏］一七一
凍瀧の束でおとせる大氷柱　［夏］一七一
大つらゝ数多の虹を蔵しける　［夏］一七一
冬滝（ふゆだき）
凍瀧の頤がつとはづしけり　［秋］二三二
凍瀧の中へ失せられ舞衣　［冬］二四七

生活

外套（がいとう）
外套のまゝ観音をまのあたり　［観］二一七
外套の姿勢正しく「飲みませう」　［冬］二四二
夜着（よぎ）
掻巻やざぶんざぶんと湖の波　［秋］二三三
ちゃんちゃんこ（ちゃんちゃんこ）
疑ひは人間にありちゃんちゃんこ　［夏］一七四
着ぶくれ（きぶくれ）
着ぶくれの楸邨先生とエレベーター　［夏］一七四
襟巻（えりまき）
襟巻や毛皮ぞろぞろ念仏寺　［義］七三
手袋（てぶくろ）
手袋の両手で犬の背をおさへ　［夏］一七〇
焼藷（やきいも）
九体佛金色壺焼芋もきん　［観］二一七
あつあつの金時を割る力抜き　［冬］二六八
熱燗（あつかん）
あつかんにはあらねどもやゝ熱き燗　［観］二一六
熱燗や討入りおりた者同士　［夏］一七四
千悔万悔憎き酒を熱燗に　［冬］二四九
葛湯（くずゆ）
母に匂ひありしかと思ふ葛湯かな　［冬］二四五
塩汁鍋（しょっつるなべ）
塩汁鍋晩年の皺それぞれに　［以］三五七

鮟鱇鍋（あんこうなべ）
月を見て入りけり鮟鱇鍋の店　［夏］一七五
おでん（おでん）
おでん酒百年もつかこの世紀　［冬］二四八
風呂吹（ふろふき）
風呂吹の湯気に皺面つき出せる　［冬］二四八
風呂吹を吹く少年の咽かな　［以］三五七
煮凝（にこごり）
鍋の底に鮐の煮こごり鰈の眼　［以］二八一
冬籠（ふゆごもり）
青桐の莢を頼みの雪ごもり　［葛］二六
雪囲（ゆきがこい）
狛犬に木三本づつの雪囲ひ　［観］一一六
雪下し（ゆきおろし）
人影は見えずどんどと雪おろす　［葛］二三
暖房（だんぼう）
伊服岐能山畏れてす丶む暖房車　［夏］一七四
炭（すみ）
炭の塵きらきら上がる炭を挽く　［義］六七
炭斗（すみとり）
炭斗も昭和一桁のものといふ　［以］三四五
炉開（ろびらき）
炉開きの盃一つ横ころげ　［義］七三
敷松葉（しきまつば）
波の音ときどき高き敷松葉　［観］一一七
大根干す（だいこんほす）
湾に入る黒潮の波干大根　［義］七四

狩（かり）
磨きあげし猟銃置かれ白い河床　［秋］二三四
炭焼（すみやき）
おかき干して炭焼の名は源之丞　［葛］四七
焚火（たきび）
艪の折れを焚火に置いて五人ほど　［義］七四
火のそばに熊手を置いて落葉焚き　［観］一三五
老漁夫のうなじの毛穴昼焚火　［観］一三六
雪見（ゆきみ）
二艘行く雪にまぎれて雪見舟　［秋］二三三
探梅（たんばい）
探梅や眉の濃き子を伴ひて　［義］六九
探梅や伏見の巫子の行き戻り　［義］七五
探梅や穴師の犬に吠えられて　［観］一一〇
探梅のナップザックに電子辞書　［秋］二三四
探梅や人に後れてそろりそろり　［以］三五五
牡蠣船（かきぶね）
牡蠣船を赤い襷のちらちらす　［義］七四
雪投げ（ゆきなげ）
雄ごころの萎えては雪に雪つぶて　［葛］二九
滑り下駄（すべりげた）
売れもせず赤い鼻緒の滑り下駄　［葛］二六
スケート（すけーと）
スケートを小脇に少女一人急ぐ　［葛］四一
ラグビー（らぐびー）
ラグビーは紫紺の怒濤「前へ」「縦に」　［秋］二三一

風邪（かぜ）
大風邪の床腕組めば男らし　［葛］一四
咳（せき）
咳こぼすかがやきわたる海の面　［観］一三五
嚔（くさめ）
魚呉れと海馬のくしやみ尊けれ　［葛］四八
水洟（みずばな）
水つ洟遠くて近い鑑真様　［以］三三七
息白し（いきしろし）
白息のゆるゆる読むや虚子句集　［葛］四一
東欧の民族民族息白し　［夏］一七三
息白く民族といふつらきもの　［夏］一七三
霜焼（しもやけ）
きまじめに家具屋の友の霜焼ぐせ　［葛］一三
木の葉髪（このはがみ）
八塩折の酒をよごせし木の葉髪　［義］七〇
ほつそりと木の葉髪ともいへぬ髪　［以］三三四
煤払（すすはらい）
飛行機雲大円を描き煤払ひ　［観］一一六
天人の笛の払ひし煤ならん　［冬］二四三

行事

柚子湯（ゆずゆ）
をみなごのひとりあそびし柚子湯かな　［義］七〇
柚子湯です出て来る客に這入る客　［観］一二六
柚子風呂にひたす五体の蝶番　［秋］二三九
ちよんとつく柚子湯の柚子をちよんとつき　［冬］二四四
年守る（としまもる）
胸のうちぽぽぽぽと年守る火か　［冬］二四〇
年の火（としのひ）
年の火の火の粉はのぼるみな消ゆる　［秋］二三九
豆撒（まめまき）
豆撒きの昔電燈暗かりき　［観］一三六
豆撒きの鬼くにや〳〵と逃げにけり　［冬］二四九
除夜の鐘（じょやのかね）
煩悩とも忘恩とも除夜の鐘　［観］一三六
今年見し花も紅葉も除夜の鐘　［冬］二四四
津々浦々還らぬ骨や除夜の鐘　［冬］二四七
近くには塩船観音除夜の鐘　［以］三六七
嵐雪忌（らんせつき）
やりすごす翁につづく嵐雪忌　［以］三四六
一葉忌（いちようき）
濃紅葉も昨日となりし一葉忌　［義］七〇
一葉忌とはこんなにも暖かな　［夏］一六九
日本語の乙張しんと一葉忌　［冬］二四六
三島忌（みしまき）
虚子に問ふ十一月二十五日のこと如何に　［葛］四〇
漱石忌（そうせきき）
世界に共通な正直といふ徳義漱石忌　［葛］三五
崖下の家に灯が点く漱石忌　［夏］一七三
漱石忌八日の次の日なりけり　［冬］二四七
乙字忌（おつじき）
乙字忌の滅法寒くなりにけり　［夏］一七五

碧梧桐忌（へきごとうき）
清秉五碧梧桐忌はまだ寒中　［冬］二四二

動物

鷹（たか）
てのひらを斜や鷹に合はせつゝ　［夏］一七一

笹鳴（ささなき）
笹鳴を聞くや面を白うして　［葛］三五
笹鳴や万年筆が見つからぬ　［観］一一八
笹鳴や学習院を通り抜け　［夏］一七二
笹鳴や小町通りをそれてすぐ　［夏］一七五
近くまで来てゐる笹子水仕事　［以］三四八
笹子鳴く鳳凰三山よく晴れて　［以］三〇〇

寒雀（かんすずめ）
両頬に墨つけふくら雀かな　［秋］二三一
声にせずふくら雀と呼びかけて　［冬］二四一

寒鴉（かんがらす）
ゆびのまたつゝいてはやめ寒鴉　［秋］二三三

鴨（かも）
抜け目なささうな鴨の目目目目目　［冬］二四四

鳰（かいつぶり）
水光に入ればまぶしき鳰　［夏］一七一

都鳥（みやこどり）
割烹着鶴の齢の都鳥　［秋］二三一

白鳥（はくちょう）
白鳥たち氷に影がもや〱と　［秋］二三三
白鳥の隈取りの眼の優しからず　［以］三三四

海豚（いるか）
海豚みな背びれを富士へ向けてをり　［夏］一七二

甘鯛（あまだい）
なつかしき甘鯛のこの目鼻だち　［以］三五四

鮟鱇（あんこう）
鮟鱇に口髭ありやなしやふと　［以］三五五

鮃（ひらめ）
濁つたる水に漬かりし大鮃　［義］七四

河豚（ふぐ）
子の寝顔河豚の如また月のごと　［葛］二九

海鼠（なまこ）
海鼠食ひし男まぎれぬ街の燈に　［葛］四〇
押し戴くやうに海鼠を買ひにけり　［夏］一七二
大いなる海鼠火鉢に畏まる　［夏］一七五
ちぢこまり黙の重さの海鼠かな　［秋］二三九
海鼠あり故にわれありかぼすもある　［秋］二三一
庖丁の切れ味を待つ海鼠かな　［秋］二三三

玉珧（たいらぎ）
玉珧を置いていくぞと又従兄弟　［観］一一三

冬の蝶（ふゆのちょう）
凍蝶の傾くを指す棒の先　［義］六八
防人の行きし横山冬の蝶　［以］二八六
身をほろと離れしはその凍蝶か　［以］三三三
凍蝶に屈み込んだる二分ほど　［以］二九四
凍蝶の人を待つにはあらねども　［以］三三六
凍蝶もいただくひかり盧舎那佛　［以］三三七
凍蝶にまた動きありびびびびと　［以］三五七

冬の蝿（ふゆのはえ）
屈伸のわれを見てをり冬の蝿　[夏]　一七四

蟷螂枯る（とうろうかる）
枯れはじめたる蟷螂の身づくろひ　[秋]　二三三
精密なる一体を置き枯蟷螂　[以]　二九九

綿虫（わたむし）
雪虫や日を重ねつつ筆不精　[葛]　二〇
綿虫にあるかもしれぬ心かな　[冬]　二三九
綿虫に一切をおまかせします　[冬]　二四三
綿虫や仏足石に右左　[以]　三一六
綿虫の貌をしらざり過ぎ行ける　[以]　三三六
経蔵のあたり大綿ふえてをり　[以]　三五四

植物

早梅（そうばい）
早梅の影をコートにお互ひに　[夏]　一八一
早梅の枝くぐりたる力士かな　[冬]　二四一
早梅のすさまじき世に咲き出でし　[冬]　二四九

臘梅（ろうばい）
臘梅をポケットに入れバスが揺れ　[義]　六九
臘梅を前にしばらく湯のほてり　[夏]　一七一
臘梅や長谷観音は堂の中　[秋]　二三一
臘梅を生け金襴を掛け流し　[秋]　二三一
臘梅や直なる枝を大まかに　[冬]　二四五
臘梅や長谷観音は背高く　[以]　三三四
臘梅を見に鎌倉へ来いといふ　[以]　二八六

帰り花（かえりばな）
極メテ健康征きてかへらず帰り花　[冬]　二四七

冬桜（ふゆざくら）
冬桜おとがひのみな衰へし　[夏]　一七五
みづうみの水のにほひや冬桜　[秋]　二三九
いいな〳〵と首をすぼめて冬桜　[秋]　二三九
大口の壺へ投げ入れ寒桜　[秋]　二三三
冬桜水の匂ひのありやなし　[以]　二九九

冬木の桜（ふゆきのさくら）
影を濃く冬木の桜水へ出て　[冬]　二四四

冬薔薇（ふゆばら）
一本は甕撥ね落ちし冬薔薇　[義]　七二
提げて行く柄の固さの冬薔薇　[夏]　一七五
冬薔薇に埋もれておはします白木　[冬]　二四二
冬薔薇小さくおはす阿弥陀仏　[冬]　二四六
冬薔薇紅を巻き締めしまま　[以]　二八六
ばら色の薔薇こそよけれ冬薔薇　[以]　三五一

冬牡丹（ふゆぼたん）
人影のかたまつてくる寒牡丹　[義]　六九
寒牡丹隙間だらけの藁の厨子　[冬]　二四一
顔を出すやわらわら崩れ寒牡丹　[以]　二八六
ジーパンの膝を屈して冬牡丹　[以]　三四七

寒椿（かんつばき）
寒椿鍋つやつやに磨いてゐるか　[葛]　四〇
蕊の黄をたのみの雪の白椿　[以]　二八七

侘助（わびすけ）
侘助のわぶと応へてうすくれなゐ　[冬]　二四〇

侘助を一輪挿しに二輪かな　[以]　三五〇

山茶花（さざんか）

山茶花や舞妓が通るまた舞妓　[夏]　一七一
さゆるぎもせぬ山茶花や散り敷ける　[冬]　二三九
山茶花のさざんくわと咲きこぼれたる　[冬]　二四三
泉あり白山茶花の十五六　[以]　二九四
山茶花の白にさざなみ立つこころ　[以]　三五四

八手の花（やつでのはな）

曇ガラス八ツ手の花の触れてをり　[葛]　一五
花の毬ぬるりと出してゐる八手　[秋]　二二八
歩き出す八手の花に歩をとどめ　[以]　三三四
たのしまず八手の花に歩をとゞめ　[以]　二九四

柊の花（ひいらぎのはな）

柊の花水桶は乾きゐて　[義]　七三
柊の老木や花をこぼしつつ　[以]　三一六
柊の花の散り敷く心かな　[以]　三三四
柊の老い木や花をつけこぼし　[以]　二九九

茶の花（ちゃのはな）

茶の花の黄をつけて来し犬の貌　[観]　一〇九
ふつくらと茶の花蘂の明るい黄　[以]　三四六

寒木瓜（かんぼけ）

寒木瓜の影や濡れたる土の上　[観]　一一七

仙蓼（せんりょう）

千両は晴れ万両は翳るかな　[以]　三〇八

枯芙蓉（かれふよう）

毛だらけの鬼子でありし枯芙蓉　[夏]　一七二
毛だらけの鬼子なれども枯芙蓉　[秋]　二二八

青木の実（あおきのみ）

降りはじめ雪に雪付く青木の実　[冬]　二四一

蜜柑（みかん）

鴨の蜜柑畑を縦横に　[義]　六八
詰まつてゐた形のまゝである蜜柑　[夏]　一六九

橙（だいだい）

橙を持つて漁師の背中の子　[観]　一三六
小家がち瓦の屋根と橙と　[秋]　二二三

朱欒（ざぼん）

三方に朱欒国宝盧遮那佛　[夏]　一七〇

枇杷の花（びわのはな）

枇杷の花糸を短く糸電話　[秋]　二二八
押競の蕾が割れて枇杷の花　[冬]　二三九
枇杷の花新宿門を入つてすぐ　[以]　二九九

冬紅葉（ふゆもみじ）

金網にボールがはまり冬紅葉　[夏]　一六九
冬紅葉虫のまだ喰ふ歯を持てる　[冬]　二四三
冬紅葉一人住まひの主かな　[以]　三五六

枯葉（かれは）

乾反葉の洗ひあげたる湯舟にも　[義]　七三
虫食ひのあとは枯葉のお洒落かな　[以]　三五四

落葉（おちば）

月蝕に戸を開けたての落葉かな　[義]　七〇

柿落葉（かきおちば）

柿落葉緑を残す錦かな　[以]　三五四

朴落葉（ほおおちば）

朴の葉はあらかた落ちし物干竿　[義]　七三

五重塔揚つて朴の落葉かな [秋] 二二七

冬木（ふゆき）
枝々や目になじみたる冬欅 [葛] 三一
冬欅瓦よき屋根谷向う [葛] 四八

冬木立（ふゆこだち）
ひよどりの飛びつく伊賀の冬木立 [葛] 四七
木の影と師の影を踏み冬木立 [冬] 二四六
月一輪枝こまやかに冬木立 [以] 二八七

枯木（かれき）
裸木となり正格を持し欅 [観] 一三五
裸木の楷が立つなり見上げよと [夏] 一七五

冬芽（ふゆめ）
幾千万億兆怒張する冬芽 [冬] 二四八

女貞の実（ねずみもちのみ）
ねずみもちの実を見る胡散臭さうに [義] 六七

寒菊（かんぎく）
寒菊を大きな人の影覆ふ [義] 七二

水仙（すいせん）
波たてて水仙園に船寄り来 [義] 六八
水仙の花立てて出る花屋より [義] 七一
水仙の荷が飛ぶ赤い航空燈 [観] 一一六
水仙の荷がいま着きし小商 [観] 一二六
一束やふくらむ葉さき水仙花 [秋] 二三四
水仙にショート‐カットがよく似合ふ [以] 二八七

葉牡丹（はぼたん）
葉牡丹で年を迎へし勅願寺 [観] 一一七

枯芭蕉（かればしょう）
枯芭蕉つひに思想となり果てし [夏] 一七二
枯芭蕉靴紐きゆつと締めなほす [冬] 二四四
目にも見よとわらわら立てる枯芭蕉 [以] 三三三
枯芭蕉厚いおむつをあてようか [以] 三六〇

冬菜（ふゆな）
小松菜を植ゑて北東防ぐ寺 [義] 七五

大根（だいこん）
大根一本他は片付けし流し台 [義] 七一
旅立ちの大根辛き朝御飯 [観] 一三六

麦の芽（むぎのめ）
海へ出て麦の芽の畦消えてをり [葛] 一四

名の草枯る（なのくさかる）
大利根の枯れても枯れても猫じやらし [冬] 二四六
枯鬼灯の網の中なる言葉かな [以] 三六七

枯萩（かれはぎ）
枯萩を括りし紐のほろけたる [観] 一〇九
枯萩に塵の如くに豆科の実 [以] 三五〇

枯芝（かれしば）
ゴルファーらへアピンのごと枯芝に [葛] 四八

枯忍（かれしのぶ）
枯れきつてをらぬ姿や枯忍 [以] 三三六

藪柑子（やぶこうじ）
鎌倉は日蔭日向の藪柑子 [義] 六七
ゆびさきを反らせてつまむ藪柑子 [夏] 一七二
藪柑子一粒深大寺を蔵す [冬] 二四四
その赤を心の色に藪柑子 [冬] 二四四

藪柑子摩訶毘盧遮那の光かな　[冬]　二四八
往生は一定とこそ藪柑子　[以]　二九四

石蕗の花（つわのはな）
このごろは石蕗のはな日がつもる　[義]　六七
水兵の影が見てゐる石蕗の花　[秋]　二一九
戦経し大島紬石蕗の花　[秋]　二二八

冬菫（ふゆすみれ）
冬すみれ腸よわくなりしかな　[義]　七二
冬すみれ富士が見えたり隠れたり　[夏]　一七〇
冬すみれおのれの影のなつかしき　[夏]　一七〇
鬼房のそつと見せたる冬菫　[以]　三一九
冬すみれ頭の影を除けなさい　[以]　三五一
若者には若者の影冬すみれ　[以]　三〇一
冬すみれぽおつと阿弥陀如来像　[以]　三五四

龍の玉（りゅうのたま）
骨もまた疲れて眠る龍の玉　[秋]　二二七
龍の玉日は午に近しあたゝかな　[秋]　二二九

新年

時候

新年（しんねん）
あら玉の年立つて足袋大きかり　[義]　七一
椨にあらたまの年昇り来る　[観]　一二七
大国魂神社の火影年立てる　[以]　二八七

正月（しょうがつ）
座敷まで正月の陽差兵の写真　[葛]　四八
蜜柑山より真白な雲お正月　[観]　一一〇
言の葉もよき静岡のお正月　[秋]　二三一
頑として男丸餅のお正月　[以]　三六八

初春（はつはる）
鶏に五徳ありとや明の春　[秋]　二三〇
注連縄を張つて地震の国の春　[秋]　二三〇
初春の袂行き交ふ小路かな　[以]　三五五
初春の砂子のあがる泉かな　[以]　三六一

今年（ことし）
丼もシャツも机の今年かな　[葛]　一五
取り皿に今年の富士を取りにけり　[秋]　二三〇

去年（こぞ）
信士信女去年の紫式部の実　[観]　一一七
去年今年見まはす己が身のほとり　[以]　二八六
女体や、高き筑波嶺去年今年　[以]　三三六

松の内（まつのうち）
みづいろの雪の夕べや松の内　[観]　一二七
烏骨鶏松の内の貌してゐるか　[冬]　二四〇
松の内軽く葬式の話など　[以]　三五七
松の内駅頭大きなくさめかな　[以]　三六一

松過（まつすぎ）
松過ぎの一日二日水の如　[義]　七二
松過ぎの浮世絵展が賑ひぬ　[観]　一一七

小正月（こしょうがつ）
小正月稿のなき手をふり歩く　[葛]　三一

天文

初茜（はつあかね）
九輪水煙黒々とあり初茜 ［冬］二四〇

初日（はつひ）
まとひつく潮を初日はなれけり ［観］一二六
両の手を初日に翳しおしまひか ［以］三六八

初霞（はつがすみ）
葛城の神のねむりの初霞 ［夏］一七〇
筑波嶺や二神の裾初霞 ［冬］二四〇
初霞藍濃く淡く大和島根 ［以］二九四

初松籟（はつしょうらい）
身をちぢめ初松籟とこそ思へ ［以］三四六

初凪（はつなぎ）
初凪に豚の金ン玉遊びをり ［葛］一九
初凪や小石奏づるほどの波 ［秋］二三〇

御降（おさがり）
お降りのこれは世吉の雪なれど ［以］二八一

淑気（しゅくき）
五秒まへ放送室に淑気満つ ［冬］二四五
ぽかあんと吐いて吸つて淑気 ［以］三六八

地理

初景色（はつげしき）
初景色去年亡くなりし誰や彼や ［以］三一八
沿線の多摩の横山初景色 ［以］二八七

初比叡（はつひえい）
天台や一燈を守る初比叡 ［夏］一七四

初浅間（はつあさま）
青春を仰ぐまぶしさ初浅間 ［以］三〇〇

生活

春着（はるぎ）
春着の子抱いて道端伊賀の人 ［葛］四七
春着の子足袋の小鉤が気にかゝる ［以］三三五

草石蚕（ちょろぎ）
何となくちよろぎをかしきめでたさよ ［以］三六一

数の子（かずのこ）
数の子や歯の兵の生残り ［秋］二三〇

節料理（せちりょうり）
流し眼は隣りの皿の栗金団 ［葛］二四
海見えてきんとん残る節料理 ［葛］四七

年の餅（としのもち）
青空へ吹きたたきたる餅のかび ［葛］三

雑煮（ぞうに）
国生みのはじめの島の雑煮餅 ［義］七四
これは〳〵腰がある餅雑煮箸 ［秋］二三〇

注連飾（しめかざり）
注連飾り南の海の静かな眼 ［葛］三五

初湯（はつゆ）
硬き湯の初風呂に身を沈めけり ［以］三四八
表裏洗はれ私の初湯です ［以］三六一

初電話（はつでんわ）
初電話西方十万億土へは　［以］三一七
初夢（はつゆめ）
初夢の陳腐に腹を立て丶をる　［冬］二四〇
初夢に入つて来京よ鎌倉よ　［以］三五七
宝船（たからぶね）
母の敷いてくれたる遠き宝船　［冬］二四〇
年始（ねんし）
鶏が鳴く東訛りの御慶にて　［以］二九三
初便り（はつだより）
点滴の滴々新年おめでたう　［以］三六〇
畳薦平群の丈夫より賀状　［以］三四七
読初（よみぞめ）
読みぞめに古今和歌集春の哥　［夏］一七〇
初旅（はつたび）
初旅のぞつと裏富士抜衣紋　［秋］二三一
打初（うちぞめ）
天守無き城の空より初鼓　［以］二九五
羽子板（はごいた）
追羽根や日の尾を引いて落ちきたる　［義］六八
羽子の音鈴の音のなき羽子日和　［以］三一九
手毬（てまり）
石垣を飛降りる子や手毬持ち　［葛］四七
散りか丶る雪の玉水手毬唄　［秋］二三〇
あらぬ方へ手毬のそれし地球かな　［冬］二四八
破魔弓（はまゆみ）
破魔矢の鈴暗闇にまた海の音　［葛］四〇
海沿ひに破魔矢の鈴の行くことよ　［観］一〇九

行事

成人の日（せいじんのひ）
成人の日にあかがりの手を見ざる　［義］七二
七種（ななくさ）
七草の箸を落して泣きにけり　［義］七一
薺打つ初めと終りの有難う　［以］三六八
若菜摘（わかなつみ）
炭竈の奥より声す芹なづな　［葛］四七
せりなづな御形といひて声の止む　［義］六八
藪入（やぶいり）
藪入に生れ落ちけり遠眼鏡　［義］七二
初詣（はつもうで）
初詣仰山いかたこ姿焼　［冬］二四五
すみにけり何も願はぬ初詣　［冬］二四七
白朮詣（おけらまいり）
をけら参り夢を見てゐる現かな　［以］三六〇
初巳（はつみ）
国分寺崖線の水初弁天　［以］三三五

動物

初雀（はつすずめ）
もう来たか樋にかさこそ初雀　［以］三五〇
初鴉（はつがらす）
初烏すこしおくれて初雀　［以］三四八

植物

福寿草（ふくじゅそう）

一人居のにはかに日差福寿草　〔夏〕一七〇

日を受けて蘂もひらくや福寿草　〔以〕二九五

春 川崎展宏全句集

二〇一二年一〇月二九日 初版発行
著 者――川崎展宏
発行人――山岡喜美子
発行所――ふらんす堂
〒182-0002 東京都調布市仙川町一―一五―三八―二F
電 話――〇三（三三二六）九〇六一 FAX〇三（三三二六）六九一九
ホームページ http://furansudo.com/ E-mail info@furansudo.com
振 替――〇〇一七〇―一―一八四一七三
装 幀――君嶋真理子
印刷所――株式会社トーヨー社
製本所――有限会社並木製本
定 価――本体一〇〇〇〇円＋税

ISBN978-4-7814-0511-7 C0092 ¥10000E

川崎展宏全句集＊栞

金子兜太
深見けん二
稲畑汀子
大岡　信

星野恒彦
山口仲美
髙柳克弘

知的で我がままな透明体

金子兜太

川崎展宏が十一月二十九日午前二時半、他界した。次は樫の木になりたい、と私に言っていたことがある。仏教では四十九日で生まれかわるとのことだから、それでいくと来年の梅の咲く頃には樫の木になって立っているかもしれない。

しかし展宏の初期の句に、

　榛の木のものいひたげに雪ン中

がある。雪深い米沢の女子短大で教鞭をとっていた若い頃の作だが、そこで美喜子夫人と結婚している。榛は雌雄同株。さては、樫ではなく榛の木になっているかもしれないと私は勘繰る。

一言でいって好い男だった。真面目で潔癖、きちんとしていた。そのぶん我がままだが、その我がまま振りに愛敬があった。いわば知的で、どこか透きだらけの透明体。その展宏が高浜虚子を多とし、評判の高い著作『高濱虚子』に加えて、『虚子から虚子へ』まで書いた理由が、従って私にはよく分かるのである。

要するに、いわゆる「戦後俳句」の力技——戦後の現実を体当たりで俳句に書きとろうとしていた私たちの力技の、その脂っこい表現姿勢に、展宏の体が閉口し反発していたからなのである。

しかも彼は国文学者であり、学友の詩人大岡信が「かれはじつに古典に精しい」と感心していたほどだった。文法にも通じていて、週に一度の「朝日俳壇」選句会では生き字引だった。その透明体にとっては、同じ現実と人間を書きとるにしても、正面切った力技が野暮にみえて仕方なかったのだ。

そこで展宏は、現実を「俳諧」でとらえることを指向した。自身にとってこのほうが遥かに魅力的だったことは間違いないわけだが、私はこの展宏俳句の展開を、「戦後俳句」の後世に残る一態と見ている。流行に消えるものではない。

そして読売文学賞を受けた句集『夏』、つづく詩歌文学館賞の『秋』を、その独特な集大成と見ている。たとえば『夏』の中の次の句、

　詩仙堂熟柿が落ちてくしや〳〵に
　面倒臭さうなる桜紅葉かな

朝日新聞で九月に発表した遺作と言える十句「鍋蓋」

の中の

朝顔は水の精なり蔓上下

いろいろあらーな夏の終りの蝉の声

など、好き嫌いを別に展宏俳句の面目躍如と見る。滑稽(こっけい)諧謔(かいぎゃく)の現代版、その抒情(じょじょう)。真面目なものほど滑稽、という言い方を思い合わせている。

我がままな透明体、川崎展宏が逝った。（俳人）

（平成21年12月2日付　朝日新聞）

男心の花鳥諷詠

深見けん二

展宏さんとの御縁は、虚子の五女、六女である、高木晴子、上野章子のお二人のおかげで、特に晴子主宰「晴居」が、昭和五十九年創刊されると、毎年、座談会があり、そこでお会いするようになった。それを機に読んだ評論『高浜虚子』（昭和四十九年永田書房）の中の「諸法実相」は、私にとって終生忘れられぬものとなった。その中で展宏さんは、虚子が「在るように在る」という生き方の自覚を得たのは、虚子四十二歳の「落葉降る下にて」（中央公論、大正四・十二）に「唯ありの儘をありの儘として考へる外は無い」と書いた時と指摘している。これは大正三年虚子が四女を亡くしたあとの文章で、展宏さんは、「客観写生が、大正七、八年頃からしきりに、いわれだすことと、これは無関係でないし、花鳥諷詠の真意を探る上でもこの作品を見逃すことはできない。」と書いている。

直接虚子先生の下に学び乍ら、花鳥諷詠、客観写生を、俳句と俳話のみから見ていた私は、この評論で、はじめて生き方として、この二つの虚子のモットーを理解することが出来、又大正中頃から昭和にかけての虚子の俳句活動がよく理解出来るようになった。

展宏さんの句集では、くりかえし読んだ『秋』に私の好きな句が多い。

桜鯛子鯛も口を結びたる

「桜鯛」は、花時の鯛で、鱗の紅色が一層鮮やかで美しく、まさに魚の王にふさわしい。この句から子鯛の健気な口もとが浮かび、それに重なって親鯛の見事な姿が浮かんで来て、従来の写生句と違った花鳥諷詠の句。

塗椀が都へのぼる雪を出て

丹後に在住の「貂」の誌友大益氏の、漆芸作品出展案内への挨拶として葉書に書かれた句という。「葉書に短い文を書いているうちに気分が高揚してできた句」と自註があり、即興、存問の俳句の本質に沿った句として忘れられない。

而して淡泊平易獺祭忌

この「而して」にこめられた内容の密度にも驚嘆した。子規は「病牀六尺」で、写生につき、「平淡の中に至味を寓するものに至つては、其妙実に言ふ可からざるものがある。」と書き、淡泊平易な句を作るに至ったが、そこに至る行程と内に蔵するものが如何に複雑なものであったかがこの句にこもり、それは作者の作句信念ともなっている。

病に臥せられてからのことは星野恒彦さんから時々伺ったが、折々発表される句は、展宏さんが「子規・虚子に学ぶ」の講演の終りに云われた、「子規が、その期に及んでも俳句のもとである滑稽を打ち出すことができた。それを見なきゃだめだと思うんです。」という、そのような俳句であった。

セーノヨイショ春のシーツの上にかな

下五「移さるる」からの客観描写への推敲。

私にとって、展宏さんは、「花鳥諷詠」の俳句の実践に生命をかけ、強烈な刺戟を与えて下さった男心の花鳥諷詠の作家である。

（俳人）

心の師

稲畑汀子

待たれていた川崎展宏氏の全句集『春』が上梓される。氏が朝日俳壇の選者になられて、毎週金曜日に東京築地の朝日新聞本社でご一緒に仕事をさせて頂くことになったのが平成六年。それから十三年間、様々なことをお教え頂いたことを、今なお懐かしく有難く感謝の気持で一杯である。その感謝と懐かしさ、それに尊敬の念を込めて、ここでは氏のことを展宏さんと呼ばせて頂くことにする。

虚子研究家としての展宏さんのお名前はもちろん朝日俳壇以前から数々の著書を通じて承知していた。しかしそのイメージは何となく気難しく怖い方ではないかというものであった。しかし実際に接する展宏さんはいつも穏やかな笑顔を私に向けてくださり、正直で、いい加減な受け応えは絶対になさらない誠実さとともに、御自身の信ずる道理を絶対に曲げない不羈の精神をお持ちで、更に時折垣間見せる含羞の笑顔が魅力的な極上の紳士であることが判明したのである。そんな展宏さんは、やはり選者の一人である金子兜太さんと私の間で繰り広げられるバトルには無くてはならない公平な行司であった。言いたいことをいう私に辟易されたかも知れないと今は申し訳なく思っているが、今も変わらずバトルが勃発すると展宏さんが懐かしい。

私は平成十年から平成十八年までかかって『虚子百句』を書き上げたが、その間展宏さんに有益な示唆を頂いたことも少なくない。当時私は虚子の「存問」について考えていて、虚子の俳句ばかりでなく虚子の文章も真剣に読み返していたのであるが、大正六年に書かれた写生文「東京の一日」に目が止まり、虚子の造化感の根源に突き当たったような気がした。

そのことを展宏さんにお話しすると、「私もそう思う」とおっしゃって、更に明治四十五年の虚子の写生文「造化忙」を挙げ「これも『東京の一日』と底流を同じくするものだと思う」と教えてくださったのである。早速私は「造化忙」と共に展宏さんの『虚子から虚子へ』の中の「造化」を読み、深く納得したのであった。私の『虚子百句』の中の「稲稔り螨蛉つるみ子を背負ひ」の中の文章は展宏さんの示唆を発展させたものであることをどうしても書いて置きたい。

私は毎年四月の第二週に吉野山の桜の下で俳句を作る旅をしているが、「吉野山は昔一人で行ったことがある」とおっしゃる展宏さんに参加して頂いたことも忘れられない思い出である。唯この年は桜が早すぎた。

「ホトトギスは怖いなあ、昨夜は一睡もしなかった」などと笑いながら、残っている花を求めて如意輪寺から更に奥の金峰神社のあたりまで吟行したのであるが、如意輪寺の山門をくぐる時「この前来た時ここで〈花の塵ならで形見の札小札（さねこざね）〉という句を作りました」とおっしゃった時の表情を見てはっと胸を突かれたことを覚えている。楠木正行の遺品の鎧を寺の宝物館でご覧になったのであろう。私は反射的に展宏さんの代表句〈「大和」よりヨモツヒラサカスミレサク〉を思い出し、心の中で両者を並べていた展宏さんの抱き続けた悲しみに触れたような気がした。

（俳人）

「遊び」の内景

大岡　信

川崎展宏が今までに出した句集は『葛の葉』一冊である。この句集には昭和三十年から四十七年まで、十八年間の作が収められている。よほど厳選したものにちがいない。句数は三百に満たない。その、数少ない句を集めて編んだ句集の最後に、彼は「跋」を書いた。たった三行。

「俳句は遊びだと思っている。余技という意味ではない。いってみれば、その他一切は余技である。遊びだから息苦しい作品はいけない。難しいことだ。巧拙は才能のいたすところ、もはやどうにもならぬものと観念するようになった。」

大した覚悟である。彼がここで言っている「俳句は遊び」という高尚で健気な思想を、今日の俳人のいったいどれほどの人数が理解し、諾うであろうか。現代詩人については言うも愚かであろう。「余技という意味ではない。いってみれば、その他一切は余技である」とわざわざ念を押してはいるけれど、展宏の句は遊びだそうな、しからばすなわち余技ならん、と脳中余裕とぼしい回路が短絡(ショート)して火花を散らす人々もいるだろう。川崎展宏という俳人の真正直な向う気の強さが、この跋文にありありと出ている。

川崎展宏の言っていることは、詩歌のたしなみを「風月延年の飾り」と言った世阿弥の言葉と、格別ちがった意味のことではなかった。彼はおそらく、虚子の句に傾倒すること久しかった期間に、虚子の言う「花鳥諷詠」のこころを、彼自身の言葉で「遊び」と鋳直したのではないかと思われる節があるが、「遊び」という言葉にまで自分の句観を責めあげ締めあげてゆく間に、彼は「その他一切は余技」という切羽つまって厳しい考えを、幾たび反芻したことだろうか。反芻を重ねているうちに、この逃げも隠れもできないあまりにも真正直な考えは、とうとう展宏の玄関口からあがりこんで座敷に腕組みして「一杯やろうか」と微笑しながら坐っていた。

川崎展宏と私は、妙な因縁で目下勤めの同僚という仲である。因縁は早く大学時代に結ばれていた。私たちは同じ年に同じ学科に入り、同じ年に大学を卒業した。しかし、ずっと後に展宏は私に言った、お前さんとは、入学した直後の新入生顔合せの席上で一回、卒業直前のお別れ会で一回、都合二回だけ顔を合せたことがある、と。そんな会があったかしら、とそれさえ記憶におぼろなほど、私は大学のその学科における怠け学生であり、どうやら展宏も全く同じだったらしい。彼はその後北国の米沢の女子大で国語教師になり、いくつもの冬をそこで送った。

雪解け道さがり眼の子の菓子袋
脚太くいそぐや出羽の花ふぶき
かきつばた耳に指あて見てをりぬ

並び跳ぶ傘のぼた雪落さんと
雪虫や日を重ねつつ筆不精
雪雫出羽の子の眉うつくしき
雷過ぎてポストの口はあたたかし
少年来る道の陽炎わが膝まで
夜の眼のしばたたくゆゑ小雪くる
人影は見えずどんどと雪おろす
エゾハルゼミと教へてくれし事務の人
露世界つるみし犬に脱帽す

岡山県生れで東京育ち（だろうと思うが、日頃そんなことを聞いてみたこともない）の人間が、雪国で暮しているあいだに身につけたもの。その一は、外の空気の冷えこみに対抗するため、ゆっくりとしかし勁く燃えまたはっきり輝く炎を内に育てること。その二は、ごく身近なものに対して懐かしさと郷愁の思いをもって見つめ、触れてゆくこと。すなわち「雷過ぎてポストの口はあたたかし」の句のこころを、万事につけて保ちつづけること。その三は、孤独の時間を決してすばやく流れ去らしめないこと。「かきつばた耳に指あて見てをりぬ」。このとき彼が見ているかきつばたは、業平のかきつばたにも、光琳のかきつばたにも連なっているかきつばたであるような具合に、彼から見直され、「時」への思いをその花びらの中へ注ぎこまれている。「耳に指あて」とは、「時をみつめて」ということにほかならない。その四は、さよう、「雪雫出羽の子の眉うつくしき」。うつくしい眉を持った出羽のその子は、たぶんのちに展宏の伴侶となった佳人であろう。この出羽の子の眉をも、彼は耳に指あて、あたたかく、見つめた。

彼は米沢から、ある時とつぜん私に手紙をくれた。私の書いたものにふれての手紙だった。大学を出てまもないころ、私の詩を読んだことについての、こちらの胸が熱くなるような思い出話も書かれていた。私たちは正確にはその時以来の付合いということになる。しかしそれは時折りの文通にとどまっていて、私が「あ、あれが川崎か」と認識したのは、彼が東京の女子大に転勤してきて、所沢に居を構えてから暫くしたころのことである。金子兜太の句集の出版記念会が市ヶ谷で行われて、宴たけなわからやや頽れ、座が騒然となりはじめた頃、顔を蒼くして、細い体のくせによく響く大声で、何やら兜太を難じつつ正論を怒鳴っている男がいる。私には正論ときこえたが、一座の空気はどうやら反対側に傾いていて、顔面蒼白の男は暗夜に月を呼んで吠える孤岩の上の孤犬のごとくに見えた。それが展宏を、ほんとの意味では初めて見た日であった。

ひょんなことから私と同じところへ勤務先を変えたこ

の人物は、教授会の重くるしい議論の真最中でも、隣の私に近作を見せては意見を求め、熱してくるや持前のよく響く声を思わず高めてしまうという癖（へき）をみせて、なるほど、「いってみれば、その他一切は余技である」にちがいなかった。まったく、この男から俳句三昧の習性を取除いたら何があとに残るのだろう。この男が酒を飲んで大声を発するとき、俳句がそこで怒鳴っている感じがする。風狂とは、こういう必死の遊びにほかならなかった。

展宏の句は、『葛の葉』の時代よりもその後の方がたしかに上質になっている。しかしその味はますます微妙だ。無駄話をして紙数を失ったが、近年の作若干を引いておく。

百千鳥とおもふ瞼を閉ぢしまま

塵はやき菖蒲の水の落し口

二人してしづかに泉にごしけり

むつつりと上野の桜見てかへる

翔ぶ如く月の大和に佇める

秋鯵によごれてをみなごの箸も

山姥のさびしと見する通草かな

秋しぐれ上着を銀に濡らしける

せりなづな御形といひて声の止む

疪のまま白木蓮となりぬべし

桃咲くや蕾が枝をひきだして

押し合うて海を桜のこゑわたる

感覚の鋭敏。語感の清冽。対象をとらえるときの全身的集中と、それを表現する言葉の厳しい抑制との、作者内部におけるみごとなコントロール。一言で尽せば、デリカシーという語が生きて歩いているのが、川崎展宏の句の世界にほかならない。

（詩人）

（現代俳句全集五（立風書房）昭和53・1）

ぼろぼろの虚子歳時記

星野恒彦

「南風」の七十周年記念講演（二〇〇三年）で展宏さんは、高浜虚子をテーマに、まず次の句を挙げて語った。

横に破れ縦に破れし芭蕉かな

（昭9・11『新歳時記』）

どうしてこの句を真っ先に挙げるかと申しますと、ぼろぼろになるまで使っております虚子の新歳時記の中で、この一句が最近ぐーんと胸に来たんですね。

（下略、傍点引用者）

展宏さんとの三十年を越える付合いの初め頃を憶うと、愛用のこの歳時記が目に浮かぶ。展宏さんと出会って二年余か、彼を代表にかついで「貂」を創刊してほどなくだった。ふと思いたち猿ヶ京温泉で他の仲間と別れ、展宏さんと二人でさらに上流の川古温泉へ歩いた。夕方、行き当たりばったりの一軒宿に入ったところ、中風療養で知られた湯宿だった。がり版の歌謡曲詞集を手に唱いながら、生温い湯に二時間も浸かる大風呂に度胆を抜かれ、辟易し三十分で退散した。

奥の座敷で女将（おかみ）にもてなされた。珍しく我々が健常者で、おまけに宿のお孫さんが私の勧める東京の大学に通っている事が判ったこともあったろう。酒を酌みつつ展宏さんは携行した歳時記をあっちこっちとめくり、丸印をつけた虚子の句を、「いいだろう、いいだろう」とつぎつぎに私へ突きつける。酒の弱い私は酔って垂れ下がる瞼を無理に上げて見た。気がつくと私は転（うた）た寝したらしく、展宏さんは女将を相手にまだ飲んでいた。こうして展宏さんの虚子心酔を知ったのだが、幸い私自身虚子の句と相性がよく、年ごとに強く惹かれていった。さて、掲句についてだが、展宏さんの説いた要旨はこうである。

「この句は単純そのものですね。しかし何か背筋を正される。詩歌の鞭で背中を強く打たれたといったある種の痛さと快感がある。そこで思い出すのは虚子の言葉『渇望に堪へない句は、単純なる事棒の如き句、重々しき事石の如き句、無味なる事水の如き句、ボーッとした句、ヌーッとした句、ふぬけた句、まぬけた句』。虚子の発言は一言でいえば、〝気の利いた新しさ〟を狙った碧梧桐の俳句の在り方を痛烈に批判した文章であります。私にとっては、近代・現代俳句の問題として、今の自分自身の問題として渇望に堪えないのが、こういう句ですね」。

重篤な病牀での最晩年に、展宏さんが発表した句からさらに自選した中に、次のような句がある。

壊れやすきもののはじめの桜貝

（「俳句年鑑」'10年版）

こけももの鉢にもやもや尊けれ

（「俳句研究年鑑」'10年版）

桜貝もこけももの鉢も、介護する家人の計らいで枕許に置かれてあった。一読者として私は、最後まで渇望する句に至らんとする作者の奮闘を見る思いだ。

お酒が大好きで、酒の神がミューズでもあった展宏さんには、酒席での逸話が少なくない。「顔を蒼くして、細い体のくせによく響く大声で相手を難じつつ正論を怒鳴った」（大岡信の言をかりる）。その挙句の立回りもあった。天の配剤で、私が下戸だったため、展宏さんと私のコンビは三十年続き、「貂」は瓦解しなかった、とは展宏さんに最も身近な人の言である。

その酒を難病故（ゆえ）に断つ仕儀となったのはお気の毒だった。嚥下（えんげ）障害のため腹部の外側から管を通じて胃へ栄養や水分を送り込む状態になった。胃へ直接酒を入れてもよいですよと医者が言うと、酒は喉ごしが大事ときっぱりことわった。「感覚の鋭敏。語感の清冽。対象をとらえるときの全身的集中と、それを表現する言葉の厳しい抑制との、作者内部におけるみごとなコントロール。一言で尽せば、デリカシーという語が生きて歩いているのが、川崎展宏の句の世界」と大岡信は実に的確に評した（『現代俳句全集』五）。人間展宏もデリカシーの権化。真っ正直で一途に筋を通し、潔癖だった。素面（しらふ）では人に優しく、気遣って止まない。旅先で私と同室になったりすると、自分の鼾を憚（はばか）ってさっさと廊下や控えの間へ自分の布団を移した。ホテルなどでは、私が寝入るのを待って就寝した。

平成二十二年十二月で「貂」は三十周年を迎えた。その記念号に近詠を前以てお願いしていた。病勢急で諦めていたところ、亡くなる五日前に奥様を通して届いた。展宏さんは介護する家族へはもとより、自分を取巻く全てへの感謝と愛をしきりに表して逝かれたのだった。

薺打つ初めと終りの有難う　展宏

（「貂」代表　俳人）

（「俳句」'10年3月号より補筆転載）

展宏先生とのおつきあい

山口仲美

川崎展宏先生と出会ったのは、私が二十六歳の時。共立女子短期大学に専任講師として着任したら、先生が大口を開けて明るい声で迎えてくださった。それが最初の出会いである。先生は四十代半ば。目鼻立ちのはっきりした美男でいらした。それから、数年して、先生は明治大学に移られた。それでも、飲み仲間として、先生とのお付き合いは続いた。

先生は、写真や映像に写されることがお好きでなかったように思える。ある時、私たち飲み仲間は「婦人公論」の「楽しいなかま」という口絵写真に取り上げられることになった。当日、先生だけは勤務先で問題が起こり、出席なさらなかった。写真に添えた私の文章を読んで、「ウッシシシ、僕だけ文章にたくさん書かれて得をしたなあ」なんておっしゃったけれど、ホントは、写真が嫌いでいらしたのだと思う。というのは、その頃、先生はフジテレビのミニ番組「四季の詞」の文章を書き、ご自身で朗読なさっていた。「顔を出さないでいいって言うから、引き受けたんだ」と言っておられたからである。先生は、厳しい審美眼の持ち主でいらしたために、写真や映像の被写体たるものは醜くてはいけないという自らに課した掟を守っていたようにも思える。五十代になり、ますます魅力的になっているのに、先生は、私に白い腕を見せて、「年をとると、汚くなっていかん。ほら、腕にだってこんなにシミがでるんだ！」と嘆いていらした。

先生との雑談が私にとって無上の喜びであったのは、先生の秀逸なたとえを聞けることだった。たとえば、「ああ、あの削りたての鉛筆みたいな人のことね」などとおっしゃる。なるほど、その女性は清潔感があふれ、肉の少ない顔立ちでスキっと整っていた。人の容姿を誰が「削りたての鉛筆」などと思いつこうか。

先生は、時々、言葉のことで不安なときは私に電話を下さる、「『らし』っていう推量を表す助動詞があるよね。あれは、どういう時に使っていたの？」私は、答える、「『らし』は、『らしい』って訳されるけれど、必ずそういう風に推量する根拠がある時に使っていたわ。ほら、有名な『春過ぎて夏来たるらし白栲の衣干したり天の香具山』っていう『万葉集』の歌がありますね。夏が来たらしいと推量する根拠は、香具山に真っ白な衣が干してあることですね。こういうふうに根拠がある時に『らし』を使います」。答えを聞くと、先生はうれしそうな声で「そうだよね。ありがとう」と言って、電話を切る。一字もゆるがせにすまいとする先生の俳句にかける情熱を感じて、私はいつも感動してしまう。

でも、困ったことに、俳句とは全く縁のない私に向かって「どの句がいい？」と、ご自身の句の批評をさせようとなさる。私は、困惑の極みに達し、破れかぶれで適当なことを言う。「『落葉松より蝶の片羽根舞ひ降り来』。この句には、物語性を感じる。片方の羽根だけが落葉松から落ちてくるんですもの。蝶は鳥の餌食になって食いちぎられたのか、それともクモの巣にからまってもがいたのか。ひらひらと舞い降りてくる片羽根には、ドラマがあるわ」。「『蝶類のゆらゆら湧けり馬糞より』。情景が鮮烈。それに、馬糞に「俗」の要素を感じる。ちょっとどぎついけれど、俳句の本質に迫っている気がする」。

先生は、いつでも黙って私の勝手な鑑賞に耳を傾けてくださる。こんなことを書いていたら、いきなり先生のお顔が眼前に現れた。茶目っけのある大きな目でこちらを見て、鼻の穴を少しぴらぴらさせて張りのあるいい声でおっしゃる、「すみにけり何も願はぬ初詣」。そうか、あの世でもう悟りきっていらっしゃるのだ。

（国語学者）

火と水の詩人

高柳克弘

詩歌において「水」は、女性性と結び付けて語られやすい。しかし、男ぶりの良さで知られる川崎展宏作品に、「水」を詠んだ句は意外なほど多い。これはどういうことだろうか。

天の川水車は水をあげてこぼす　『義仲』

中でもこの句は私の胸に強く刻み付けられている。芭蕉が〈荒海や佐渡に横たふ天の河〉と鮮烈な宇宙感覚の句を詠んで以降、「天の川」という季語は、この展宏句が生まれるまで、さしたる供物を得なかったのではないか。「水をあげてこぼす水車」という語順であれば即物的描写であるが、「水車は水をあげてこぼす」と並んだ場合には、水車とはこういうものであるという、抽象的概念となる。俳句は即物的に書くほうが適しているといわれるが、この句の場合はセオリーがあてはまらない。抽象化されることによって、水車は地上の法則を脱して、はるか天上に浮かび上がる「天の川の水車」として生まれ変わるのである。天上の水車は、水の代わりに星屑を掬ってはこぼすのだろう。

ほかにも「水」にまつわる秀句は多い。〈いなりずし湖に秋たちにけり『義仲』〉では、湖の冷気を通して、口の中でほぐれるあの稲荷寿司の冷たさが実感される。〈押し合うて海を桜のこゑわたる『義仲』〉は、目には見えない「桜のこゑ」を増幅させ、一つの生き物のように練り上げる波の力に圧倒される。

川崎俳句において、「水」はどんな意味を持つのだろう。少なくとも、女性性といったありきたりなものでないことは確かだ。「水」と対比される「火」を詠んだ句に、こんな印象深い句がある。

南無八万三千三月火の十日　『秋』

三月十日、東京大空襲の日である。その惨劇を、俳句は克明に描写することはできない。万感の思いを凝縮した「火の十日」という表現に、慄然とさせられる。

八万三千にものぼる命を焼いた「火」を消すためには、生半な「水」では足りないはずだ。展宏俳句がいくたびも水を詠み、水への思いを深めてきた真意には、この民族の心に焼き付けられた戦火の記憶があるのではないか。

八月を送る水葬のやうに　『秋』

終戦を迎えた「八月」は、展宏俳句にとっては特別な季語である。玉音放送が流れた八月十五日の炎天の記憶を弔うには、「水葬」の他はありえないのだ。「水葬」という言葉からは、海戦での死者、あるいは海に流すしかなかった戦地での死者のことも想起される。加えて、生き残った者の記憶も含めた「八月」そのものを、海に帰して鎮めようというのだ。すべてを受け止める海の青さがまぶしい。

私は十八歳の頃に一度だけ、大学で講座を受けていた「貂」の星野恒彦さんに導かれ、川崎展宏さんの句会に参加したことがあった。帰りの電車をご一緒して、別れ際に握手をしたその手が、とても熱かったことを覚えている。たった一度だけの握手では、川崎さんの内面に熾る火の一端を引き継ぎ得たはずもない。この後は、残された俳句に触れることで、火と水の詩人の軌跡に学びたい。

（俳人）

ふらんす堂

http://furansudo.com/
ISBN 978-4-7814-0511-7